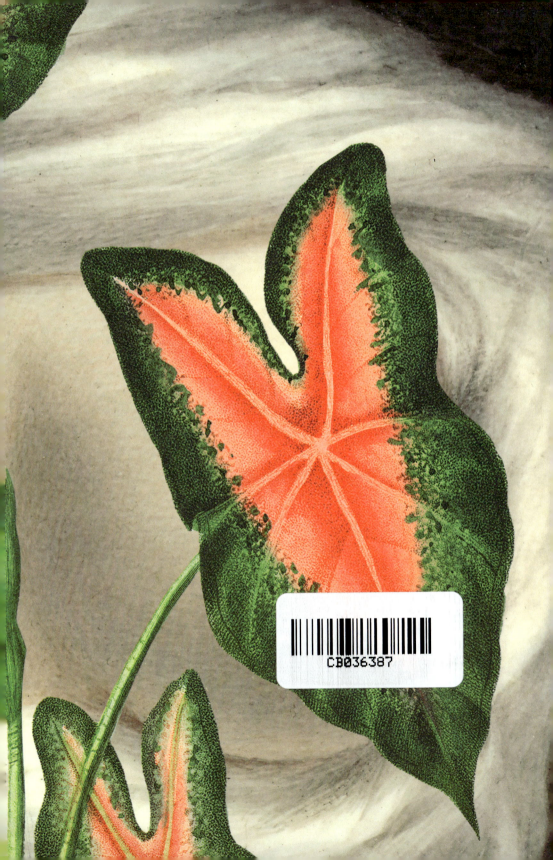

INVENDE PRED DOMES

TÁRIO
ADORES
TICOS

Copyright © 2021 Verena Cavalcante
Todos os direitos reservados.

Imagens do Miolo © Getty Images
Illustration from 19th century

Diretor Editorial
Christiano Menezes

Diretor Comercial
Chico de Assis

Gerente Comercial
Giselle Leitão

Gerente de Marketing Digital
Mike Ribera

Gerentes Editoriais
Bruno Dorigatti
Marcia Heloisa

Editores
Cesar Bravo
Lielson Zeni

Capa e Projeto Gráfico
Retina 78

Coordenador de Arte
Arthur Moraes

Coordenador de Diagramação
Sergio Chaves

Designer Assistente
Eldon Oliveira

Finalização
Sandro Tagliamento

Revisão
Vanessa C. Rodrigues
Retina Conteúdo

Impressão e acabamento
Coan Gráfica

DADOS INTERNACIONAIS DE CATALOGAÇÃO NA PUBLICAÇÃO (CIP)
Angélica Ilacqua CRB-8/7057

Cavalcante, Verena
  Inventário de predadores domésticos / Verena Cavalcante.
  — Rio de Janeiro : DarkSide Books, 2021.
  240 p.

  ISBN: 978-65-5598-141-4

  1. Ficção brasileira 2. Histórias de fantasmas 3. Suspense
  I. Título

21-1186   CDD B869.3

Índices para catálogo sistemático:
1. Ficção brasileira

[2021]
Todos os direitos desta edição reservados à
DarkSide® *Entretenimento LTDA.*
Rua General Roca, 935/504 — Tijuca
20521-071 — Rio de Janeiro — RJ — Brasil
www.darksidebooks.com

VERENA CAVALCANTE
INVENTÁRIO DE PREDADORES DOMÉSTICOS

DARKSIDE

Para Vera.

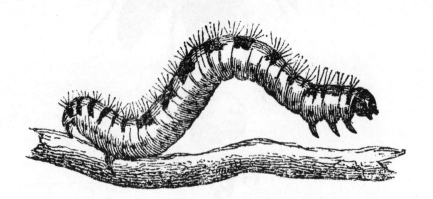

"A infância é o molde dos monstros."

INTRO: TRANSPARENTE

Uma noite, quando eu era criança, meu pai voltou do trabalho trazendo consigo diversas revistas sobre insetos. Dentro delas existia um microcosmo que revelava, em detalhe, cada aspecto das vidas desses pequenos monstros invertebrados. Li e colecionei tais fascículos como se tivesse sido presenteada com um manual de ciências ocultas. Naquelas páginas coloridas, aprendi sobre sexo, nascimento, metamorfose, regeneração, coletividade, fúria, violência, tortura, dor, morte, renascimento.

Em minhas observações sobre os insetos, notava uma sociedade transparente, indivisível e homogênea, um simulacro da infância, muitas vezes brutal, complexa, repleta de violência – e invisível aos maiores. Havia ali ordem, caos e magia: nas formigas que carregavam desesperadamente suas larvas nas costas sempre que eu destruía algum formigueiro a pontapés; nos mandruvás que cobriam cada centímetro do meu corpo quando eu me deitava no chão, de braços abertos, debaixo do pé de couve da minha avó; na abelha que picou o dorso da minha mão e deixou ali um saquinho molenga, molhado, que depois soube se tratar de suas vísceras; na aranha que, ambiciosa, competitiva, prendeu na teia um pequeno pássaro; na bicheira que devorava o tumor na barriga do cachorro da vizinha; nas asas cintilantes de borboletas que eu esmagava para passar como maquiagem nos olhos das minhas bonecas; na noite escura que se iluminava nos corpos bioluminescentes de dezenas de vagalumes.

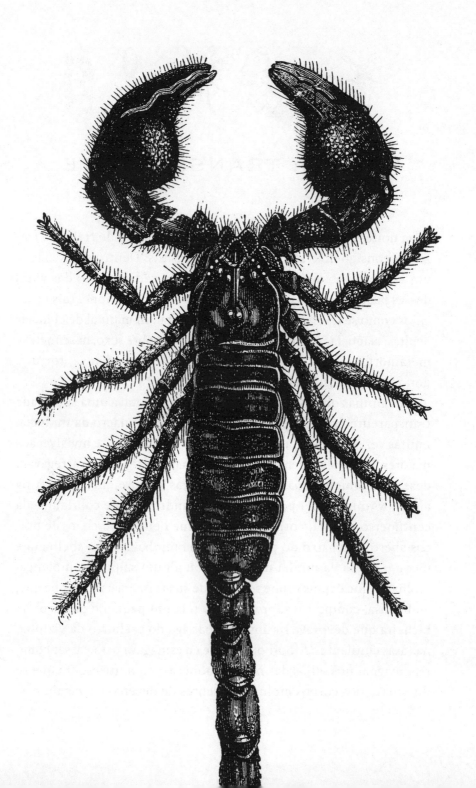

Com as revistas, ganhei também o esqueleto fosforescente de uma tarântula de plástico. Ele ficava sobre o carpete escuro do meu quarto, cercado pelas paredes cor-de-rosa, pelos ursos de pelúcia, pelas Barbies, pelos livrinhos de contos de fadas, brilhando esverdeado, no breu, em posição de ataque, aos pés da minha cama. Às vezes, eu saía de debaixo das cobertas e engatinhava até ele, beijando cada peça, cada encaixe, como se fosse um totem, um ídolo. O sentimento era ambivalente: havia fascínio e nojo, repulsa e interesse, um medo atávico e uma atração quase sexual à representação daquela criatura perigosa.

Pensando nisso, gostaria que a leitura deste inventário de predadores domésticos funcionasse de forma parecida. Como se a sensação fosse a de passar uma tarde de verão no parquinho, em que, após múltiplas brincadeiras com seus melhores amigos, o leitor se detivesse por um pouco mais de tempo perto das árvores que dão para um bosque. Ali, você veria brilhar sob a luz do crepúsculo uma pedra diferente das outras, opalescente, antiga, com estranhos caracteres incrustados. Encantado, quiçá hipnotizado, certo de ter encontrado uma joia preciosa, você a levantaria com as duas mãos e, no chão, em uma pequena cova, se depararia com um ninho de dezenas de escorpiões-dourados.

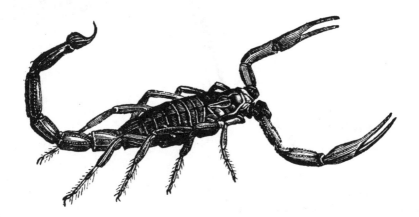

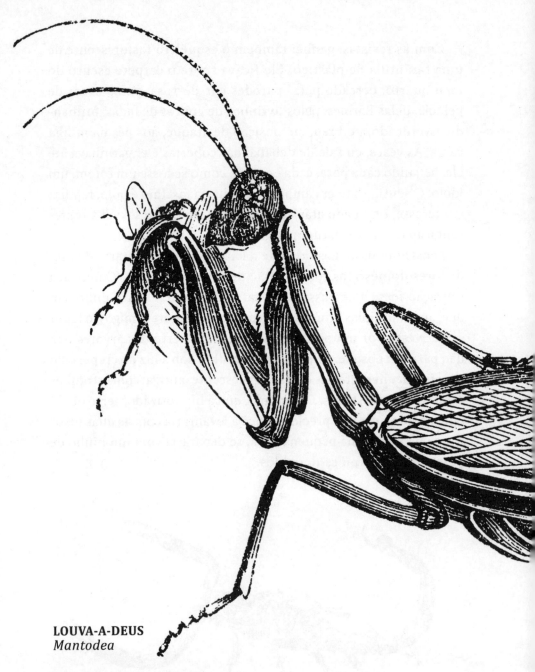

LOUVA-A-DEUS
Mantodea

"O louva-a-deus, quando em repouso,
é reconhecido por suas patas erguidas
na posição de quem faz uma oração."

MACAÚBA

Nº 01

INVENTÁRIO DE PREDADORES DOMÉSTICOS

Naquele dia era domingo, aí acordei mais tarde, umas sete hora, fui buscá pão na padaria do seu Tonho, o pão tava fresquin, tinha cabado de saí otra fornada, tava já bem claro quando eu saí, andei no mato sem medo das cobra e de lobisôme hoje, quando eu vô todo dia às cinco hora buscá pão me dá medo de í sozinha, aí eu levo o Zé comigo e como ele é mais vei eu não tenho tanto medo assim. Teve um dia que eu fui co meu pai, a gente saiu antes da cinco, meu pai levava o emborná dele quando vimo uma coisa branca, estranha, que ficava mexeno, parecia uma sanfona, ficava mei ondulano feito minhoca na nossa frente, fiquei com medo, era assombração, lógi que era, meu pai deu um chute na coisa branca, voou batata pra todo lado, era o saco de estopa do caboclo da fazenda do seu Baristelli, nossa, a gente cabô rindo, mas que medo que deu na hora, o pretinho correu que nem diabo da cruz, eu tinha certeza que era coisa do outro mundo quereno pegá a gente.

Eu sei que alguma dessas história de assombração é mentira, mas eu já vi tanta coisa estranha nesse mundo, às veis quando eu tô sozinha no quarto eu vejo umas coisa esquisita, minha mãe diz que quando eu era menorzinha eu era queta demais, muito ressabiada, assustada, diz que eu vi Nossa Senhora de Aparecida, a mãe preta, e que eu chorava e joelhava no chão do quarto rezano e pedino perdão pelos pecado do mundo que eu sei que é muitos, agora mesmo tá conteceno uma coisa muito ruim de gente ruim que me contam, não é no Brasil não, é lá de fora, mas tão matano um monte de gente, a gente escuta essas coisa no rádio depois da janta, acho que se chama de judeu, tem uma moça na cidade que a família dela é dessa gente e vei de fora pra fugi do que tava conteceno de ruim lá. Parece que um monte de gente tá vino pra cá agora, igual minha família diz que veio da Itália, minha vó boazinha até chamava Itália, homenagi, diz que é, mas ela morreu eu era piquininha demais, eu só lembro dela sê gordona e tê uns zói azul bem bonito, num é que nem a minha otra vó, que é ruim que só o diabo, um dia ela falô, minina, cê num me sobe na manguera, mai num é que eu subi e caí da manguera e meu vestido ele ficô tudo sujo de terra e lama que tinha chovido e a vó num dexô eu trocá e eu tive que ficá co vestido sujo trêis dia, essa vó é ruim, nascida aqui mesmo, aqui no Brasil, mas parece que esse povo aí que tá vino é de otro lado, é gente de uns nome difícil, chega aqui tem até que trocá, pra camuflagi, diz que. Eu num entendo por que fazem isso cas pessoa, é tanta maldade no mundo, é tanta coisa de ruim, inda bem que eu rezo bastante pra que essas coisa ruim nunca conteça por aqui, a gente vê que contece cos otro, mas tem que rezá pra não contecê ca gente, eu queria podê às veis dá um jeito de cuidá do mundo todo igual eu faço cos meus irmãozinho, quando minha mãe tá cozinhano pra fora eu cuido deles, dô de comê, lavo, brinco, até já ensinei a escrevê o nome. O Frederico antes de morrê, judiação, tadin do meu irmãozinho, já sabia, o Fernando tava aprendeno quando foi também, foi atrás do Quico, teve um dia que a gente tava almoçano, aí o Quico já tinha morrido, morreu com três aninho só, deu xistose, o Fernando disse que viu o Quico debaixo da mesa chamano ele, que tava com sangue no nariz e que ficava rino e chamano ele com o dedinho, igual se fosse brincar, que caia um raio na minha cabeça se eu tivé mentino, passô uma semana deu disintiria no Fernando, começô a cagá até pela boca, minha mãe me proibiu de vê, disse que era só pra eu rezá muito pra Nossa Senhora salvá meu irmãozinho, a gente num tinha o dinheiro pra chamá o doutô, mas passô mais um dia ele morreu, num guentô, a boca ficô aberta, tinha uma coisa preta drento, minha mãe disse que era fezes, mas num dexô eu vê não, falô que eu ia ficá pertubada de vê ele daquele jeito, com a boquinha aberta como se tivesse com fome, os olhinho fechadinho todo gelado, meio azul, ficô o chêro preso no quarto todin, eu esfreguei óleo de pinho pra saí, mas o chêro ficô lá, na hora de dormí os menino tinha medo e vinha pro meu quarto mais das minha irmã, demorô uns mês pra eles voltá lá. Eu tenho medo de um dia vê o Quico ou o Fernando me chamano, mas às veis eu sonho cos meu irmãozinho, eu queria vê eles sim, sinto saudade de abraçá, de cuidá, de beijá, do cheiro da cabecinha deles que eu deixava sempre lavadinha, mas a gente nunca acha que vai contecê coisa ruim com a gente, só cos otro, só que contece, é triste mas contece, a vida é assim, e é por isso que eu rezo muito pra Nossa Senhora e pro Menino Jesus na manjedora cuidá da minha família e dos meus otro irmão e irmã, pra que Deus não tire eles de mim. Deus é bom, ele cuida de todos nóis, ele é nosso pai, ele é o criador do mundo e do universo.

No caminho de buscá o pão pra minha mãe, a gente inda ia tomá café, se bem que eu gosto mesmo é de jogá o café dentro do pão e de comê, mais nada, leite num tomo nem forçada, minha perna até treme de tão forte que é o leite, eu sô chata mesmo, não gosto de comê e de carne muito menos, depois que eu vi uma das galinha comeno barata, vixi!, aí é que eu num como carne, vou te contá, ê coisa nojenta comê bicho, a gente num precisa comê essas nojera não, eu gosto é de fruta, por isso que no caminho de buscá o pão eu dei um jeitin de pará na goiabêra do Seu Neto, aproveitá que ele devia de tá na roça, e robá umas goiabinha que num ia fazê falta não, vá vá sô, tanta goiaba, o que duas ia lesá? Sentei na goiabera para comê as goiaba e vi que do otro lado da plantação tinha umas árvore de macaúba, arrepiô tudo, lembrei da coisa horrorosa que conteceu ano passado, quando eu inda tava na escola, nossa senhora, que saudade de í pra escola, estudá, fazê parte da fanfarra, eu fazia baliza tão bonito... Eu fazia tudo muito bonito, dançava, cantava no coral, jogava basquete, mas a gente precisa trabaiá pra ajudá a mãe da gente, fazê o quê, todo mundo fala que eu sô muito linda, que eu sô a menina mais bonita da cidade, que pareço uma boneca, toda cheia de pintinha, de sarninha, que num vô precisá muito não que daqui a poco aparece um moço pra pedí a minha mão pro meu pai, deusolivre!, eu é que num quero hôme atrás de mim, inda mais tê que casá? Há, eu é que num vô mesmo, num caso nem morta, mortinha. Eu quero é sê frêra, meu sonho é sê frêra, quando eu passo na frente do convento, aquele prédio todo lindo, branquin, cheio de arbusto de rosa de toda as cores, que vontade me dá de dedicá minha vida inteira a rezá pro nosso Senhor, usá o hábito, cortá o meu cabelo curtin pra vê se ele dexa de sê ruivo, queria que ele fosse preto e enroladin, que nem dos anjo no altar, esse negócio de sê a menina mais bonita da cidade dá trabalho, as menina não gosta de mim, elas têm inveja, querem me batê, um dia veio uma com a navalha do pai na mão e disse que ia retaiá meu rosto todo, se num fosse os moço do mercadin eu num escapava não, ela nem é do meu tamanho, é moça feita já, deve tê lá pros quinze, enquanto eu, que só tenho dez, nem ia guentá defendê da moça, inda mais que eu sô fraquinha, magrela, "é falta de ferro e porteína" fala minha mãe, "é falta de leite e pé no chão".

Eu já num ando de pé no chão tem muito tempo, deisde quando eu era mais nova e tive reumatismo do chão frio, fiquei uns dois mês na cama, na hora de raspá meu osso da perna, que fez um buraquin do lado do pé, o médico injetava a nestesia, a nestesia voava pelo buraquin e ia batê lá no teto, então num teve jeito, ele raspô o osso foi sem nestesia mesmo, a mãe diz que o hospital balançava cos meus grito, eu nem lembro, fui pará em otro lugar, vendo tudo do teto, eu deitada gritano e a perna aberta co osso branquin, branquin, depois o bom que meu pai trazia doce todo dia, o ruim que depois deu cárie e eu tive que arrancá o dente, ficô podre, foi junto com a coisa horrorosa que conteceu. Logo que eu voltei pra escola conteceu a coisa horrível, ai, só de lembrá me dá um pavô, tenho vontade de enfiá as unha na cara e gritá, entrá debaixo da cama e não saí mais, só que eu tenho medo de encontrá a moça lá embaixo, uma moça que eu já vi um dia quando eu tava dormino, ela ficava falano no meu ouvido no sonho, pedia pra eu pegá a mala pra ela í embora, que ela precisava í embora, pra eu salvá ela que iam pegá ela, coisa ruim, gente ruim, por isso ela tinha que ficá quetinha debaixo da minha cama, na hora de dormí eu cubro o pé pra ela não pegá e faço o sinal da cruz várias veis, porque eu acho que essa moça já morreu e morreu aqui, não sei o que queria pegá ela, mas eu sei que pegô, se ela qué sê protegida eu dexo, eu protejo ela, mas já pegô sim, igual pegô o menino da minha sala, o Toninho. Ele era tão pequeno, tão fraquin, magrin, tadin, ele morava mais afastado que a gente, mais pro meião do mato, na hora de í pra escola levava um tempão, tinha que acordá antes das quatro pra dá tempo de chegá antes de batê o sinal, e o pai dele cortava a cana, por isso eles era meio pobre, quase num tinha o que comê, ele robava macaúba do pomar do Seu Neto no caminho pra escola, enchia um saco cas fruta e ficava comeno, às veis até me oferecia alguma pra comê na hora do recreio, tinha dia que ele voltava de carro de boi, tinha dia que ele ia andano, aí teve um dia que a gente ouviu que a mãe dele tava procurano ele, era tarde da noite já, umas oito hora, ela foi na nossa casa chorano que o Toninho tinha sumido, num tinha chegado inda, que ela tinha andado naquele breu até a nossa casa, que o pai dele tava olhano nas fazenda, procurano ele feito doido, onde que aquele menino tinha se metido, iam fazê ele joelhá no milho, apanhá de vara, e eu desesperada, com medo do Toninho apanhá, minha mãe me beliscano de lado e falano que se era eu ela me matava, pior, eu ia chegá e ela ia tá morta, estendida no meio da sala, minha mãe sempre fala isso, ela sempre fala que a hora dela tá chegano, eu tenho tanto medo da minha mãe morrê, se ela morrê eu não sei o que eu faço, por isso eu rezo todo dia pra Nossa Senhora de Aparecida, que é tão boazinha e qué tão bem as criança, ela me cobre co seu manto, ela me protege e me ilumina. A gente ficô ouvino o rádio até umas dez e a mãe do Toninho nervosa, chorano, ficava andano sem pará e falano que não era normal esse menino não voltá, falei pra ela que a Nossa Senhora de Aparecida protegia as criancinha e consolava os aflito, aí a gente se joelhou e rezô junto, pedino que o Toninho voltasse logo e parasse de perturbá a mãe dele, que ele devia de tá na casa de algum amiguinho, que moleque aprontava mesmo, de certo ele tinha é até voltado pra casa já, só que não tinha ninguém lá, aí já viu, ficava todo mundo desse jeito, cismado, achano que conteceu alguma coisa, mas não devia de ser nada não, aí a mãe do Toninho dormiu em casa aquele dia, e a gente saiu pra procurá ele bem cedo, pegamo uns menino de perto, meu pai mais uns amigo dele e fomo no mato atrás do Toninho, vai que ele se perdeu, machucô, levô picada de cobra, o coração já tava na mão, meu pai já falô de uma vez que a cobra picô um meninin pequeno e que quando chegaro lá a cobra tinha comido o menino inteiro, só vomitô o corpin dele, coitadin, todo roxin de tê quebrado os osso, nessa hora a gente chegô na cabana do Seu Jão, que era um preto muito do bonzin que morava mei enfiado no mato, mais pra perto da escola, eu lembro que ele era muito bonzin, que dava bala pra gente, fazia carin, ele até convidava pra tomá lanche na casa dele, mas a gente sabia que o Seu Jão era pobrezin aí tinha dó de í lá.

Aí fomo na cabana dele, que era tão pobrezinha que era feita dumas ripa podre de madeira coberta com barro, ali morava barbêro, eu tenho certeza, barbêro é um perigo porque dá a doença de chaga e o coração da pessoa fica tão grande que quase não cabe mais dentro do peito, que nem o coração de Jesus, que é tão grande que não cabe quase dentro do peito, mas tem que sê enorme mesmo pra cabê todo mundo, um dia na catequese a mulher falô que a hóstia que a gente ia comê era o corpo de Cristo e que o vinho era o sangue, ela falô que num podia mastigá, que tinha que dexá derretê na língua, aí quando eu fui na missa no otro domingo eu vi a menina masti-gano, e tinha sangue escorreno do queixo dela, parecia que ela tava triturano os osso de Jesus, me deu um nojo muito grande, tive que engoli o vômito que veio, dá até medo de fazê primeira comunhão, eu num quero vomitá o corpo de Cristo. A gente chegô e chamamo o Seu Jão, mas ele num tava, aí a gente foi entrano pra vê se ele tava dormino ou se o menino tava ali, a mãe do Toninho abriu a porta correno na frente, aí botô a mão na cara, tapô a cara inteira e começô a gritá, eu vi um poco de sangue na mão dela, acho que ela fincou a unha na carne, fiquei pensano como pode a unha sê tão afiada, que perigo, por isso eu cortava a unha dos meu irmãozinho, quando vê os hôme tiraro uma coisa lá de dentro da cabana, de repente tava todo mundo gritano, eu abri a boca, mas não saiu nada, parecia o Toninho aquela coisa, mas tinha tanto furo, tanto buraco, tinha uns buraco que tinha uma gosma branca saino, o povo começô a gritá que ia matá aquele desgraçado, a mãe do Toninho caiu feito fruta podre, foro botá um capote pra cobrí ele aí eu olhei e vi que o olho já num tinha, o olho era duas macaúba madura, tinha uns buraco que tava cheio de macaúba, as mão dele tava tremeno tudo, ele devia de tá vivo ainda, quando viraro ele pra enrolá no cobertô vi que devia de tê umas cinco macaúba só na bunda, a bunda tinha virado um buraco lambuzado de macaúba, era sangue, era coisa branca, era merda, num guentei, o vômito veio e eu dexei porque num era o corpo de Cristo que tava saino, era otra coisa, coisa ruim, coisa ruim. Nossa Senhora de Aparecida, por favor, Nossa Senhora, protege as criancinha.

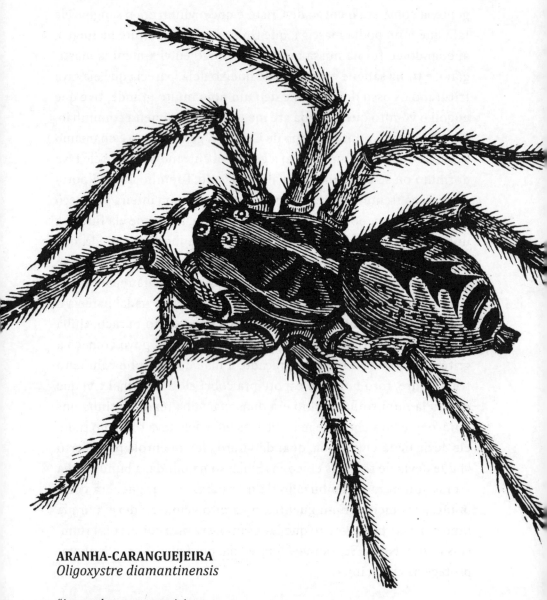

ARANHA-CARANGUEJEIRA
Oligoxystre diamantinensis

"As aranhas-caranguejeiras gostam de lugares úmidos e escuros, podendo, até mesmo, ser encontradas em cemitérios. São muito solitárias."

VC

VELÓRIO

Nº 02

INVENTÁRIO DE PREDADORES DOMÉSTICOS

Aí o vô tava doente, né. O vô tava dodói no hospital. Eu não sei o que o vô tinha, mas o pai e a mãe ficavam repetindo, Esse vício maldito! Esse vício maldito!, e xingavam a tia quando ela acendia o cigarro e ia fumar, toda chorando, minha tia é linda, mas não gosto quando ela chora, ela fica feia, a cara dela fica enrugada, ela toda chorando na janela, na varanda que eu gosto de brincar. Um dia eu peguei o cigarro da tia, peguei o cigarro da tia de dentro da caixinha e botei na boca, cruzei as pernas igual ela, a mãe fala que minhas coxas são gordas e são mesmo, são bem gordinhas e ainda têm dobrinhas, às vezes ela fala que a perna é igual de nenê, aí a gente ri bastante de achar graça de eu já ser grande e ter perna de nenê. O outro vô, o pai da mãe, bate na minha coxa e fica falando que eu sou taluda, pernuda, que eu vou ser sempre a gordinha dele, mas eu não sei se eu quero ser gordinha não, a mãe da Natália é gorda e os meninos da rua riem dela quando ela passa, acho que é porque a perna dela é meio torta, mas a coxa dela é enorme, um milhão de vezes maior que a minha, então a minha é pequena, eu acho.

Aí deixa eu continuar: aí eu peguei o cigarro né, aí botei na boca e tinha um gosto esquisito, mas gostoso, é o cheiro do meu vô, o meu vô do hospital, aí eu gostava, era gostoso esse cheiro, aí esse dia a minha tia entrou e bateu na mão que eu tava segurando o cigarro dela e eu olhei e vi o cigarro entrar rolando debaixo da cortina e comecei a chorar, porque eu queria ser bonita que nem a minha tia, mas ela num deixava. Aí ela falou que eu não podia fazer isso, que ela era muito, muito feia porque ela fumava, que ela fedia e o dente dela doía e ficava amarelo, que aquilo fazia mal, que o vô ia morrer por causa daquilo lá, aí eu fiquei triste, né, aí depois disso, quando eu queria fingir que eu era bonita que nem a minha tia, eu pegava só o lápis de cor que eu pintava os cadernos da escola e eu fumava eles, botava na boca, chupava, depois assoprava o ar, aí a bundinha do lápis ficava toda molhadinha e eu sentia um gostinho bom de madeira molhada que fazia eu lembrar do dia que choveu no parquinho e eu tava brincando no escorregador e aí ninguém ligava, ninguém xingava e jogava o lápis longe.

Aí o vô que tava doente morreu. Aquele vô não era velhinho, sabe, era um vô bonito, bigodudo, que gostava de me botar nas costas e deixava eu brincar de cavalinho enquanto eu comia goiabada com queijo que ele mesmo fazia, parecia um tijolo, quase nem cabia direito na boca, depois eu tinha que lavar a mão porque ela enchia de pelos do tapete de tão grudenta e ele ria de eu ser pequena e querer fazer essas coisas de lavar a mão porque tá grudando, mas eu sou tão grande, da minha sala eu sou a maior, nenhum menino nem nunca quis mexer comigo depois que eu fiquei tão grande assim e bati com a boca na quina da mesa da escola, depois disso que eu fiquei bem mais valentona, brava mesmo, o menino que me empurrou até o nariz dele eu sangrei, porque eu não sou criancinha não! Eu sou muito brava! Experimenta me chamar de gorda, feia, experimenta! Eu bato mesmo, minha mãe me ensinou, Fecha a mão e bate forte, Não deixa mexerem com você não, Não traz desaforo pra casa, Quando eu era criança eu nunca deixei ninguém fazer maldade comigo, Faz igual eu, mas depois não fica igual sua mãe, depois de adulta, bobona, chorona, que aguenta tudo e aceita tudo de homem. Eu é que não aceito nada de homem! Homem na minha mão vai é se lascar!

Depois outro dia o menino foi me dar uma caixinha e dentro tinha uma bala, mas a bala tava murcha, meio grudenta, não comi não, ele deve ter cuspido dentro, a gente nunca pode aceitar tudo, muito menos de estranhos, isso sempre me falaram, têm estranhos que dá bala pra gente, mas essas balas têm veneno de tatuagem, que você bota na língua e a pele inteira coça, é umas balas-tatuagem de palhacinho, eu vi no jornal ontem, minha mãe falou que não pode comprar, que é droga, que você morre, aí agora fico com medo de qualquer bala coloridinha que eu vejo na lojinha do seu Antônio, vejo qualquer balinha colorida e já pergunto se é droga porque se for droga eu tenho medo, não quero morrer. Morrer igual o vô. Um dia eu vi um gato morto na rua, ele tava deitado no cantinho da calçada, pretinho, lindinho, quis pegar no colo, mas minha mãe não deixou, falou que tava cheio de doenças, que medo, que nojo. Aí depois no outro dia o gato tava com um cheiro esquisito, um fedô meio quente, meio doce, meio salgado, aí quando eu fui na feira depois ele tava cheio de bichinho branco comendo ele, os bichinho ficavam mexendo assim ó, deu um nojo muito grande, minha mãe tapou meu olho pra eu não ver o que acontecia, mas aí não dava, já não dava pra esquecer mais, eu nem quis mais comer o macarrão que minha mãe fez no almoço, ela ficou muito brava e jogou ele em mim, minha mãe anda muito nervosa, não sei por quê, acho que é por causa da doença do vô, do vô que tá dodói por causa de cigarro.

O vô morreu, meu pai veio e falou, o nariz dele tava todo vermelho e redondo, eu nunca tinha visto como o nariz do meu pai era redondo, mas era mesmo, parecia uma bolinha vermelha, quase igual nariz de palhaço, só que naquela hora não dava pra confundir com palhaço porque ele tava triste, mas tem um palhaço que fica pendurado num quadro no meu quarto que tem uma lagriminha caindo do olho dele, ele é muito triste, tadinho, mais triste até que meu pai quando me falou pra eu ir pra casa da minha amiga e tomar banho que depois eu ia ver o vô de novo. Fiquei feliz, era tão legal brincar na casa da Natália, mas também fiquei triste porque meus pais tavam chorando muito, meu pai abraçou minha mãe, falou que ia lá cuidar da minha vó, que tava com o vô no hospital, aí achei estranho, o vô não tinha morrido? Como é que ele tava no hospital e a vó tava com ele? Ué, será que o vô ia ficar igual o gato, cheio de bichinho comendo ele? Tive nojo, tive nojo de ir ver o vô, mas eu gostava de brincar com a Natália e com o irmão dela, o George, aí eu fui pra casa dela, né, ia ser legal, fazia tempo que eu não brincava com eles de pega-pega, de esconde-esconde... Chegando lá, né, a mãe gordona da Natália, Tadinha, a minha mãe falava assim, Tadinha, tem o rosto tão bonito, ela era tão gordona, mas era bonita, tinha um cabelo lá na cintura, chegava até perto da bunda, quase batia na bunda, eu sempre quis ter um cabelo grande daquele, só que todo enroladão, enroladão, igual da moça da novela, aquela cigana, a do Explode Coração, ela me abraçou meio chorando e falou que era pra eu ir tomar banho que ela logo ia me levar com os meus pais, que os meus pais não podiam ficar comigo naquela hora porque tinham que arranjar uns troços com um homem no cemitério (Fui no cemitério, tério, tério, tério! Era meia--noite, noite-noite-noite! Tinha uma caveira, veira-veira-veira! Era vagabunda, bunda-bunda-bunda! Olha o respeito, peito-peito-peito!), aí ela mandou a gente ir tomar banho, eu, a Natália e o George, aí a gente foi, nós três fomos tomar banho no chuveiro do banheiro dela.

Eu esqueci de falar, mas a Natália e o George são bem branquinhos, bem brancos mesmo, as pessoas mais brancas que eu já vi, e a cara deles é toda manchada de pintinhas, minha mãe fala que são sarnas, sarna é uma pintinha que dá quando a gente é branquinho e toma muito sol, e os dois são bem branquinhos e pintadinhos, eu já chamei eles de 101 dálmatas mas eles não gostaram não, aí a gente foi tomar banho, né, e aí no banho a gente ficou brincando de dar tapas na bunda um do outro, a bunda da Natália é gordinha igual a minha, mas bem branca e cheia de pintas, aí ela segurou na bunda igual se fossem duas bochechas e o buraquinho fosse a boca e começou a abrir e fechar a bunda, falando Oi, meu nome é bunda, tudo bem?, eu e o George rimos um montão daquilo, imagina se a bunda falasse, que engraçado? Aí o buraquinho da bunda era a boca e aqueles fundinhos embaixo nas costas são os olhinhos e o nariz é o risquinho, aí o George tava parado olhando a bunda da irmã dele quando o pipi dele começou a subir, e a gente viu e começou a dar risada e ele ficou pulando com o pipi levantado, o pipi do George é pequeninho, bem fininho, mas o do meu pai não é igual, o do meu pai eu só vejo quando ele fica pulando pelado na sala depois de tomar banho pra irritar minha mãe, que fica brava e manda ele ir se vestir e não ficar pulando pelado na minha frente, mas meu pai é muito engraçado quando faz isso, eu gosto de ver o pipi dele balançando, parece uma minhoca. Eu acho que todo mundo tinha que ter pipi porque é muito engraçado e é muito mais fácil de ir no banheiro. Outro dia na escola eu queria fazer xixi, mas a minha coleguinha tava usando a privada, aí ela falou pra eu fazer no ralinho ali do lado mesmo, que os meninos faziam em pé, que era só segurar, aí eu segurei minha pipinha e fui fazer xixi no ralinho, mas escorreu tudo na minha perna e eu chorei porque tive que ir pra sala toda molhada, aí perguntei pra minha mãe e ela falou que menina não consegue fazer xixi em pé, só menino, que menina tem que sentar, mas eu acho isso muito chato, muito injusto, eu queria poder fazer xixi em pé também, aí minha perna não molhava e eu podia fazer em qualquer lugar que desse vontade.

Aí, né, depois de tomar banho a gente comeu pizza, eu fiquei tão feliz de comer pizza!, minha mãe não tem dinheiro pra comprar comida assim, quando eu quero comer coisa diferente ela me dá bolacha de chocolate, eu como tudo de uma vez, mas quando eu falo que quero pizza ou lanche do McDonald's ela fala que só se ela pagar com cheque sem fundo e começa a dar risada, aí no fim eu rio com ela também porque acho que cheque sem fundo deve ser uma coisa muito engraçada pra ela rir desse jeito, aí quando a gente vai no shopping e eu quero comer no McDonald's eu falo pra ela dar o cheque sem fundo mesmo, que ninguém vai descobrir, e ela dá risada, mas nunca dá, ela fala que mentir é muito feio. Já era de noite quando a gente foi no cemitério. Cemitério é um lugar que eu sempre gostei de ir, tem umas coisas muito bonitas, umas estátuas muito bonitas e um cheiro gostoso de flor morta, eu gosto muito de cheiro de flor morta, um dia minha vó me levou num outro cemitério, lá na cidadezinha onde ela mora, e mostrou um lugar onde ela disse que morreu uma criancinha e aí tinha um anjinho bem gordo, bem gordo mesmo, com a mão aberta e a mão tava cheia de balas, as pessoas levavam balas pra criança morta, aí eu fui pegar uma bala e tava cheia de formigas, minha vó bateu na minha mão e falou que a bala era da menininha morta, que ela morreu de tanta vontade de comer bala, que a lombriga comeu ela inteirinha, de dentro pra fora, Mas aí como a menina vai comer a bala?, eu perguntei, a minha vó disse que o espírito comia, Mas como que o espírito come se a formiga já comeu tudo? A menininha não vai ficar brava da formiga comer a bala dela? Aí minha vó falou que a formiga é bicho puro, bicho de Deus, que a formiga pode comer. Pena que nesse dia que eu fui no cemitério já tava de noite, aí nem deu pra ver nenhuma formiga ou se tinha alguma criança-anjinho com balinha na mão. Esse dia tava tudo escuro, mas todos os meus amiguinhos tavam lá, e os pais da gente ficaram numa casinha, era muito engraçado, só a casinha tava iluminada, parecia até que tava brilhando, bem no meinho do cemitério e o resto tudo tudo preto, parecia até uma coisa mágica, uma luzinha no meio da escuridão toda, que nem uma vez que eu vi num filme, mas aí quando os homens chegaram perto era uns etês, aí deu medo, não gostei mais e mudei o canal.

Quando a gente chegou na casinha os pais tavam lá dentro, aí fiquei mais feliz ainda, porque vi meu vô e minha vó do meu lado da mãe parados lá dentro, com o pai e a mãe, e saí correndo, gritando, que saudades que eu tava, e abraçando os dois e beijando, aí vi minha outra vó com o nariz mais vermelho que do meu pai, chorando muito, mas sorrindo pra mim também, aí abracei ela também, tadinha, ela devia estar triste porque eu tava muito feliz de ter visto os outros vôs, mas é porque fazia tempo que eu não via eles, eles moravam numa cidade bem longe, quando a gente vai lá passear eu tenho que acordar bem cedo, de madrugada, e tá sempre muito frio e eu vou com o meu cobertorzinho deitada num travesseiro no banco de trás e quando eu acordo já tá bem quente o dia e a gente tá quase chegando, falta só uma meia hora, e aí a gente vê uma estátua bem grande de Jesus todo cagado de pombo no meio da estrada e daí eu sei que chegou e tá sempre tocando aquela música Beija eu, beija eu, no carro.

Aí meu pai mandou eu sair pra brincar com os meus amiguinhos e eu tava indo quando eu vi que tinha uma caixona bem no meio da sala e que estava todo mundo em volta dela, bem quietinho, que nem quando a gente tem que fazer lição na escola, e tinha gente chorando, gente que eu conhecia e gente que eu não conhecia, muitos velhos, tive que abraçar todo mundo, todo mundo falando que meu vô gostava muito de mim, que eu era a coisa que ele mais amava no mundo, e eu ria e falava que também gostava do meu vô, que eu também gostava dele, e aquela caixona estava super alta eu não conseguia ver direito, mas eu estava com pressa porque eu não via a hora de sair pra brincar com os meus amigos, eu escutava eles correndo e gritando lá fora, eles deviam tá brincando de pega-pega, comecei a ficar nervosa, daqui a pouco eles iam cansar de brincar e eu ia ter que brincar sozinha só com a minha priminha, a Joana, que ainda era três anos mais nova que eu, tinha só 4, não sabia brincar de pegar direito ainda, aí chorava quando perdia. Aí ainda bem que vieram meus amigos, a Júlia, a Ana, a Natália, o George, a Letícia, e me puxaram e aí a gente foi brincar de pega-pega lá fora né, foi muito legal, a gente se escondia no escuro e aí quem tava pegando não conseguia ver a gente, aí, de repente, a gente saía correndo do meio dos túmulos e ia bater no pique, 1, 2, 3, Salva mundo!, e aí a pessoa tinha que pegar tudo de novo. Eu corria segurando a mão da minha prima, porque eu tinha medo que ela caísse e machucasse, ela era muito pequenininha ainda e não conseguia correr direito porque ela usava um tênis rosa que consertava o pé quando o pé era meio torto, e o tênis não deixava ela correr direito, mas ela riu bastante da gente ficar se escondendo no meio dos túmulos e tapar a boca com a mão pra não dar risada, de repente dava uma vontade de fazer xixi, que parecia que a gente ia fazer ali mesmo, sempre dava vontade de fazer xixi quando se escondia.

Aí uma hora a gente tava agachada do lado da casinha brilhante onde tavam os adultos, né, e eu tapei a boca da minha prima porque ela tava rindo muito, desse jeito a gente num conseguia chegar no pique, aí apoiei no túmulo e encostei a mão numa coisa esquisita, quando eu olhei era uma aranha. A aranha era grande, peluda e preta, e a sombra que a aranha fazia parecia que ela era maior que eu, maior até que o túmulo, acho que era maior até que o cemitério, eu não sei quanto tempo eu fiquei olhando a aranha, eu só sei que ela não se mexeu, ficou quietinha lá, acho que ficou olhando de volta, mas eu não conseguia sair de perto da aranha, de repente me deu uma tristeza muito grande, eu soltei a mão da minha prima e fui na casinha onde eu ouvi gente chorando muito alto, minha mãe abraçava o meu pai e gritava que amava ele, que ia cuidar dele, e meu pai abraçava a minha vó, todo mundo se abraçava, aí meu pai me viu e me puxou pra abraçar ele, a cara molhada dele molhou a minha cara, aí de repente que vontade ruim de chorar, que dor ruim dentro de mim, eu vi que dentro da caixona na sala tava o meu vô, desde aquela hora lá, ele tava deitado com a mão fechada em cima do peito, parecia até que tava dormindo, tinha um pano cheio de furinhos em cima dele, com uma roupa marrom, de gravata, igual se fosse numa festa chique, de casamento, aí meu pai me pegou no colo e falou pra eu ir beijar o vô, que eles já iam fechar o caixão, mas como fechar o caixão, fechar o caixão por quê? Na hora que meu pai me levantou eu senti um cheiro muito forte de álcool, e eu vi o algodão no nariz bonito do vô, tinha algodão dentro do nariz, tinha algodão na orelha e algodão na boca também, a boca do vô tava meio aberta e o algodão tava lá dentro, daí me deu uma falta de ar, eu não conseguia respirar, e meu pai pediu pra eu beijar meu vô, mas de repente me deu um medo muito grande, e se o vô abrisse o olho? Não, eu não quero!, Benzinho, ele gostava tanto de você, Não, eu não quero!, Filha, por favor, beija o vovô, Não, pai, eu não quero!, Por favor, beija, beija, Você nunca mais vai ver ele, Não, Não, Não, Não, Não, Não, Não... O moço levantou o pano e subiu um cheiro de flor morta, um fedô horrível, como eu odeio cheiro de flor morta, e meu pai me segurou pelas pernas e pelos braços pra eu parar de me debater, machucou, Não, Não, Não, Não e foi me descendo perto da cara do vô, a cara do vô tava cinza, tinha um pó esquisito em cima, e eu fiquei olhando aquele algodão, sem respirar, o algodão enfiado no nariz, por que algodão no nariz? Eu não quero esse algodão no nariz, Deixa ele respirar, deixa!

Quando eu cheguei mais perto eu vi que o bigode do vô parecia a aranha lá fora, era a aranha lá fora, eu ia encostar a cara na aranha, e o olho do vô tava meio aberto, achei que ele ia abrir todo, Não, Não, Eu tenho medo, Não, Não, aí beijei, minha boca ficou fria, parecia beijar pedra, parecia beijar a mão fria de alguém no frio, meu pai me botou no chão, chutei ele, empurrei ele pra longe, comecei a chorar, minha vó e meu vô me abraçaram, meu pai saiu de perto de mim, Vai, menina, vai, Sua chorona, Ingrata, Vai, vai lá fora, Vai brincar, Não faz isso, Entende, A menina é pequena, ela não sabe o que tá acontecendo, aí meu pai pediu pra eu sair da frente dele, mas eu chorei mais ainda e quis subir no colo da minha mãe, não quis sair porque lá fora tinha aranha, a aranha tava esperando pra me pegar. Ela vai me pegar, eu sei, eu tenho certeza, ela fica me olhando, ela olha tudo, ela tá em todo lugar. Em todo lugar que eu vou a aranha tá lá.

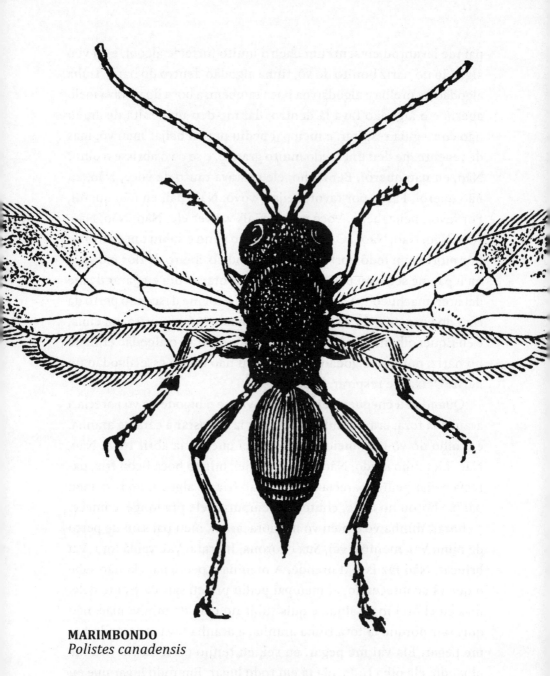

MARIMBONDO
Polistes canadensis

"A dor provinda da picada de um marimbondo
tem mais relação com o tamanho do ferrão
do que com a quantidade de veneno excretada."

PICADA

Nº 03

INVENTÁRIO DE PREDADORES DOMÉSTICOS

O tanto que eu tava com vontade desse verão, dessas férias chegarem, nem tem tamanho de tanta ansiedade, juro! Eu já não aguentava mais dormir com a roupa do uniforme pra já acordar prontinha no dia seguinte de tanto frio que tava, não dava nem coragem de tirar a roupa de tanto frio, pra trocar o pijama com a roupa da escola, então o jeito era dormir assim mesmo. Nossa, quando eu ia pra escola bem cedinho com o meu tio antes, a gente ia a pé, puta frio!, dava pra ver o que parecia que era uma fumaça enorme, sem fim, era neblina, ele falava, que é quando o ar fica tão frio que ele fica branco, igual dentro da geladeira ou sorvete de picolé quando a gente tira do freezer, nossa, vou chupar muito picolé agora, nem acredito que logo é férias, meu tio já tá brigando comigo, sabe que nem vou parar em casa, mas não vou mesmo!, nem a pau, Juvenal!

Vou andar de bicicleta, pular corda, jogar vôlei com os moleques da rua aqui de casa, ô coisa boa, a gente vai brincar de guerra de bexigas d'água, talvez nadar no clube...

O chato é que ainda tem uma semana de aula, mas agora pelo menos, que meu tio já viu que é ruim subir o morrão enorme que é pra chegar na minha escola, ainda mais às sete da manhã, faz favor, né, tio?, ele tá pagando um moço pra me buscar em casa, o Tio Jão. É estranho chamar ele de Tio Jão, primeiro porque ele nem é meu tio, eu já tenho um que tenho que ficar chamando disso o dia inteiro, e depois que ele não tem cara de tio mesmo, tem cara mais é de vô, de bisavô, de tataravô, vô pançudo com jeito de Papai Noel. Eu devia era de chamar ele de Vô Bolão, mas acho que ele deve ficar bravo, né, vai saber. Melhor não correr esse risco, vai que ele fica bravo e quando a gente tá voltando da escola e ele tem que deixar a Pamela na casa dela, que é lá no fim da cidade, quase no meio do mato, ele me deixa lá e manda eu voltar a pé? Pior que eu nem sei o caminho de volta pra casa, nunca fui praqueles lados, eu, hein, melhor me comportar bem e segurar a minha língua que, a tia fala, se eu morder morro envenenada, ixi.

Hoje eu fui pra escola, tá tendo a última semana, daí teve festa de despedida porque agora vai todo mundo pra quinta série, que é em outra escola, nossa, fiquei de-so-la-da, chorei muito, abracei meus amigos, a gente sempre brigou muito, mas mesmo assim eu fiquei chateada, porque a gente estuda na mesma sala desde a primeira série, e por mais que eu sei que a gente vai se ver ano que vem na outra escola, que é bem pertinho de casa, são mais de dois meses separados e tem gente que mora meio longe, não vai lá na minha rua brincar, que pena. Até da Milena eu vô sentir saudade, juro, que é uma menina meio assim, esquisitinha, sabe, ela é crente, crentinha, ai, credo, como eu detesto menina crentinha, só que ela é crente, do jeito que minha tia fala, crente da bunda quente, é só falar de homem ela tá prestando atenção; minha mãe acha que logo logo essa daí perde a virgindade, mas pra ser beem sincera, eu acho que ela já perdeu.

Deixa só eu explicar, virgindade é quando você deixa o moço colocar o pinto dentro da sua xexeca, minha tia diz que só pode fazer quando é muito grande, igual pai e mãe, mas essa Milena todo dia fala que tá doidinha pra fazer, ela fala que um dia ela tava beijando um moço lá perto da casa dela e que o moço pegou a mão dela e botou no pinto dele, ela falou que o saco do moço tava duro, eu achei super estranho o saco ficar duro, eu só vi o do meu tio um dia que ele abaixou de bermuda sem cueca por baixo e parecia uma coisa bem molenga, caída. Sei não, deve ser mentira dela, mas mesmo assim, com dez anos e já tava beijando esse moço grande; acho que a minha tia tem razão, porque um dia no recreio a gente tava brincando de pega-pega, aí os meninos tavam correndo atrás das meninas pra darem tapa na bunda da gente, é uma brincadeira idiota que eles fazem porque eles sabem que eu fico muito brava e dou soco na cara deles, mas eles tavam brincando disso e essa Milena, biscatinha, piranha, vagaba, agachou e ficou de quatro na cara do menino pra ele bater na bunda dela, só que o menino, em vez disso, passou a mão na xexeca dela, eu vi, todo mundo viu, o menino passou a mão na xexeca dela ao contrário, que nem se tivesse limpando xixi, e ela ficou dando risada, depois falou que saiu uma aguinha da xexeca que molhou a calcinha inteira, ela deve é ter se mijado, a porca, se fosse comigo eu tinha dado uma voadora na cara dele, um golpe de futebol americano, ia fazer aquele pivete rolar quicando que nem bola, igual no dia que ele me derrubou e deitou em cima de mim na frente da sala de aula e não deixava eu levantar, depois passou a mão no meu cabelo e falou que eu tinha cheiro de bolacha, que ódio, que ódio, arranquei sangue do nariz dele, a diretora, aquela sapatona, veio e disse que se eu fizesse isso de novo eu estava expulsa, onde já se viu, meu tio ficou muito bravo quando ficou sabendo, bateu em mim com o chinelo até eu chorar, mas se bem que eu fechei a boca e aguentei bastante tempo. Depois no outro dia o menino veio falar comigo, o branquelo nojento, rato branco, disse que era pra eu desculpar ele que ele sabia que eu não era menina igual a Milena, que se aproveita pra passar a mão, que eu era moça de família, pra eu desculpar, aí eu desculpei e a gente ficou falando mal da Milena porque ela tava com o dente sujo de chocolate, foi muito engraçado, mas, no dia seguinte, ele já me irritou de novo me chamando de peituda, então não adiantou nada.

Bom, no fim das contas, deu o último dia de aula e eu tinha que voltar pra casa, deu um friozinho na barriga na hora que eu entrei na perua do Tio Jão, e olhei pela janela, parecia até que eu nunca mais ia ver ninguém, já me deu até saudade da escola, nem acreditava que eu não ia mais estudar ali, nunca mais ia assistir aula naquela escola grandona, cheia de árvores, com um patião... Se eu pudesse eu morava na escola, meu tio sempre falava que não se conformava de tanto que eu gostava de estudar, falava que um dia eu ia ser alguém na vida, mas não sei, acho que tenho medo de ser alguém na vida. Ser alguém na vida é ser alguém importante, eu tenho preguiça.

Eu queria era ser cigana. Um dia vieram uns ciganos aqui na minha cidade, era todo mundo tão bonito, de pele marrom, cheio de ouro, os dentes todos dourados, umas roupas coloridas, e eles fazem bruxarias também, uma velha leu a mão da minha mãe, minha tia falou que ela sabia tudo tudo da vida dela, até o nome inteiro dela ela sabia, que a cigana sabia ler o futuro, falar do futuro, mas ela não me deixou ir, falou que eu não tinha o que ver com o futuro, que o futuro tava aí, que eu ainda era criança e não tinha que me preocupar com isso ainda. Meu tio ficou bravo quando falei que queria ser cigana, ele disse que cigano é ladrão, sujo, que eles cospem, xingam, são uns porcos, delinquentes, que não é gente decente que nem a gente, que nem o Tio Jão, que nem os vizinhos, a dona da farmácia, a dona Rosa e o seu Toninho. Fiquei triste porque um dia veio um moço cigano e me deu um colarzinho muito bonito, disse que era uma pedra que ia me proteger de tudo, de quem quisesse me fazer mal, mas se ele também queria me fazer mal, não era boa gente, por que ele me deu a pedrinha? Meu tio me fez jogar fora, eu chorei, acho que se acontecer coisa ruim comigo agora é culpa da pedrinha que eu perdi, que jogou fora, era presente, isso não se faz, não se faz não, eu guardo tudo que as pessoas me dão, uma vez até um gravetinho que uma menininha neném me deu eu guardei, colei num caderno pra não perder, presente é coisa que vem do coração, tem que dar valor, a gente só dá quando gosta muito da pessoa e quer bem. Acho que quando eu voltar pras aulas vou levar um presente pra cada um, bala, pirulito, doce, sei lá, só pra todo mundo ver que eu gosto deles, até pra Milena eu vou dar, aquela biscatinha, eu sei que ela mora aqui perto de onde a Pamela mora, que é um matão, mas tem umas casas bonitas, de chácara e de fazenda.

A gente deixou a Pamela na casa dela, ficamos só eu e o Tio Jão na perua, então ele falou que ia esperar um pouco porque eu saí muito cedo da aula, que tinha que esperar só um pouco antes de me levar porque meu tio nem ia estar em casa quando eu chegasse, nem ia ter ninguém, era verdade, a gente saiu mais cedo porque era o último dia. Ele estacionou a perua debaixo de uma árvore bem gostosa, tinha um matão lá pra baixo, dava pra ver uns mosquitinhos voando e tava um calorão, o maior calor. O Tio desligou o carro aí falou que logo logo já me levava, que a sombrinha tava boa pra refrescar do calor, eu concordei, era mesmo, Que sombra boa, Nem acredito que já é férias, peguei meu caderno da escola e já comecei a desenhar, eu adoro desenhar, desenho tudo, principalmente moças, eu adoro desenhar moças!, já sei desenhar elas até peladas, meu sonho é ser daquelas pintoras de quadros de mulher pelada, são tão lindas aquelas pinturas, parece que as mulheres todas são iguais a fadas, meio que voando, bem leve assim, como se o vento estivesse batendo no cabelo, me dá vontade de suspirar, é lindo demais.

Eu tava desenhando quando senti uma coceguinha na perna, então eu olhei e era um marimbondo, um marimbondão enorme, meio vermelho, pousado bem em cima da minha coxa, na hora assustei e dei um pulo, já ia empurrar com a mão, mas o Tio falou pra não mexer que a picada doía demais, demais, e eu tava com a coxa pelada porque eu tava de shorts, aí fiquei paradinha, meio com medo, porque um dia eu e meu amigo fomos jogar bola e vieram dois marimbondos e picaram ele, ele chorou muito, ficou um bolão inchado nas costas, teve que ir pra casa, a mãe dele botou gelo e tudo o mais, que medo de picar minha perna, eu devia ter botado calça, mas tava tão quente, já era dezembro...

O marimbondo ficou parado lá um tempinho, de repente ele voou pela janela do lado do Tio Jão e foi embora. Ai, que alívio, o Tio veio e botou a mão na minha coxa, apertou e falou que ainda bem que ele não tinha picado minha perna, porque ia doer, ia ficar uma marquinha e ia deixar feio, minha perna era tão bonita. Ele começou a passar a mão na minha perna, o braço dele tinha umas manchas, era braço de velho, com os pelos tudo separados, esquisitos, mas eu achei que ele tava brincando, aí deixei, continuei desenhando no meu caderno, quando vê ele foi descendo a mão e colocou ela bem no meio das minhas pernas e começou a mexer com a minha xexeca. Deu um frio na barriga, uma falta de ar, aí eu fechei a perna e empurrei a mão dele, eu não era biscatinha igual a Milena não, Eu não sou putinha, eu falei, ele não respondeu, puxou a minha mão e abriu a calça, botou ela lá dentro, tinha uma quentura e uma coisa bem macia lá dentro, ele falou que, se eu não segurasse bem forte ele não me levava embora, falou que me fazia descer da perua e ir lá no meio do mato com ele, que ia fazer pior, que ia abrir meu cu todo com o caralho dele, e se eu contasse pro meu tio ou pra minha tia ele sabia onde eu morava, ia me pegar com a perua e ia me comer até eu ficar toda rasgada, que ele sabia que eu tava gostando, que não era normal eu já ter aquele corpão de moça, que era pra usar já, que no fim eu ia gostar, ele sabia.

Ele ficou balançando minha mão pra cima e pra baixo na coisa dele até que saiu uma coisa quente, nessa hora ele gritou, agarrou meu cabelo, caiu um fio de cuspe da boca dele, tinha um fedô o bafo daquele velho, na hora eu achei que ia desmaiar, meu coração tava explodindo, mas eu só chorei. Ele limpou minha mão na flanela que ele usava pra limpar o vidro da perua e ficou me consolando,

Pronto, pronto, doeu?, Não doeu nada, mas mesmo assim eu fiquei chorando, a presilha do meu cabelo tinha caído no chão, mas eu não conseguia procurar porque não conseguia olhar pra lado nenhum, não conseguia fazer nada. Quando chegou na porta de casa ele falou pra eu não chorar mais, que ele gostava muito de mim, aí pediu pra eu dar um beijo nele, eu dei né, vai que ele faz maldade depois se eu falo que não, ele falou que aquele era o nosso segredinho, e que eu aproveitasse bastante as minhas férias, tivesse um feliz Natal e um próspero Ano Novo.

Entrei em casa, a mão tava fedendo a carniça, lavei umas dez vezes com o sabonete mais cheiroso que tinha lá, depois saí pra brincar na rua, joguei bola, pulei corda, brinquei de lutinha, aí quando tava quase de noite, os meninos falaram duma caixa de marimbondo que tava em cima do telhado da casa do vizinho. A gente começou a tacar pedras nela, veio o vizinho, chamou todo mundo pra ver, tacou gasolina e botou fogo, a gente começou a gritar de tão feliz de ver aquele fogo todo, eu gritava e gritava e gritava, aí quando percebi eu tava chorando e tinha me mijado toda na frente dos meninos, o mijo caiu até dentro da meia do tênis, minha tia me deu a maior bronca, falou que quem brinca com fogo se mija mesmo, que onde já se viu uma moçona desse tamanho mijar na calça. Eu fui me limpar no banheiro e tinha uma mancha vermelha na calcinha, era sangue. Fiquei pensando se o marimbondo não tinha mesmo me picado.

PULGA
Xenopsylla cheopis

"Invertebrado das cidades, pode ser geralmente encontrado parasitando o corpo de ratos domésticos."

MEIAS

Nº 04

INVENTÁRIO DE PREDADORES DOMÉSTICOS

Eu odeio Deus. Ele é um filho da puta, um cuzão de bosta! Se Ele existisse mesmo eu ia comer ele de porrada, foder com o caralho todo. Eu já sabia que Deus era um mané desd'o começo. Tanta gente malvada que a gente vê nas notícia, tanta gente roubando, matando, fazendo um monte de coisa ruim, e Ele vai e faz isso com o meu pai? Logo com o meu pai, que sempre foi muito bonzinho, trabalhador, que sempre cuidou de mim e da minha mãe e do meu irmãozinho e sempre se esforçou um monte pra dar de comer pra gente, sair de casa quatro hora da manhã, lek, quatro hora?! pra pegar três ônibus pra poder trabalhar na obra e pôr coisa dentro de casa, comida na mesa, minha mãe barriguda de outro pirralho, meus três outro irmão e ele fazendo de tudo pra dar um jeito da gente ter o que ele nunca teve?

Botou eu pra estudar logo pra eu poder ter um futuro bom e ajudar eles quando eu crescer, Ô fio, cê sabe que eu nunca tive nada nessa vida, Tinha que comê comida do lixo, Desde novo menino de rua, sozinho, sem família sem nada, Meu pai abandonou minha mãe, minha mãe morreu eu num tinha nem três ano, Agora olha só, eu já tenho você mais sua mãe, seus irmão e agora outro moleque, Mesmo que a gente passa dificuldade nessa vida de merda, olha só quanta coisa que Deus ajudou a conquistar, A gente tem nosso barraco, nossa família, isso tudo só com o suor do rosto, sem nenhum estudo, Mas cê não, moleque, Cê vai estudar e ser alguém de verdade nessa vida, Cê vai ter essas parada toda de grana e vai andar de carro bonito por aí pela cidade, se achando, de terno e gravata, Vai ser doutor ou advogado, cê escuta o seu pai.

Por causa disso tudo aí que meu pai sempre lançou eu sempre fui o maió, o aluno mais foda da sala sempre foi eu, até representante de classe eu fui escolhido pra ser desde que eu comecei a ir na escola. Meus pais me botaram pra estudar desde que eu nasci, meus outro irmão também, o mais novinho já já tá aprendendo a escrever. Meu pai que é analfabeto, ô dó do meu pai, eu que ensinei ele a escrever umas palavra, os nome meu e dos meu irmão, o nome dele mais da minha mãe, que ele diz que ele tem que saber o nome do amor da vida dele, minha mãe dá risada e fica mandando ele parar, mas depois eu vejo os dois olhando um pro outro de um jeito bem bonito assim, Ah, minha nêga, meu pai fala, Minha nêga cherosa, ela fala pra ele largar de ser besta, ixi, As criança tudo olhando, Larga disso, mané! Quando eu for mais velho e estudado eu quero arranjar uma mulher bem boa, filezinho mermo, feito a minha mãe, que cuide dos meus filho e me dê muito beijo, que beijo é do carai. Eu já dei uns beijo numas mina aqui do morro, mas nunca passou disso, o meu pai já me explicou que tem certas coisa que a gente só pode fazer quando for mais velho, depois as mina ganha barriga e eu tenho que sustentar, assumir o filho meu, mas aí não dá, bróder, meu pai não deixa eu ralar ainda não, e olha que a gente é pobre, miserável mesmo, no meu aniversário eu ganhei um bolo de presente da minha mãe, ela que fez, cada um ganhou um pedaço, depois eu vi ela chorando de lado pro meu pai, tava triste porque não tinha dinheiro pra comprar as velinha e aquelas faisquinha de chocolate que vai por cima do bolo, ela ainda não pendurava na venda da Dona Francisca, eu falei pra ela que não tinha problema não, tava uma delícia aquele bolo, Ô, mãe, cê é a melhor cozinheira do mundo, Esse é o melhor bolo que eu já comi! Ela me deu um abraço e falou que se pudesse me dava todo bolo do mundo, mas nem fodendo, assim eu ia ficar muito gordo e preguiçoso, não ia nem conseguir sair da cama, como que eu ia ajudar ela em casa e soltar pipa com os leks? Melhor não, o esquema é comer essas parada de arroz, feijão e ovo e tá mais que bom.

Tem uns gato aqui em casa que são tudo preguiçoso, a minha mãe não gosta do fedô que eles deixa na casa, mas o meu pai gosta deles porque eles não deixa os rato entrar, de vez em quando aparece um rato aqui dentro de casa, bicho nojento filha da puta, minha mãe falou que já aconteceu de uma ratazana enorme comer o nariz do pirralho da vizinha aqui do morro, por isso a gente tem que matar quando entra dentro de casa, é bicho que traz doença, traz pulga e morde doído, a doença do rato pode matar a gente também, ela pega quando ele mija nas coisa, por isso que nem eu nem meus irmão pode brincar na água da enxurrada. Os ratos às vezes come a nossa comida, que já é pouca bagaray pra dividir entre todo mundo, minha mãe tem que esconder tudo numas lata que ela guarda na parte de cima do armarinho da cozinha, só que tem dias que a gente esquece e eles vão e entram e pisam tudo no arroz, minha mãe chora e desce a porrada na gente quando isso rola. Tem uma coisa esquisita, porque quando os rato pega o feijão é só dá um, dois dias pra eles aparecer morto. Eu gosto de recolher os rato morto pra num prejudicar os pirralho aqui de casa, só que eu sinto sempre uma dó dos bicho morto, por que será que quando eles morre eles tão sempre deitadinho encolhido, de lado? Eu sei que rato é bicho de merda, imundo pra caralho, é praga, tem mais do que bala perdida aqui nessa comunidade, mas quando eu vejo eles deitado ali, com as mãozinha junta, parece que postas, feito rezando pro Deus-rato levar ele pra um esgoto bem maneiro, cheio de comida gostosa, onde ele vai encontrar uma rata bem bonitinha e ter um monte de ratinhos, tenho pena do rato morto, e recolho ele e sempre jogo no lixo lá fora com uma benção, que é pra realizar esses sonho todo, que deve ser tão simples pra alguns rato mais sortudo por aí, mas mais difícil pros que aparece aqui em casa, tá ligado.

Outro dia eu tava voltando da venda da Dona Francisca pra minha mãe, lá é o único lugar que faz fiado agora, minha mãe pendura tudo na caderneta com o nome dela e a Dona Francisca deixa porque sabe que meu pai rala muito e é honesto, e minha mãe acaba lavando roupa pra ela de graça, aí uma mão lava a outra e, de vez em quando, a Dona Francisca até dá umas bala pra mim mais meus irmão quando a gente leva a roupa limpa dela. Então, eu tava voltando depois de entregar os negócio todo, quando veio um dos cara que mexem com esses lance de droga aqui no morro, quando ele era lek a gente até jogava bola junto, era parça mermo, mas depois ele começou com essas parada, meu pai sempre disse que isso é coisa de mané, que acha que não tem opção na vida, quando na verdade a gente sempre tem, que é ter caráter, em vez de ficar destruindo a vida dos outro, afundando no vício, dinheiro que chega às custas da doença dos outros.

O Vira-Lata, esse manezão, foi chegando pra perto de mim, na mão do palhaço já, e ele veio me perguntar se eu queria ajudar nos corre dele, nos lance dele de droga, falou que até me dava uma daquelas balança de medir droga pra eu usar nas minhas aula na escola, na hora eu mandei ele se foder, Vai tomá no olho do seu rabo, cuzão de merda, ele desceu a mão em mim, falou pra eu ficar na humildade, que eu pensava que era grandes bostas, me achando, mas que no fim eu ia aprender que fodido nenhum que nasce na favela ganha mais que tiro no peito de polícia e barriga inchada de fome, que quando eu parasse pra perceber esses caraio eu ia correndo pra ele, implorando pra deixar eu enfiar saco de pó no cu pra vender na escola.

Eu sei, puta escroto, só que o Vira-Lata não foi sempre assim não, saca? Quando a gente era bem lek, a gente chamava ele de Joaquim, ele estudava, ia pra escola normal comigo mais os outros pirralhos daqui, ele nem pensava nessas parada errada de droga, só fumava um ou outro que ele roubava escondido do pai dele e guardava na cueca, bem debaixo do pinto, apoiadinho nas bola, que era pra ninguém ter coragem de pedir um traguinho. Só que teve um dia aí que convidaram o pai dele pruns lance errado, chamaram o pai mais os irmão pra roubar uma lotérica cá perto, maior roubada, e foram todos pego e foram todos preso. E o Vira-lata só viu jeito de mexer com droga, ele fala que o que ele mais pira mesmo é em fazer rapaz rico se foder, porque quem leva vida muito boa e cheia de mordomia tem é que morrer cedo, pra prestar logo os agradecimento a Deus pelas graça feita. Só que ninguém tem culpa de nascer rico, seu prego, assim como a gente não tem culpa de ser pobre. Deus é quem escolhe o destino de cada um, e é ele que vai julgar quem foi bom e quem foi mau no Paraíso. Meu pai fala que a bondade não vê riqueza e não vê pobreza, porque aos olhos do Pai somos todos filhos d'Ele.

Na escola aqui da comunidade a Dona Raquel, minha professora, vive falando que eu sou um exemplo para os meus colega, não só porque nunca repeti de ano, mas porque eu ainda não larguei a escola pra trabalhar, já que os moleque já tá tudo saindo pra arranjar uns servicinho por fora pra ajudar os pais com a grana. Eu também queria ajudar meus pais, mas meu pai não deixa, o estudo importa mais, e eu obedeço, porque eu sei que ele tá certo. Além de ajudar a professora a distribuir as atividade e explicar melhor pra quem não entendeu muito bem, às vezes eu também fico depois da aula só pra ajudar ela e depois vou pra casa ajudar a minha mãe com a janta dos meu irmão, já sei até fritar ovo e fazer arroz, minha mãe bate palma e fala que eu sou o melhor moleque dessa região, Esse moleque é gente fina, ela diz, Que orgulho de ter parido um moleque desses, e ela conta tudo pras outras mães e os lek depois vêm querer foder comigo porque as mãe ficam comparando e não querem deixar eles sair pra zuar, que elas querem que eles também fica arrumando a casa.

Naquele dia eu tinha tirado dez em um trabalho de Geografia, que era pra falar da cultura da nossa cidade, as festas, essas coisas, meu pai até arranjou um tempinho pra sentar pra fazer comigo, foi contando altos esquema, altas parada do rolê todo, a Dona Francisca me emprestou umas canetinhas bem bonitas e eu desenhei tudo, ficou maneiro pra caraio, e eu voltei pra casa pra mostrar o trabalho com o 10 bem grande, de caneta vermelha, bem no alto da cartolina que eu pendurei na venda da Dona Francisca, só que a polícia tava parada no alto do morro, eles tavam discutindo com os traficante de lá e eu vi o Vira-Lata no meio, ele tava puto pra porra, querendo descer porrada, e a polícia com a arma encostada na cabeça dele, Vê se cala esse caralho de boca, cuzão arrombado, Se liga, senão eu te encho de buraco, filha da puta!, Tu não viu nada não, seu mané, caralho, porra!, Fala um a que eu boto teu rabo nessa viatura e tu não volta com pica mais não, nem pica e nem cu, Escolhaí o que tu vai fazer, cacete!

Eu passei do lado deles, de cu fechado, sem passar uma agulha, já tava boladaço, o Vira-Lata aí apontou pra mim, Explicaí você, seu puliça, Explica o que cês fizeram aí pro lek, Era o pai dele, Explica o que cês fizeram com o velho dele a troco de nada, A troco de nada, seus verme. Eu saí correndo na hora, subi as escada num pau e quando cheguei entrando em casa eu vi a minha mãe sentada na cama arrumando as meia do meu pai. Agora eu vejo que não tinha como, mas quando eu vi ela assim, arrumando as meia, eu tive certeza que tava tudo bem, quando eu chamei ela olhou e eu levei um susto, porque parecia que a cara dela me contou tudo, saca, só que ela não falou nada, não precisou falar nada não, tem coisa que nem precisa falar, só continuou mexendo nas meia do meu pai.

Eu perguntei onde ele tava, mas quase não consegui abrir a boca, porque já tava chorando sem nem perceber, acho que eu tava chorando desde quando vi os milico dando coça no Vira-lata, tinha ranho escorrendo e entrando na minha boca, aquela pelota salgada na boca, me dando falta de ar, eu via o meu pai vindo dar um abraço no fim do dia, aquele cheiro de ferro na pele de tanto ter trabalhado no sol quente, Ele foi, fio, a mãe falou, ainda arrumando as meia. O pai foi. Sentei no chão, meu pai falando que eu ia cuidar dele quando ele tivesse velhinho, desdentado, sem conseguir trabalhar mais, Ai, mãe, Ai, mãe, Meu pai não, mamãe, Mamãezinha, o sorriso do meu pai, dois dente faltando na boca e o cigarro encostado no lábio, Ele foi pra perto de Deus, meu filho, Deus quis, Deus quis, Deus? Que Deus é esse que levou meu pai desse jeito? Não existe essa porra de Deus, não, Esse caralho não existe, é só mais um filho da puta come-cu nessa buceta de mundo, Que é isso, moleque?, Meu pai mentiu quando disse que a gente podia ter tudo, É mentira, Nesse mundo que tem gente que sempre teve de tudo e vai morrer velhinha, logo meu pai, mãe, Logo meu pai?

A gente é fodido, pai, a gente é fodido pra sempre, é que nem esses rato desesperado pra conseguir uma migalha de pão fugindo dos outros que tão tentando pisar, pra voltar pro lixo, pra voltar pra merda, pra que viver, meu pai? E a mãe separando as meia pro seu velório e elas tudo furada, em casa de ferreiro o espeto é de pau, mas e em casa de pobre, pai, e em casa sem pai, o que é que acontece? Enterra descalça, enterra descalça essa porra, cê não vai ligar, pai, que diferença faz, né, os vermes só iam gastar mais tempo pra comer teu corpo, encher tuas meia. Olha aqui meu trabalho, pai, olha só esse dez, tá vendo, o que vai ser mim de agora, sabe quem vai ter que botar comida na mesa, eu, pai, sou eu, eu sou o fodido, eu, eu, Por que você não fez outra volta, outro caminho, por que você não tinha uma arma contigo, por que num tava no tráfico, por que num tava molhando a mão dos milico, papai, ser honesto e trabalhador não leva a lugar nenhum, pai, leva na cova, no buraco, deixa os filho sozinho pra cuidar sozinho da mãe, do nenê novo. E a gente fica com esse papo de Deus, porra, se Deus existe ele gosta é de arrombar o nosso rabo com a gemba grossa dele, foder a gente bem gostoso pra mostrar onde é que é o nosso lugar. A gente fica com os rato, pai, o senhor devia ter sido jogado só num saco de lixo e ficado ali, com as mãozinha junta, esperando e esperando e esperando, porque eu vou te vingar, cê não ache que vai ficar assim, eu vou matar um por um, eu vou ser o lek mais pica dura que esses verme já encontraram.

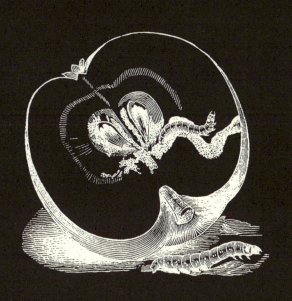

ESCARAVELHO-RINOCERONTE
Oryctes nasicornis

"Embora as larvas deste besouro sejam macias e suculentas, ao chegar na maturidade, ele desenvolve um poderoso exoesqueleto."

LARVA

Nº 05

INVENTÁRIO DE PREDADORES DOMÉSTICOS

Na minha casa moramos eu, minha mãe, minha avó, meu avô, meu tio e minha irmã. Meu pai mora em outra cidade. Ele ficou desempregado aí tá lá morando sozinho e a gente tá morando com meus avós. É legal demais. A minha avó gosta de fazer tudo de gostoso de comer, hoje ela fez pé-de-moleque, eu comi um monte, foi tão engraçado, de tanto comer o pé-de-moleque a gente acabou peidando muito, meu avô disse que o peido veio do amendoim, como se o amendoim fosse culpado da gente peidar tanto. É o cu o culpado. Outro dia eu abri o cu na frente do espelho só pra ver como ele era, eu só tinha visto o cu da minha priminha antes, porque uma vez eu obriguei ela a deitar no chão e abrir o cu pra eu ver, só que o dela era roxo, o meu não, o meu é meio vermelhinho. Por isso que todo mundo fala "gosto é que nem cu, cada um tem o seu", porque o cu de todo mundo é diferente, não é igual não. Eu acho "cu" uma palavra muito engraçada. Às vezes, quando não tem ninguém perto, eu gosto de gritar "CU!" bem alto. Minha mãe fala que é nome feio, mas eu não entendo por que que é, não é parte do corpo? Por que parte do corpo é coisa feia de falar? Aí não tem problema peidar na frente de todo mundo, que todo mundo ri, mas falar "cu" é feio? Mas foi o cu que peidou! Eu explico, mas ela não entende.

A minha mãe anda meio chata, só porque ela tá bem gordona, eu não ligo pra isso, ela é linda, não tem nada a ver isso de ser gorda, de ser magra, ela diz que tá com depressão porque meu pai ficou longe da gente. Também não entendo o que que tem isso de depressão com ser gorda. Só quem tem depressão que come um pote inteiro de sorvete com bolacha? Eu também tenho depressão então, porque eu como tudo, todos os potes de sorvete, todos os pacotes de bolacha, todas as balas daqui de casa. Da próxima vez que minha avó me xingar porque eu comi tudo eu vou falar que é porque é depressão do meu pai morar em outra cidade. Vamos ver o que ela fala. Eu não ligo muito do meu pai não morar com a gente, eu sinto saudades dele, claro, mas o dia passa tão rápido que quando vê, o dia acabou e já passou e já é fim de semana de novo e eu encontro ele. Outra coisa legal é porque eu posso ficar com meu avô e minha avó, e eles nunca me dão bronca nem me dão uns tapas quando eu desobedeço. Na verdade, eles nunca me bateram, só uma vez que eu empurrei minha irmã e ela bateu a cabeça na quina da mesa, a minha avó disse que ela podia morrer e deu um tapa na minha mão, não doeu, mas não sei por que eu comecei a chorar, aí fiquei chorando um tempão, ela veio e me pegou no colo, se bem que eu sou bem grande e nem dá pra me pegar no colo direito mais, e pediu desculpas e me explicou que minha irmã é pequena, que a cabeça dela ainda é meio molinha porque ela é muito nova, e que se ela bate a cabeça ela morre, que eu nunca mais podia fazer isso, aí eu entendi, mas me deu muito medo da minha irmã morrer, Eu nunca mais vou fazer isso, eu falei pra ela, e é verdade, eu não quero que minha irmã morra, eu nunca quis, sempre gostei da minha irmã.

Minha irmã é bem criancinha ainda, ela tem só dois anos, mas ela já é tão esperta! Ela já come sozinha, conversa com a gente, bate em mim... É só eu falar que não quero brincar com ela pra ela fazer "nervinho", eu faço de propósito só pra ver ela gritar e vir correndo pra puxar meu cabelo. Ela ama coca-cola, o olho dela fica até vesguinho quando ela vê coca-cola, como a gente ri, nossa. Outro dia ela pegou o pote de creme da minha mãe fazer banho de creme no cabelo e jogou na minha cara porque eu não queria brincar com ela, caiu no meu nariz e na minha boca e minha boca sangrou muito, aí eu fui lá e botei super-bonder no danoninho dela. Eu abri o danoninho, botei o super-bonder lá e mexi bem, pra ela não perceber que tinha cola dentro. Ficou na geladeira a tarde inteira, aí depois eu joguei no lixo, fiquei pensando no que acontecia se ela comesse o super-bonder, e se colasse tudo por dentro? Ela morria? Que que eu ia fazer se a minha irmã morresse? Ainda bem que eu joguei o danoninho no lixo. Outro dia eu ouvi falar de uma menina na minha escola que tava cuidando do irmãozinho dela, parece que a mãe dela trabalhava de lavar roupa, aí ela esqueceu o menino um tempo e quando ela viu o menino tinha afogado no balde de água da mãe dela lavar roupa, falaram que ele tava todo roxinho lá dentro, que ele era muito levinho de magro e os pés ficaram pendurados quando ele caiu de cabeça no balde, por isso ele não conseguiu voltar mais. Minha irmã sempre nada comigo na piscina de plástico no quintal de casa, mas ela nunca caiu sozinha, mas é que a gente fica olhando, sempre tem gente junto, ou minha mãe, ou meu avô, ou minha avó, ou meu tio.

O meu tio, ele é o melhor do mundo. Ele é um pouco mais velho que a minha mãe, mas ele tem mentalidade de criança, por isso a gente chama ele de Bebê. Meu tio Bebê, ele é deficiente mental, por isso que a gente chama ele assim. Acho que ele é bem velho já, tem mais de 30, mas ele brinca com a gente como se fosse da nossa idade, joga bola, brinca de pega-pega, brinca de dançar na sala comigo, essas coisas. Antes a gente dividia o quarto. Eu ficava na cama de cima do beliche e ele ficava na cama de baixo. Era legal porque tinha televisão e aí a gente ficava vendo vários filmes de terror quando já era bem tarde e ele sempre ficava com muito mais medo que eu, eu nunca tive medo dessas coisas de monstros, nem de lobisomem, nem de múmia, nem de vampiro, nem de morto-vivo, é só de fantasma que tenho um pouquinho de medo, mas meu tio, é porque ele é Bebê, tem medo de todos os filmes. No fim nunca dava pra ver tudo porque ele mandava desligar de medo e aí acordava minha avó pra fazer chá pra gente. Ela ficava muito puta da vida, Caçarola, viu!, Quem manda vocês assistirem essas coisas? Depois não dormem, e a gente nem ligava, tomava o chá com bolacha de água e sal e no outro dia assistia de novo.

Um dia estava passando na televisão um negócio de espíritos. Tava mostrando uma menina possuída e ela se cobria com o edredom e, debaixo da coberta, ficava um monte de coisa se mexendo, dava pra ver o cobertor levantando e abaixando, aí ela tirava e não tinha ninguém, e eu tenho certeza que não era a perna da menina que tava fazendo aquilo, porque não parecia perna, parecia gente mesmo, mais de uma pessoa, tive tanto medo, pensei em gritar de medo, aí bem nessa hora a minha boneca que eu odeio, é uma boneca horrorosa que ganhei da minha tia, ela tem uma pinta na coxa e uma cara de bruxa, quando eu ganhei ela era do meu tamanho, mas eu detestei ela logo de cara, nunca dei bola, agora ela bate quase na minha cintura, e meu tio também detesta ela, aí a gente decidiu jogar ela em cima do guarda-roupa no meio das sacolas de roupas velhas e deixar ela lá, pra não ter mais que olhar pra cara dela, e bem naquele dia, que a gente tava vendo aquele programa de espíritos, ela caiu de cima do armário. Como eu tava em cima do beliche, eu vi tudo, ela tava no meio das sacolas e de repente tava caída no chão, parecia que alguém tinha jogado ela lá de cima, o meu tio saiu correndo e me deixou sozinha na cama de cima do beliche, eu comecei a gritar, aí veio minha avó e meu avô e, depois disso, eles falaram pro meu tio ir dormir em outro quarto porque ele tava me incentivando a ver porcaria na televisão etc. e etc., sendo que quem incentivava era eu! Aí agora meu tio dorme num quartinho no quintal, mas ele disse que gosta muito mais porque aí ele tem o cantinho dele, essas coisas. É cheio de foto de mulher pelada na parede e bandeira do Santos, mas a minha avó já tampou as tetas e a pipinha delas com fita isolante. Achei estranho que elas não têm pelos que nem a minha mãe. Toda pipinha de moça adulta que eu vejo tem pelos. Mas as dessas moças das fotos não têm não, é umas pipinhas lisinhas, parece até a minha, só que a minha é toda gorda, enquanto a delas é bem achatadinha, minha mãe fala que é meu capozinho de fusca, mas eu não entendo muito bem o que é isso. A minha ainda não tem pelos porque eu sou nova ainda, mas minha mãe disse que logo logo vai me aparecer uns bigodinhos. Uma penuginha, ela fala. Eu não vejo a hora de aparecer essa penuginha pra eu mostrar pros meus amigos.

Os meus amigos, eles são os melhores amigos que eu já tive. É assim ó, são quatro meninos e só eu de menina. De vez em quando vêm mais duas meninas brincarem na rua com a gente, mas eu gosto mais é de brincar só com os meninos mesmo. É muito mais divertido. A gente brinca de futebol, e de bicicleta, e de lutinha, e de pular o muro das casas que tão pra alugar, e de pular no brejo no campinho perto de casa, e de expulsar os meninos chatos da rua do lado quando eles passam de bicicleta cuspindo na gente, e de fazer rampas com barro pras bicicletas pularem, e de jogar videogame na locadora. Quando as meninas vêm a gente só brinca de bonecas, de mamãe e filhinha e de madame e empregada, eu adoro ser a empregada, é muito legal, menos um dia que a gente tava brincando na casa da avó de uma das meninas, da Aline, e ela me empurrou pra eu ir logo fazer o jantar para os convidados dela, aí eu tropecei e caí no meio da roseira, tinha tanto espinho naquela merda de roseira que eu fiquei toda arranhada, até entrou uns espinhos na minha bunda, mas eu não chorei, fui direto pra casa, falei que não queria mais brincar, aí só quando eu cheguei lá eu chorei e minha mãe e minha avó me ajudaram a tirar os espinhos e me proibiram de brincar lá perto da roseira, aí depois foram falar pra avó da Aline que não pode empurrar e a Aline me pediu desculpas, mas eu expliquei que não era eu que a Aline tava empurrando, era a empregada, mas ninguém acreditou e ficaram falando que a Aline era ruim, que tinha um gênio difícil e essas coisas de mãe e avó falar, eu fiquei muito brava e, depois, fiz questão de brincar sentada bem do lado da roseira todos os dias.

A outra menina, a Rita, que vem brincar comigo de vez em quando, gosta de dançar comigo na garagem da minha casa. A gente põe uns shortinhos bem curtos pra imitar as dançarinas da televisão e ficamos dançando na garagem. Outro dia juntou um monte de gente do lado de fora, na rua, pra olhar a gente dançar, parecia até que a gente estava num palco, os moleques sempre ficam vendo a gente, eles já sabem que primeiro eu e a Rita temos que dançar um tempão, os dois lados da fita, e aí só depois eu vou andar de bicicleta com eles. Eles ficam sentados na calçada esperando, com as costas encostadas no portão da minha casa, só que às vezes eles ficam subindo e descendo a rua de bicicleta até a gente terminar.

Outro dia parou um moço na frente do portão e ele ficou olhando a gente dançar na garagem, não sei por que meu avô ficou tão bravo e saiu gritando que era aposentado da polícia e que ia prender ele, depois proibiu a gente de dançar um tempão, ou melhor, podia dançar, só que só no quintal. Só que dançar no quintal é ruim, porque é apertado, tem aquela piscina de plástico que eu já falei, e uma mesa de plástico com umas cadeiras, então nem dá pra dançar direito. Já teimei, mas meu avô fica bravo e fala que vai tirar meu rádio também. Às vezes é uma bosta ser criança, porque todo adulto acha que manda em você, e você tem que obedecer tudo o que o adulto quer que você faça, só porque ele é adulto. Meu avô tem uma mania chata de falar que eu sou que nem uma larva, que eu sou uma larvinha que fica comendo e comendo e por isso, só por isso, já acha que é grande. Eu acho que eu já sou grande o suficiente pra ser dona do meu próprio nariz e que ficar achando que eu sou uma criancinha-inha frááágil não é direito. Não é certo meu avô querer ficar me mandando, todo mundo devia ter o direito de fazer o que tem vontade. Quando eu for grande eles vão ver só, eu vou fazer tudo o que eu quiser fazer e aí eu quero só ver. Quero só ver!

É engraçado que meu tio Bebê é adulto, mas ele ainda ganha mesada do meu avô e da minha avó porque ele não trabalha, minha avó fala que é porque ele nunca conseguiu passar da terceira série, eu entendo ele, a terceira série é bem difícil de passar mesmo, por exemplo, na terceira série que começou a cair uns negócios de divisão muito complicados e uns problemas que não dava pra adivinhar direito. Igual, agora, na quarta série, a gente tá vendo uns negócios de massa, de tempo, que eu não consigo entender direito, pedi ajuda pro meu tio esses dias e ele me ajudou, até falei pra minha avó que ele sabia mais que eu.

Sabe, meu tio não é retardado igual os moleques da outra rua falaram outro dia. Era Carnaval e meu tio tinha se vestido de mulher, com um vestido e uma peruca, eu fiz a maquiagem dele, passei batom vermelho todo borrado na boca dele e ele sentou na escada do bazar da esquina com a perna cruzada girando uma bolsa da minha mãe, todo mundo achou que ia passar mal de tanto dar risada, a gente ficou com ele lá, tiramos umas fotos com a máquina velha do meu outro tio, que ele deu pra gente, e a minha mãe quase fez xixi na calça de tanto rir, depois ela falou que tinha saído até umas gotinhas, de tanto que forçou. Os meninos ficaram brincando com a gente a tarde inteira, minha mãe e meus avós foram pra casa e na hora de entrar, porque ia começar a chover, os moleques da outra rua apareceram e começaram a circular o meu tio com a bicicleta, gritando, Pega a biscate, pega, e meu tio nem conseguia sair do lugar direito com tanto menino em volta dele. Eu gritei pra eles pararem e eles não pararam, começou a chover e meu tio ainda tentando sair de dentro da roda de moleques, a maquiagem dele começou a escorrer toda, então ele ameaçou que ia dar um murro num deles e o moleque perguntou se ele era retardado. Não lembro quem foi, acho que foi o Vitinho, aquele fresquinho, mas não tenho certeza.

Ficaram gritando, Retardado! retardado!, e meu tio começou a chorar, só quando ele começou a chorar e eu comecei também que eles pararam e eu fui lá e abracei ele na cintura e levei ele pra dentro de casa. Ele ficou muito triste aquele dia e eu também fiquei. Meu tio não é retardado, ele só é infantil, parece uma criança grande. Ele não fica babando, nem torto, nem com os olhos revirados que nem a gente vê na rua. E mesmo se ele ficasse eu não ia deixar ninguém maltratar ele. Da próxima vez que algum moleque imbecil tentar maltratar o meu tio eu vou descer a mão na cara dele, quebrar o nariz dele, chutar o saco dele, tudo isso.

Ontem eu e os meninos fomos andar de bicicleta. A bicicleta que eu tinha eu ganhei do meu avô, ele comprou de um moço por 30 reais, ela é muito boa, é branca e tem uns pedaços enferrujados muito bonitos. Atrás dá pra sentar uma pessoa e às vezes algum dos meus amigos senta ali e eu saio pedalando com a maior força que eu consigo fazer. Tem campeonato de quem aguenta levar o outro mais tempo, tem dias que a gente coloca um no cano e um atrás, aí fica bem mais pesado na hora de pedalar, mesmo assim eu sou forte, eu aguento. Dá pra pedalar um tempão, só subir morro que eu não consigo, só uns morrinhos que a gente mesmo faz.

Por exemplo, um dia veio um circo aqui, ele ficou no terreno pertinho de casa, foi tão legal, a gente foi quase todos os dias ver os palhaços, os bichos, o elefante estava comendo pertinho da cerca, eu quase consegui colocar a mão, e compramos daquelas pipocas coloridas, cor de rosa, azul, amarela, bem docinhas. Eu sempre comi os piruás que ficam no fundo, já os meninos, usam eles pra jogar nos outros. Que desperdício! Um menino do circo foi estudar na minha escola, ele era bem moreno e falava esquisito, pena que ele ficou só uma semana, eu fiquei amiga dele, ele disse que se eu quisesse ir embora com o circo eu podia, era só aprender a fazer alguma coisa, eu quase fui embora com ele, ai como eu queria morar no circo, ia ser trapezista, bem bonita girando naqueles negócios de ferro. Eu ia querer me casar com o moço que fosse trapezista comigo e a gente ia dar um beijo bem lá em cima pra todo mundo ver. Quando o circo foi embora o chão ficou todo molhado, macio, até parecia que tinha chovido, então eu e os meninos fizemos montinhos de barro e brincamos de pular de um morro pro outro com a bicicleta, era o nosso rally. Depois disso a gente ia todo dia brincar nesse lugar até que chegaram os meninos da outra rua e ficaram andando de bicicleta no nosso rally, o Ricardo foi brigar, falar que aquele lugar era **nosso**, eles não tinham nada que estar ali, bando de morféticos, lazarentos. Aí aqueles filhos da puta destruíram todo o nosso rally e a gente saiu na porrada.

Eu joguei a bicicleta em cima de um dos moleques e chutei a barriga dele pra ele aprender e um outro gordo imundo me empurrou e eu caí em cima de um monte de pedras, machuquei os dois joelhos, ralei tudo, enquanto eu tava caída aquele filho da puta pulou em cima da minha bicicleta, não sei o que ele fez, só sei que o cano quebrou no meio, a bicicleta ficou partida no meio e eu comecei a chorar. De repente, veio um velho que tava vendo tudo e falou que ia chamar a mãe da gente se a gente não parasse, Seus bando de maloqueirinho, Marginal, nessa hora todo mundo saiu correndo, o Julio cuspiu sangue, Não vai ficar assim, seus cuzões filhos da puta, e a gente voltou pra casa levando as bicicletas, os meninos me ajudaram a carregar a minha, acho que o Julio mordeu a língua porque tava falando estranho, com ela meio pra fora, em vez de assim, falava axim.

Chegando em casa minha mãe bateu em mim porque eu fiquei a tarde toda fora sem avisar onde, quebrei a bicicleta e me meti em briga, meu avô saiu de perto, foi sentar no sofá e não queria falar comigo, só meu tio veio e perguntou como que eu quebrei a bicicleta, O tio vai dar outra bicicleta pra você com a mesada que o tio ganha, tá?. Eu fui tomar banho e ele ficou sentado na privada enquanto eu me esfregava, porque eu tava preta de sujeira, tinha sangue, tinha lama, uma porqueira só, ele falou pra eu não brigar com os meninos da outra rua, que aqueles meninos já eram grandes, já tinham 12,

13 anos, tinha menino barbado lá já, marmanjão, que eu era muito nova pra enfrentar eles, eu falei que não, que eu era grande, que eu era alta e forte, e todos os meninos da escola apanhavam de mim, mas o meu tio me contou que eu era larvinha ainda, ih, que nem aquelas larvinha que nasce do ovo da borboleta, que eu tinha que crescer muito mais ainda, eu ainda tava muito mirradinha pra vencer briga, igual aquilo que meu avô fala que eu detesto. Perguntei se eu tomasse o tônico com gosto de refrigerante que a minha avó me dava se eu crescia mais rápido, mas meu tio falou que não, que não adiantava nada, se eu nunca tinha visto na televisão a larva que entra no casulo e fica lá um tempão e depois sai e já tá grande, ele falou que leva um tempão, um tempão mesmo pra larva sair do casulo grande já, muito meses, e que com a gente é igual. Eu achei muito engraçado meu tio também achar que eu era igual uma larva e dei risada, falei pra ele que eu preferia ser aquelas larvas de besouro, porque eu adoro besouros, eles são lindos, brilhantes, uma vez eu coloquei um escaravelho que eu achei em uma caixinha de fósforos e levei pra escola. Eu sei que ele é um escaravelho porque eu tenho um livro de insetos que meu avô me deu que tem todos os tipos de invertebrados do mundo, coloquei o nome dele de Cérberus, que é o cachorro que guarda o portal do inferno, isso eu li num livro que peguei na biblioteca, quando cheguei em casa eu coloquei o meu escaravelho em uma caixa com folhas, água e formigas mortas, mas no dia seguinte ele morreu, acho que é assim mesmo, eles vivem bem pouco.

Falei pro meu tio que eu ia continuar batendo nos moleques pra eles aprenderem a virar gente, aí meu tio falou, Ai, tá bom, menina chata, faz o que você quiser, vai, chatice! E começamos a cantar uma musiquinha que ele inventou pra quando a gente faz má-criação, que é assim: "Mimo... Quem mandou mimar, diz aí, que mandou mima--a-ar?" Tem que cantar igual se fosse samba e fazer pandeiro com a mão. Minha avó entrou, falou pro meu tio parar de sem-graceza, botou band-aid nos meus joelhos e falou que devia era me dar uns tapas pra eu aprender a me comportar feito menina, ficar quietinha em casa, brincando de bonecas com a minha irmã, só que, em vez de escutar ela, eu fui ler na sala com o meu avô que logo me desculpou, mas falou que não ia me dar outra bicicleta porque não queria que eu ficasse pra cima e pra baixo com os meninos. Eu fingi que tá bom, mas depois eu saí com eles no outro dia do mesmo jeito e tô nem aí, é só sentar na garupa da bicicleta do Julio e pronto.

No outro dia, meu tio tinha médico porque ele tinha que ver uns negócios de saúde e a minha avó e meu avô foram com ele e a minha irmã e a minha mãe foram brincar no parquinho. Como eu queria sair pra brincar na rua, eu falei que tava com preguiça e ia terminar de ler o livro que eu tinha pegado na biblioteca da escola pra devolver no dia seguinte, mas era mentira, eu já tinha lido duas vezes, eu queria era sair pra brincar escondida mesmo, mas o ruim foi que eu tive que esperar um tempão pra poder sair, porque meu tio foi com o meu avô e a minha avó de carro e minha mãe ainda demorou um monte pra arrumar a minha irmã e ir no parquinho brincar com ela. Quando eu saí na rua eram umas três horas já e os meninos nem estavam brincando lá, fiquei pensando que eles deviam estar no campinho jogando bola, mas aí lembrei que tava sem bicicleta e ia demorar muito tempo pra chegar lá, então peguei uma Barbie e fiquei brincando debaixo da pitangueira perto de casa. Eu gosto de brincar de Barbie. Principalmente de matar elas. É muito legal, porque a gente joga elas de cima da árvore, elas caem no chão e aí a família toda delas fica chorando em volta delas, Oh, não, Por que você se matou, Barbie?, ou o Ken grita, Barbie, nããão! Eu te amo, meu amor!, que nem nas novelas da televisão. Outra coisa que eu faço, mas ninguém pode saber hein, só pode fazer de porta fechada, é deixar a Barbie e o Ken pelados, colocar um em cima do outro e ficar se esfregando, aí o Ken beija o peito da Barbie, beija ela na boca, ela passa a mão na barriga dele, e eles deitam na cama, que nem os adultos fazem. Uma vez eu e a minha amiga, a Rita, brincamos de beijar que nem namorados também, ela me ensinou que tem que ficar virando a cabeça com a boca aberta e a mão no cabelo, a gente fez um monte de vezes e só parou porque o irmão dela chegou em casa. Depois a gente não fez mais isso, mas eu sinto saudades, só que só pode ser escondido, hein? É segredo.

Na hora que eu ouvi o barulho da bicicleta eu achei que eram os meninos voltando e já larguei a Barbie na árvore, pendurada, pra me esperar quando eu voltasse, só que quem vinha correndo era um menino que eu não conhecia, na hora deu pra ver que ele tava sangrando e chorando muito. Logo atrás dele vieram aqueles filhos da puta lazarentos morféticos da outra rua, e eu vi que eles tavam jogando pedra nele, principalmente aquele desgraçado daquele Vitinho, riquinho imbecil, com a camiseta cheia de pedras, e dando a maior risada, foi aí que eu vi que eles tavam gritando, Vai, preto, volta pra senzala! Vai, neguinho, vai, Some daqui, tiziu! Me subiu um ódio, um ódio tão grande, quem aqueles filhos da puta pensavam que eles eram pra bater no moleque em quatro? Quatro contra um?, que eu peguei um pedaço de tijolo que tava em volta da árvore e taquei com toda a força na direção deles. O tijolo bateu nas costas do Vitinho e quebrou, mas eu nem vi direito porque eu já tava avançando em cima deles que nem um bicho, na hora eu já dei um chute na bicicleta do Rafael, ele caiu de cima dela, o outro desceu e veio me empurrando e o Vitinho jogou uma pedra que pegou bem na minha sobrancelha. Eu fiquei meio cega, mas aí o menino que eles tinham machucado veio, Você gosta de bater em mulher, seu covarde?, e socou ele bem no meio da cara. O Vitinho sempre foi um mauricinho cagão e começou a chorar na hora que o nariz dele começou a sangrar, pedindo pra ir embora, só que os outros dois agarraram o menino e começaram a chutar ele e a bater tudo ao mesmo tempo, Seu preto folgado!, nem vi direito o que aconteceu, só sei que eu acabei rasgando a camiseta de um, arranhando a cara do outro, mordendo, chutando, socando. No fim eles foram embora de bicicleta e o Vitinho falou que a gente ia vê só, ele ia contar pro pai dele e ele ia vir atrás da gente, que ele ia bater na gente e no meu avô, que não tava nem aí se ele era da polícia militar, que o pai dele tinha contatos, que eu tava fodida e também aquele preto sujo ali. Que a gente ia vê só, ia vê só...

A gente falou pra eles nunca mais aparecerem na NOSSA rua, que senão eles iam estar mortos, mortinhos da silva, e depois que eles foram embora eu e o menino sentamos na calçada, e ele me falou que o nome dele era Jonas, e ele tinha mudado ontem pra rua, só que eu nem vi porque tava lá no terreno, brigando. A gente foi pra casa dele e botou band-aid nos machucados, ele na testa e eu na sobrancelha, comemos pão com mortadela e suco e depois ficamos assistindo televisão até quando os meninos chegaram, aí eu apresentei eles e contei como a gente desceu a mão nos moleques da outra rua, os meninos falaram que nós fomos os "salvadores da pátria" e fomos tomar geladinho na casa da esquina.

Quando eu e o Jonas voltamos pra nossa rua, o portão de casa tava aberto e o carro do meu avô na garagem, nossa, eu tinha esquecido que estava de castigo e não podia sair, ai, eles iam me matar, vixi, por isso eu fiz o Jonas entrar comigo porque a minha mãe não ia querer me bater se tivesse gente perto, ela achava que era coisa de vileiro bater no filho na frente dos outros, aí eu apresentei ele pra minha mãe, mas foi estranho, ela tava chorando. Ela tentou disfarçar, mas eu vi que tava chorando muito, a bochecha dela tava toda vermelha e o nariz escorrendo, a minha avó tava fechada no quarto e meu avô no banheiro. Eu senti uma coisa muito ruim no coração, pesada, parecia que tinha acontecido uma coisa muito horrível. Eu perguntei o que era e minha mãe disse que meu tio tava doente, que ele tava com câncer, que já fazia tempo, com câncer terminal, só que só descobriram agora, que não dava pra operar porque tava na virilha, que eu tinha que ser forte, tinha que ser madura, tinha que ser grande, tinha que ser uma mocinha.

Eu deixei o Jonas ir embora, Amanhã eu grito você na sua casa, e fui no quarto do meu tio ver ele. Ele tava sentado na cama bem quietinho, mexendo no rádio dele, aí quando ele me viu ele falou pra eu sentar no colo dele, eu sentei e ele perguntou onde que eu tinha machucado a sobrancelha daquele jeito, eu contei da briga e que tinha feito um amigo e que pelo jeito ele ia ser meu melhor amigo pelo resto da vida porque ele era muito legal e a gente tinha enfrentado os moleques juntos, então ele riu e na mesma hora ele ficou quieto e começou a chorar. Ele me abraçou e ficou beijando minha cabeça com a boca toda babando e eu comecei a chorar também porque eu não queria que ele chorasse, eu não tava entendendo, O que que tá acontecendo, tio? Você tá doente, mas é só tomar remédio que você sara, Você sara, né?, ele continuou chorando e aí ele falou que tava com medo, com muito medo, que ele queria ficar, queria ficar aqui. Eu não entendi o que tava acontecendo, a minha avó entrou no quarto e pediu pra eu sair, Sai, filha, vai lá com a sua mãe um pouquinho que o tio tá perturbado, Eu não quero ir, Filha, vai lá, por favor, O que é câncer?, Ana Maria, sai daqui, filha, você já é uma mocinha, vai lá com a sua mãe, Você tem que ser forte. A minha avó virou e olhou pra mim e meu tio falou, Mãe, eu tô com medo, eu não fiz nada nessa vida, eu quero ficar, eu quero ficar aqui, Eu quero ver minhas sobrinhas crescerem.

Aí acho que eu entendi, eu entendi tudo, entendi, entendi, entendi, nessa hora sentei no chão e comecei a chorar mais forte, botei o dedo na boca, Cadê minha chupeta, vó?, Que saudades da minha chupeta, Me dá ela?

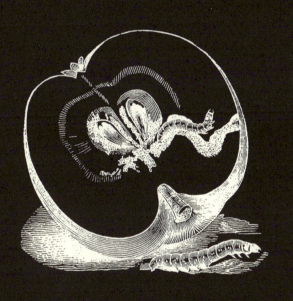

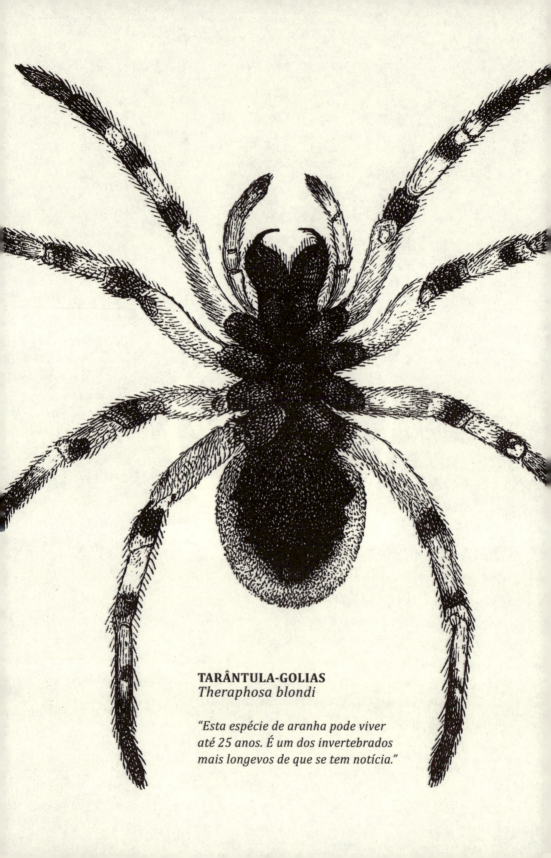

TARÂNTULA-GOLIAS
Theraphosa blondi

"Esta espécie de aranha pode viver até 25 anos. É um dos invertebrados mais longevos de que se tem notícia."

RALO

Nº 06

INVENTÁRIO DE PREDADORES DOMÉSTICOS

Hoje a mamãe mandou eu me arrumar porque ela disse que a gente vai visitar uma titia dela. Essa titia ajudou a cuidar dela quando ela era criancinha e eu fico imaginando a mamãe criancinha, devia ser lindinha, uma daquelas bonecas de porcelana; na foto que fica guardada no álbum na gaveta do quarto, a mamãe vestia um vestido lindo de morrer, um vestido azul daqueles chiques da época dos anos que ela nasceu, diferente dos de hoje, bem curtinho com a perna e a calcinha de fora. Era muito engraçado, a mamãe com umas pernas curtinhas, com meinhas brancas até os joelhos, bem gordinha, logo ela que o pai diz que tem pernas de avestruz de tão compridas e magras que são, minha mamãe detesta que chamem ela de avestruz, meu pai fala que quando ela fez aquele permanente (que é um negócio muito bonito que enrola o cabelo, mas se molhar ele no dia que fez ele estraga, então quando ela faz a gente não pode ir no clube), ela ficou igualzinho um avestruz, principalmente quando estava grávida de mim, porque aí ela queria comer tudo, tudo, igual o avestruz come, ouvi falar que o avestruz come até pedra se deixar, eu acho que mamãe não comeu pedra quando estava comigo na barriga, eu é que não ia gostar de comer pedra, credo, eu gosto é de comer coisa boa, coisa saudável, que faz bem pra pele: fruta, verdura, carninha... pedra não deve fazer bem pra mim.

Minha mamãe nunca me deixou fazer permanente, disse que eu ainda não preciso porque tenho uma beleza natural, uma beleza jovial, que ainda não precisa mudar nem pintar o cabelo, que tem que esperar só mais um pouquinho pra eu crescer mais uns dois anos, então eu posso fazer o que eu quiser, ela disse, menos pintar o cabelo de vermelho, que é cor de puta. Tem uma menina no colégio que já pinta o cabelo, mas ela é largada, minha mamãe que me disse, a mãe dela larga ela na casa dos outros, nem cuida, primeiro porque ela é gorda, horrorosa, usa umas roupas bem feias também, tudo desbotada, roupa de feira, segundo que ela pintou o cabelo de loiro e ela é praticamente preta, fica horrível, não combina, nas revistas que eu leio sempre fala que gente preta fica feia loira e é verdade, loiro é pra gente de pele branca, só. Que nem eu e a minha mamãe. Pro resto das cores não combina.

O meu cabelo é loiro, mas eu queria que ele fosse mais loiro, esse meu loiro à noite parece mais escuro, e disso eu não gosto, não quero que as pessoas pensem que o meu cabelo é castanho ou preto, ai, como eu ia detestar ter cabelo preto, eca, tão comum, tão sem-graça, gente loira é que é bonita, porque é diferente e chama a atenção. Semana passada fui no mercado comprar verduras, frutas e cereais para a nossa dieta, eu e mamãe fazemos juntas a nossa alimentação correta pra estarmos sempre bonitas e em forma, e uma moça do caixa veio falar que eu era maravilhosa, a mocinha mais linda que ela já tinha visto. Tive vontade de falar, Lógico né, Eu sei que eu sou linda, E você repara porque tem que reparar nisso mesmo, moça! Ainda mais que a coitada era toda baiana, uma pele esburacada, creeedo, parecia até suja, encardida, nossa. Mas aí fiz os ombrinhos encolhidos de vergonha que mamãe me ensinou, a gente tem que ser simpática, a moça gostou e tudo bem, agora toda vez que eu vou lá a moça comenta sobre como eu sou educadinha e linda e como eu vou ser uma moça de cair o queixo quando eu crescer. É lógico, né.

Desde que eu sou pequena a mamãe me ensinou a ter modos, a estar sempre impecável, todo mundo sabe que eu sou a menina mais linda dessa cidade, até tem gente que faz riminha com o meu nome "Doroteia-cara-de-teteia" de tanto que me acham bonita, os meninos ficam me chamando pra jogar bola com eles, eu rio e faço os ombrinhos de novo e pisco os olhos como sempre, até parece que eu vou jogar bola com moleque sujo, sujar minha roupa, machucar, isso não, a aparência é tudo, a mamãe me ensinou que a aparência é tudo, se a gente está bem apresentada, bem bonita e bem-arrumada é meio caminho andado pra conseguir as coisas, sabe? Aí eu vou e jogo bola? Não, né.

Estou pensando na titia que vou conhecer. A mamãe sempre disse que ela é linda, muito bem-cuidada, que parecia atriz de cinema quando era moça, sempre com pó, penteado enrolado, sapato fechado de salto, aiai... Que linda essa titia deve ser. A mamãe não vê ela desde que cresceu, nem foto dela tem, mas fica lembrando da cabeça dela mesmo, e contando de quando a titia levava ela pra tomar sorvete, de quando deu um colar lindo de pedrinha azul pra combinar com os olhos dela, que essa titia sempre foi vaidosa, que fazia aulas de etiqueta, tinha muito dinheiro, e sempre quis que ela também se portasse bem, arrumasse marido rico, tivesse bom casamento, tudo do bom e do melhor, como deve ser.

Mamãe disse que essa titia é irmã de criação da minha vovó, pena que ela morreu antes de eu conhecer ela, mas penso que minha vovó devia ser a vovó mais linda do planeta. Minha mãe é linda. Às vezes ela me fala que eu sou boba de achar ela linda, que está até aparecendo um ou outro cabelo branco na cabeça dela, que logo ela fica velha, mas ela é tão bonita, tão perfeita, que eu nem consigo ver o fiozinho branco direito e ela já pinta o cabelo com aquele loiro lindo, quase branco, de caixinha de pintura. Mamãe sempre disse que se parecia comigo quando era criança, e que se eu quiser ser mesmo que nem ela é só eu me alimentar bem, fazer exercícios para nunca engordar e passar bastante creme e maquiagem para continuar bem nova. Assim a gente não envelhece nunca, fica pra sempre bonita e magra e se aparece umas ruguinhas lá pra frente é só fazer uma plástica que resolve tudo, o rosto fica lisinho feito de boneca. Minha mamãe já me ensina desde cedo, ontem mesmo ela me deu um livro novo de como cuidar do cabelo, do corpo, da saúde... Tem umas receitas muito fáceis de fazer, achei tão engraçado, passar abacate batido no liquidificador no cabelo, é coisa de comer, minha mamãe já fez várias vezes pra mim, só que eu só comi mesmo, nunca passei no cabelo, acho que quando voltar da visita da titia vou fazer, vou passar na cabeça o abacate aí eu vejo se fica bom e meu cabelo fica sedoso igual o da moça da revista.

Esses dias eu procurei essa palavra no dicionário que ganhei do meu pai, "sedoso", porque é uma palavra que eu sempre vejo escrita nas revistas da minha mamãe, e eu sei que é um cabelo bem bonito e que fica brilhando, mas eu queria saber o que sedoso queria dizer mesmo, e descobri que vinha de seda, aquela coisa branca bem macia-zinha que os filhotes de borboleta fazem, bichos-da-seda, olha só que nome maravilhoso, eu fui e contei pra minha mamãe o que "sedoso" significava, que era o filhote da borboleta que fazia, minha mamãe riu aquela risada tão gostosa que ela tem, eu sempre rio quando ela ri, aí ela me falou que eu era que nem o bichinho que faz a seda, que eu era pequena ainda, mas que um dia eu ia crescer e ia virar uma mulher linda, que nem o bicho ia virar borboleta. Eu fiquei olhando pra minha mamãe de boca aberta, ela sempre fala umas coisas lin-das assim, eu acho que ela é muito inteligente, fiquei imaginando que nasciam umas asas coloridas nas minhas costas, igual da minha Barbie, bem lindas, rosas e brilhantes, com glitter azul em cima, e que eu voava em cima da cidade, com os cabelos voando igual a moça do comercial, fiquei pensando em virar borboleta, que delícia que ia ser, ficar voando por aí, ser linda, linda, linda... Aí o meu pai apareceu, acho que ele estava ouvindo tudo ali da sala, e falou que a gente estava enganada, que era mariposa que virava bicho-da-seda, ma-ri-po-sa, não tinha nada de borboleta não, então minha mamãe falou que ele era um chato de um ranheta mesmo, que mariposa era bicho feio, nojento, que só trazia coisa ruim, e o meu pai ficou quieto e olhou pra mim e ele estava muito estranho e falou que a mariposa era uma borboleta muito triste, que se eu não tomasse muito cuidado, e lesse aquele dicionário que ele me deu e uns outros livros espalhados pela casa, que eu acho muito muito chatos, igual aqueles que obrigam a gente a ler no colégio pra fazer prova, eu ia virar uma mariposa igual a minha mamãe. De repente a minha mamãe começou a chorar e saiu da sala, achei uma bobeira ela chorar por causa disso, mas eu também não gostei de ele falar que minha mãe é mariposa, será que é por que ele acha que ela está ficando mais velha e a mariposa é meio paradona, mais paradona que a borboleta? Fica lá pousada na parede e a borboleta voa voa voa por todos os lugares. Eu sempre achei que a mariposa dormisse na parede, só sei que se ela ficar dormindo muito, é igual eu, no fim eu vou ser mariposa mesmo, porque eu adoro dormir, nossa, adoro! É o meu sono de beleza. No fim, a mariposa também é muito bonita, só não é colorida que nem a borboleta, mas pode ser que tenha mariposa colorida por aí, o mundo é grande, enorme, o meu pai não sabe tudo, mariposa não é bicho feio, ele acha que é muito inteligente e sabido só porque ele tem um monte de livros na estante da sala dele, fica falando que é cultura, mas eu não ligo pra essas coisas de livro, só se for livro de como se arrumar, igual àquele que a minha mamãe me deu ontem.

A mamãe já botou o vestido mais lindo dela, é um vestido assim bem justo que combina com os olhos da mamãe, ela sempre fala isso, Esse vestido azul destaca meus olhos, e ela ensinou que quando você tem o olho de uma cor, você usa uma roupa da mesma cor pra destacar ele. Fica um escândalo, um luxo! Eu presto muita atenção nessa coisa de cor, gosto de combinar tudo: meia, vestido, lacinho, tiara, até a calcinha eu combino!

Um dia, a menina que mora aqui perto de casa tava andando com uma roupa marrom e ela é preta, aí minha mamãe falou pra ela que não podia, porque gente preta tem que parecer mais branca, tem que esconder, tem que usar roupa amarela, roupa branca, senão fica tudo muito marrom, preto, e preto é feio, é cor escura, eu detesto preto, minha mãe me ensinou que a gente tem que detestar preto porque o branco é que é bonito. Se fosse bom, todo mundo ia ser preto, mas na verdade é quase todo mundo branco, o que é bom, porque essas cores mais claras mostram uma coisa de paz, uma coisa bonita; coisa preta é coisa de maldade, de gente ruim, até Deus disse isso, minha mamãe que me contou que, na Bíblia, Deus disse que o preto era uma das cores do Diabo. Preto e vermelho. Vermelho eu acho bonito, o batom é vermelho, a rosa é vermelha, várias coisas bonitas são vermelhas... Vermelho é a cor do amor, foi isso que eu aprendi na escola, mas o preto eu não aprendi que era nada. Nada que é bom é preto, se você for prestar atenção mesmo. Um dia a mamãe tava me ensinando de Deus, que Deus é muito bom, ele cuida da gente, ele é como se fosse nosso pai, aí fiquei pensando no Deus, se ele for mais legal que meu pai de verdade, um Deus bonito, magro e novo, não velho e gordo, que não fica brigando com a minha mamãe, falando coisa feia pra ela e querendo me obrigar a ler livro chato. Ai, eu queria que Deus fosse meu pai de verdade, eu nem ligava que ele mandasse em tudo. Deus ia fazer eu ser princesa de verdade, e eu ia morar em um castelo cor-de-rosa, ia ter um monte de empregados, mas tudo gente bonita, não essas que vêm limpar aqui em casa, tudo desarrumada, iam todos vestir uniformes, cada um de uma cor, e eu ia ser rainha do mundo, e eu ia fazer o mundo ser o lugar mais lindo, e todo mundo ia ser lindo demais, que nem modelo de passarela.

Deus, se Deus é meu papai mesmo, meu papai do céu, ele tem que me ajudar, dá muito medo, até a mamãe teve medo, eu vi, eu vi o medo, a gente chegou pra ver a tia, e a tia, ai nossa, a tia era totalmente diferente do jeito que eu achei que a tia era. A tia tava morando numa casa que morava tudo um monte de gente velha também, uma gente velha tudo feia, horrorosa, fedendo demais, parece até cocô, aqueles cheiro de esgoto que a gente sente na rua. A tia tava num lugar muito velho que nem as gentes velhas, tudo sujo, tinha muita gente, um monte, e vinha tudo pegar em mim, ficaram falando que eu era linda, só que dessa vez eu não gostei, dessa vez não foi bom, porque o velho falou e botou a mão na calça, Posso ver a sua calcinha, princesa?, na hora deu um medo, eu puxei o braço da minha mamãe e pedi pra ir embora, mas ela tava procurando uma mulher gorda que tava trabalhando lá, ela falou que queria saber da tia dela porque ela achava que a tia tava em outro lugar, devia ser engano, Nunca que minha tia vai estar no meio deste cortiço, Onde já se viu?

A moça levou a gente num corredor, tinha umas gentes na cadeira de rodas, só que eu vi uns levantando, então sabiam andar, por isso não entendi por que da cadeira de rodas, a mulher chamou e mandou trocar a fralda, Mas já se cagou de novo, seu Teodoro?, eu sempre achei que quem usava fralda era nenê, quando eu brinco de boneca é só nenê que tem fralda pra trocar, eu não tenho nenhuma boneca velha, existe boneca velha? Se tiver, quem é que vai querer comprar? Só sei que a gente foi andando e aí a gente chegou numa porta que parecia aquelas que eu via de cadeia nos filmes da televisão, toda descascada, parece até que a porta tava enrugada, tinha umas grades em cima, na mesma hora eu puxei minha mamãe e falei de novo que eu queria embora, por que é que tinham prendido a tia lá naquele lugar? Ela era bandida? Minha mamãe tava nervosa, Cala a boca, menina, fica quieta. Ela nunca tinha falado assim comigo, nunca, nunquinha, É aqui que tá minha tia?

A mulher abriu a porta e a gente entrou, tinha uma caminha e uma pia de banheiro junto com uma privada do lado, eu virei a cabeça pra não olhar, mas eu acabei vendo do mesmo jeito que a água dentro da privada tava toda marrom, percebi que era água de cocô, ai que cheiro ruim, acho que nunca eu senti tanto cheiro ruim na minha vida, eu quis sair do quarto, mas minha mamãe não deixou, quando vê a gente viu aquela coisa preta, mas era preta só na cara, que coisa mais horrorosa, de repente deu um quentinho na minha calcinha, não sei explicar, parece que meu bumbum sentiu febre, depois eu cheguei em casa e fui fazer xixi, aí vi que tinha um borrado na calcinha, que vergonha, eu não fazia isso desde que era criancinha, escondi a calcinha debaixo do colchão.

A cara da tia tava toda preta, minha mãe ajoelhou chorando no pé dela, Tia, tia, Como que aconteceu isso com a senhora, e a tia ficou olhando pra ela, o olho era meio branco, parecia um olho feito de nuvem, mas uma nuvem de tempestade. Fiquei ali parada olhando a tia, a mão dela cheia de umas manchas roxas, umas veias tão gordas que até pareciam minhocas, lembrei de um livro que o meu pai me deu um dia, era um livro que contava a história de uma menina que ficava pequenininha porque uma bruxa fazia um feitiço nela, aí ela achava um buraco de minhocas e ia morar com elas debaixo da terra, Por que a sua cara tá assim, tia? O que aconteceu? Ela caiu, dona. Como assim ela caiu? Escorregou, ué, gente velha cai fácil, tem que dar graças a Deus que ela não quebrou a bacia.

Deus, Deus? Então foi Deus que fez a tia ficar daquele jeito? Mas preto não é a cor do Diabo? Me deu um medo, não sei por quê, peguei o cabelo e botei todo na boca, fiquei mastigando, o fedor da água de cocô e da tia, achei que eu ia sentir o cheirinho do meu shampoo, mas o cheiro ruim tava em todo lugar, cheirei meu braço, tava até em mim. Minha mamãe abraçou as pernas da minha tia, Tia, o que que aconteceu com a senhora? Quem foi que te botou aqui nesse asilo? Ih, moça, a gente que recolheu, Os vizinhos começaram a falar que não dava mais, que tinha uma velha morando sozinha, que já estava até meio senil, gritava a noite toda, Quando fomos buscar era uma coisa de dar medo viu? Aquilo lá era uma fossa, não tinha um lugar limpo, nem nela, nem no barraquinho que ela tava morando, tava prostrada numa cama e toda assada, cagada, cheinha de escaras, Foi uma sorte a gente ter ido pegar.

Um tempo depois, a tia se levantou e foi lá na pia do banheiro, deu um alívio ver ela andando, achei que ela era que nem o velho de cadeira de rodas do corredor, ela é tão velha e tão enrugada e as costas dela são todas curvadas, pensei que ela não iria conseguir andar. Minha mamãe olhou pra mim e deu um sorrisinho, passou a mão no meu cabelo, Já já a gente vai pra casa, tá? A tia, em vez de abrir a torneira, enfiou a mão no ralo, aí quando eu vi ela tava puxando os cabelos presos no ralinho e comendo, resto de comida com arroz, com feijão, ela enfiou tudo na boca e comeu, mastigou com cabelo grudando na gengiva, minha mamãe deu um berro, a moça veio, pegou a tia e colocou sentada na cama, minha mamãe levantou e me puxou, Não aguento mais isso não, Não consigo, Não dá, a gente tava saindo quando a moça gorda olhou pra mim e deu um sorrisão, Fazer o quê, né? Um dia todo mundo vai ficar velho, A gente fica velho, fica doente... Até você um dia vai ficar velha assim, A gente fica velho, Não importa o que é que a gente faz da vida, Quanto dinheiro a gente tem, No fim, a gente não serve pra nada, Só Deus, menina, Só Deus pra ajudar a suportar.

Eu fiquei com tanto medo da minha mamãe achar a calcinha que eu borrei que eu enfiei ela debaixo do colchão pra ela não achar, mas não adiantou nada, porque ontem eu fiz na cama mesmo, que nem os velhos do asilo. Eu sujei tudo, tudo, acho que logo eu vou ter que usar fralda, mas não tem problema, eu não ligo, no fim eu vou ter que usar mesmo, porque eu vou ficar velha, vou morrer e vou ficar que nem a titia. Não ligo de usar fralda, hoje eu acordei e olhei no espelho e vi que meu cabelo parece que já tá ficando mais claro, quase branco, logo logo ele já vai estar todo branco. Fico pensando quanto tempo vai demorar pra minha cara ficar preta, pras minhas costas ficarem tortas, pra eu não conseguir andar sozinha, pra eu comer cabelo do ralo, pro meu olho ficar cinza. Logo, né. Lógico.

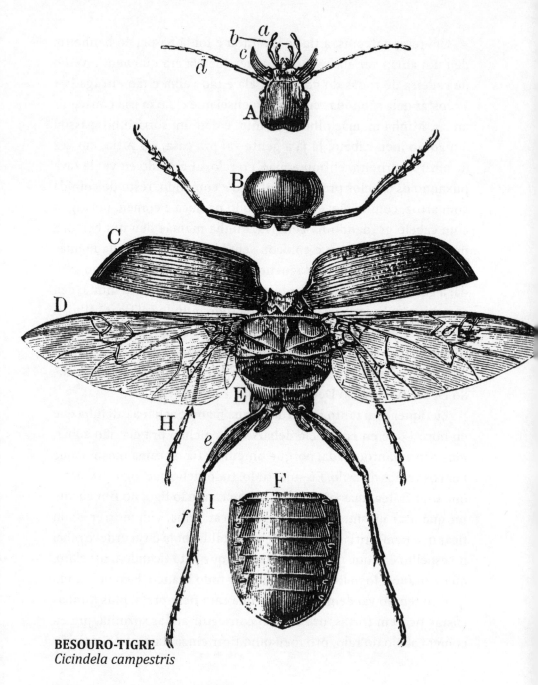

BESOURO-TIGRE
Cicindela campestris

"Medindo apenas 2 cm, o besouro-tigre é o inseto mais rápido do mundo, podendo correr na velocidade de até 8 km/h."

TIJOLO

N° 07

INVENTÁRIO DE PREDADORES DOMÉSTICOS

Meu pai decidiu fazer um carrinho de rolimã pra mim, fiquei tão feliz, todos os outros moleques da rua andavam em carrinhos de rolimã, todo mundo tinha o seu, era injusto que eu não tivesse também, logo eu que já tenho que abrir mão de tudo o que tenho pra dar pra mimada da minha irmã, até aparelho, aparelho é caro, caro pra caraio, e os meus dentes todos tão tortos de tanto que eu levei murro na boca dos moleque desde pequeno, ficam me chamando de tu-tubarão porque eles acabam sendo até meio pontudos demais, bem juntinho, mas eu quero mais é que todo mundo vá se foder, ainda mais a cadela da minha irmã, ela nem tem dente torto, mas minha mãe e meu pai acham que porque ela é mulher ela tem que ter os dentes bonitos enquanto eu posso esperar um pouco mais. Já não basta ela usar aqueles shorts minúsculos e ficar se exibindo pra cidade quando vai no clube, e eu ficar só com as roupas usadas dos meus primos, tudo bem mais gordo e mais alto que eu, que sou baixo pra porra e magrelo, ainda agora se acha mais importante que todo mundo só porque ganhou uma merda de um aparelho, ela vai ver só, vou dar um jeito de quebrar ele todinho dentro da boca dela, fazer sair sangue daquela puta.

Fui ajudar meu pai a martelar os pregos nas rodas do carrinho, mas ele me empurrou, Sai daqui, moleque, Você só atrapalha, E vê se não faz esse bico não, senão eu desfaço ele com a minha mão, entendeu? Acho que ele ainda tá chateado porque da última vez que ele tava trabalhando e eu fui ajudar eu remedei ele, fingi que também tava martelando e fiquei fazendo a cara de concentração igual a dele, O que cê tá fazendo, menino?, ele perguntou, O que cê tá fazendo, menino? eu imitei, aí ele me pegou pelos cabelos e me socou a cara, quebrou o cantinho do meu dente com o anel grosso que ele usa no dedo, agora que fodeu tudo de vez, acho até que mordi a língua porque senti um gosto salgado de sangue na boca. Mas aprendi minha lição, nunca mais vou imitar meu pai, a gente tem que respeitar o pai da gente, pai da gente é único, tem que ser o nosso herói, ele trabalha o dia inteirinho pra botar comida na mesa, se não fosse ele eu nem tava vivo pra começar.

Fico só olhando enquanto ele martela a madeira no carrinho, já tô até vendo eu descendo a ladeira da Pelada com ele, os moleque tudo olhando, vai dar até pra apostar corrida com eles e eu não vou ficar só correndo do lado torcendo pra alguém ter dó e deixar eu dar uma voltinha. O carrinho vai ser só meu e eu vou pintar uma faixa azul escuro no canto, meu pai disse que deixa, que já vai até arrumar a tinta pra mim. Meu pai é o melhor pai do mundo. Ele buscou a tinta e perguntou que nome eu quero dar pro carrinho, decidi que vou chamar de tubarão mesmo, tubarão é azul que nem a faixa que meu pai pintou, tubarão é o bicho mais forte dos mares, o dente do tubarão é afiado e, no fim das contas, os moleques me chamam de tu-tubarão mesmo, vou ter que acabar aceitando o apelido, pelo menos não é viado ou chupim, podia ser pior, tem um moleque aqui do bairro que chamam ele de cagão, porque um dia ele tava fazendo troca-troca com um outro zé aí e o moleque diz que na hora que tirou o pau olhou e tinha bosta, aí já era, é cagão pro resto da vida, o pior é que ficou todo mundo sabendo dessa história, sei lá como meu pai também ficou sabendo que eu era amigo desses moleque, ele me deu uma surra, falou que se soubesse de viadagem minha por aí ele quebrava minhas pernas, nunca mais eu ia correr, nem competir, nem levantar da cama, que filho viado ele não aceitava ter nem fodendo, filho dele era homem, filho dele só comia, não ia dar o cu pros outros não, nem por cima do cadáver dele, vixi, sai fora, não gosto nem de pensar no meu pai morto, esse negócio de defunto, vela e tal, dá um nó na garganta, custa a passar.

Meu pai foi buscar umas peças que faltavam pro carrinho e os moleque passaram aqui, a gente foi jogar videogame na casa do Zé, tinha jogo novo, acho que esse Zé é o moleque mais rico que eu conheço, na casa dele tem até videocassete, é uma coisa de louco, a gente se reúne lá pra ver os filmes do Van Damme, do Bruce Lee, uns novos daora com o Schwarzenegger, o Bruce Willis, rola até uns de putaria, bem melhor que os que passam no Cine Privê, que nem dá pra ver nada, na real, só a mulher se esfregando no umbigo do cara.

A gente jogou um montão de videogame aí o Marcelo perguntou, cadê a fita, Zé? Bota aí pra nóis! O Marcelo é um moleque mais velho que anda com a gente, ele já tem uns 13, só pensa em ver putaria, aí o Zé entrou no quarto do pai dele e pegou umas fitas, umas fitas de putaria pura, botou pra gente ver, nossa, quanta mulher gostosa, é um tipo de mulher que a gente não vê igual na rua, umas mulherona grande, de peito empinado, bundão, pernão, sempre com a buceta rosinha, um dia eu vi minha irmã pelada se trocando no quarto, mas não era a mesma coisa, a buceta dela era marrom, o peitinho pequenininho, não gostei não, gritei que ela era feia, que era que nem bucho, fedido, cheio de merda e que quase ninguém gosta de comer, ela ficou puta, me pegou pela orelha e me desceu a mão na cara, sorte que meu pai me ensinou que em mulher não se bate nem com uma flor, senão eu tinha revidado, pegava ela e batia com a mão fechada mesmo, pra doer, pra ver se ela parava de sair feito putinha por aí, até na escola os meninos comentam, ela é mais velha, tá no ginásio já, e os meninos da minha sala ficam falando dela, que raiva, caraio, falam que batem punheta pra ela, no começo eu não entendia o que era isso, mas aí eles me levaram no banheiro, os moleques mais velhos, e me mostraram, falaram, Pega no seu piruzinho aí, Agora mexe ele pra cima e pra baixo, fui mexendo, aí depois descobri que é mais gostoso fazer isso quando a gente vai pensando em mulher, vendo foto de mulher pelada, pensando na atriz bonita da televisão, até na minha irmã pelada aquele dia eu pensei, depois deu uma vergonha, mas no final a culpa é dela de ficar se exibindo de porta aberta pros outros mesmo.

A gente ficou vendo as fitas de putaria, aí de repente eu percebi que os moleques tavam tudo com o pinto pra fora, tudo batendo punheta ao mesmo tempo, olhando a mulher chupar o cara, falaram pra eu tirar o meu e bater também, mas puta vergonha, meu pinto ainda era pequeno perto do deles, acho que é porque eles já tão no ginásio, eu não, pô, tomara que meu pinto cresça um dia, acho que cresce sim, acho que é curtinho porque eu ainda sou meio moleque, meio pirralho, sou até meio pequeno perto dos outros, o treinador de corrida da escola nem acreditou quando eu quis correr, me achou tão tampinha, bicho-pau, perna curta, no fim das contas eu corro mesmo, corro pra caraio, corro mais que qualquer moleque da cidade e não canso, acaba sendo meio chato porque ninguém gosta de apostar corrida comigo ou brincar de pega-pega, mas fazer o quê, uns nascem pra vencer, é o que o treinador fala, ele acha que eu vou ser grande um dia, que vou pras Olimpíadas, vou ganhar medalha de ouro pro Brasil como o maior corredor da história, quando eu falo isso pro meu pai ele ri e fala que eu tô sonhando alto demais, mas acho que é assim que tem que ser mesmo. Já decidi, cara, quando eu crescer eu vou ser atleta e vou ser rico e vou pegar um montão de mulher.

No fim das contas decidi pôr o pau pra fora e bater uma pros moleque não acharem que eu era viado ou que meu pinto tinha algum problema, que nem o do Vinicius, um amigo meu da escola, que é torto, parece um gancho virado pra cima, é outro que o apelido grudou e já era, Capicão Gancho, aí ficamos lá batendo, era engraçado, às vezes a gente acabava rindo da brincadeira, então o Marcelo sugeriu da gente fazer troca-troca, que o filme tava dando um tesão do caraio nele, falou que era bem melhor que bater punheta, muito mais gostoso, que o cu era bem mais justinho que a mão, na hora eu fiquei meio assim, depois que eles insistiram muito falei que de jeito nenhum meu pai podia saber, que se ele soubesse do troca-troca me matava, eles mandaram eu parar de ser besta, pra que que eles iam contar pro meu pai que eu tava fazendo troca-troca?, depois ele acabava contando pra mãe e pro pai deles, ia dar merda, certeza, aí acabei indo, fui primeiro no moleque e fiquei olhando pra televisão, fazendo de conta que era a mulher do pornô que tava ali, nem vi a bunda branquela do Marcelo na minha cara, puta viadagem, nem olhei, só comi mesmo, botei meu pau lá uns minutos e tirei, já tava sem tesão nenhum, fiz só pros meninos não acharem que eu era cuzão e que queria cortar o barato deles. Depois eles se revezaram lá e eu fiquei vendo o filme que, de repente, parecia ter ficado meio chato. Aí veio o Marcelo e me cutucou falando que era a minha vez de dar o cu, porra, e se o meu pai descobrisse que eu dei o cu? Tive medo, meu pinto até murchou na hora, eu não ia dar o cu, não. Ele que se fodesse, comesse o cu de outro lá, o meu é que eu não ia dar. Ah, moleque, eu lá sou viado pra você comer meu cu?, Se vira, Bate punheta, come o cu dos outros, O meu é que você não vai comer, falei. Vixi, ele ficou puto, mas como já tava na fissura foi lá no outro moleque e enrabou ele, eu continuei vendo o filme, aí a mãe do Zé chegou, a gente tirou correndo a fita do vídeo e decidimos ir jogar futebol logo com a molecada da rua de cima, perto de casa, aproveitar que logo era hora da janta, aí era jogar bola, correr pra casa, tomar banho e comer, o esquema tava feito.

No caminho o Marcelo deu uns empurrões em mim, vi que ele tava meio puto ainda por causa do troca-troca, ficou de bico, falando que eu ia ver só, que eu ia ver, falei que ia ver o caraio, ia ver é eu acabar com ele na pelada, que ele não me pegava na marcação nem fodendo, Gordo lerdo da porra. Ele tentou correr atrás de mim, mas eu, já falei, sou o Flash dessa cidade, senão do planeta!, dei vários olés nele, isso porque o jogo nem tinha começado ainda, os moleques tavam vindo com a bola nova, quando vê, apareceu um filhotinho de cachorro andando na nossa direção, quase no meio da rua, ele era tão novinho que nem andava direito, parecia que ia meio tropeçando de tão curtas que eram as perninhas, a barrigona gorda igual de mulher grávida.

Corri na frente de todo mundo e peguei o cachorrinho no colo. Era um cachorrinho preto, tão pequeno, que eu segurava o corpinho inteiro dele nas duas mãos, o safadinho já começou a me lamber, os meninos todos vieram ver, achavam que era da vizinha, a cadelinha dela tinha dado cria, achavam que ele tinha escapado pelo buraco do portão, peguei ele no colo e sentei na guia, o cachorrinho, Pretinho chamei ele, lambia lambia minha cara, fiquei rindo, que bafinho esquisito de leite! Os meninos ficaram em volta querendo pegar no colo também, aí o Marcelo veio e pediu pra eu deixar ele segurar, já catando no cachorro, mas eu mandei ele se foder, ele que fosse pegar outro filhotinho pra ele, aquele ali já era meu, né, Pretinho? O gordo escroto não falou nada e saiu de perto, quando eu vi ele tinha voltado e tava com um tijolo que a gente usava pra marcar o gol na rua na mão, O que você tá fazendo com essa porra, moleque? Quer apanhar?

Ele falou que era pra eu esmagar o cachorro com aquele tijolo, que a mãe dele não suportava mais os cachorros da vizinha latindo e que era pra eu esmagar a cabecinha dele porque aqueles filhotinho tinham que morrer antes de crescer e aprender a latir. Mandei ele se foder, filho da puta, eu ia levar o cachorro pra casa, ia ser meu, ninguém ia encostar no cachorro, não. O Pretinho parecia que tinha entendido de tão feliz, ficou mais agitado no meu colo, o rabinho balançando, me sufocando de tanto me lamber. O Marcelo botou o tijolo no chão, Bom, você que sabe, mas eu vou contar pro seu pai que a gente fez troca-troca na casa do Zé se você não matar. Os meninos ficaram olhando pra mim, ninguém mais tava dando risada, Que isso, moleque?, eu via que os olhos deles iam do tijolo pro Pretinho e pra mim.

Eu falei que matava o Marcelo, que matava ele, a mãe dele e a família inteira dele se ele fizesse aquilo, mas que eu não ia matar o cachorrinho, que o cachorrinho não tinha culpa de nada, ele que era um doente, um viado, um viado-dá-cu-arrombado que nem pai tinha por isso queria foder com a família dos outros. Ele virou as costas e saiu andando, gritando o nome do meu pai, que naquela hora tava na oficina ali pertinho, papeando com o mecânico, amigo dele, acho que procurando coisas pra terminar meu carrinho de rolimã, os outros meninos começaram a rir, foram atrás dele e fizeram coro chamando o nome do meu pai, emendaram até um "Ô pai do viado" no meio pra ver se ele atendia mais. Quando eu dei por mim, já tinha descido o tijolo duas, três vezes em cima do Pretinho. Ele gritou um gritinho agudo das duas primeiras vezes, depois não gritou mais, deu pra ouvir só um barulho molhado de carne como quando minha mãe martela o bife na tábua pra amaciar, continuei batendo um tempão, os meninos começaram a gritar e saíram correndo quando o meu pai apareceu, eu nem ouvi, eu tava gritando também, batendo batendo, quando meu pai chegou perto eu pensei em correr, pensei em correr porque vi que ele tava segurando uma ripa de madeira na mão e o Marcelo tava do lado dele e eu sabia que ele tinha contado tudo, eu preparei a perna pra correr, mas caí, desmanchei do lado do montinho de carne peluda que tinha sido o Pretinho, cobri a cabeça e comecei a chorar.

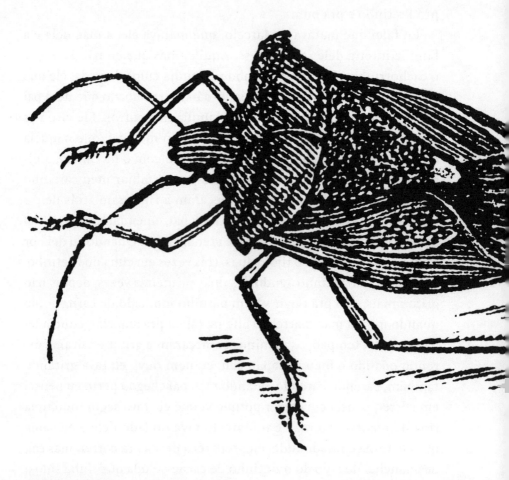

MARIA-FEDIDA
Antiteuchus sepulcralis

"As fêmeas dessa espécie são consideradas
as mães mais zelosas do mundo dos insetos."

BERÇO

N° 08

INVENTÁRIO DE PREDADORES DOMÉSTICOS

Quando eu nasci, minhas irmã, os morador do arredor, todo mundo, fala que a minha mãe recebeu eu da parteira, toda enroladinha feito um bichinho no casulo, e olhou bem pra mim e falou assim ó, Credo em cruz, Nossa Senhora, que menina mais feia! Eu tinha pelo na orelha, a cabeça torta, e tava toda roxa de hematoma, muita gente fala que eu fui o trem mais feio que já nasceu por aquelas banda, até hoje. Minha mãe virou a cabeça pro lado, mandou tirar aquele monstro da frente dela; ela queria era um filho homem, mas Deus só deu pra ela dez filha mulher, coitada, dez rebento pra criar e ela sozinha, sem meu pai que morreu atropelado por um carro de boi quando minha mãe tava barriguda de mim. Só serviu essa mulherada toda pra abrir uma pensão e ajudar a minha mãe a cuidar dos cliente e do lugar tudo.

Se ainda fosse dez filho homem minha mãe ia ser muito da endinheirada agora, porque tudo eles trabalharia na fazenda do meu falecido pai. Mas porque nasceu tudo um monte de mulher, e por causa d'eu ter nascido muito feia, muito desprovida de beleza, como a minha tia Lúcia vive dizendo, eu sempre fui, desde que botei essa caronha no mundo, a mais prendada de todas as minhas irmã. Sabe cozinhar? Eu sei. Sabe lavar, passar, coser, bordar? Eu sei. Sabe arrumar bem uma mesa, uma cama, organizar um enxoval pra ficar nos trinque? Eu sei. Pode perguntar o que quiser que eu sei fazer. Sei cozinhar, sei pintar, sei até escrever. A única daqui de casa, além da minha irmã mais velha, que é estudada, que minha mãe ensinou pra cuidar das caderneta tudo de casa, sou só eu mesma. Foi essa minha irmã que me ensinou os be-a-bá, a escrever meu nome, Maria das Dores, o nome é feio, mas a santa é boa, a cozinhar, a lavar roupa, a engomar, a fazer tudo o que uma boa mulher tem que saber fazer quando é feia e não presta pra arranjar marido.

Aqui na pensão o que eu mais faço pra senhora minha mãe é arrumar os quarto. Passo pano no chão, desinfeto, envernizo, troco os lençol, arrumo as toalha bem bonito em cima da colcha bordada. Os estudante que mora aqui gosta muito do jeito que eu arrumo os quarto, eles me chama de Dodô, é meu apelido, porque Maria das Dores é nome muito grande pra decorar, então quando eles precisa que eu ajude em alguma coisa é mais fácil só gritar, Dodô!, que eu atendo. A gente tem uns estudante aqui, uns moço que vêm só passar a noite mesmo antes de seguir viagem, às vezes tem uns vizinho que paga só pra tomar o café da manhã, que é o mais gostoso da cidade, fica vendo: tem queijo fresquinho que minha mãe faz, pão doce açucarado da minha irmã, pão de queijo que minhas outras irmã faz, goiabada que minha mãe compra da Dona Nena, manteiga vinda lá da roça, e café com leite. De vez em quando tem também biscoitinho de nata, rosca, bolinho de chuva... O povo vem tudo pra comer essa coisarada toda. O que é bom porque dá pra conhecer um monte de gente nova e jogar conversa fora, prosear.

Uma coisa que eu gosto muito é de conhecer gente nova, ouvir conversa dos outro, os bololô todo, igual do Seu Tadeu, que era dono de uma das fazenda mais rica da região, mas perdeu tudo quando a mulher descobriu que ele tinha dado umas puladinha de cerca e queimou tudo, a casa grande e a plantação. Tem também a Dona Iracema, que ficou noiva de um moço muito distinto, bem apessoado e, depois, ele terminou com ela pra casar com a irmã dela; é muita história que a gente ouve, mas em algumas eu não acredito não, que nem aquela que o vizinho aqui do lado é lobisomem e se transforma nas noites de Lua Cheia e sai por aí pra roubar os nenê de colo e comer. Onde já se viu comportar uma besteira dessas? Ô povo que só pensa em coisa ruim, sô! Ficar falando de matar nenê?! Nossa senhora! Existe coisa mais bonita que nenê? Mais bonita, mais pura, o mais santo anjo do Senhor? O nenê é a coisa mais linda que já teve nesse mundão de Deus todo. Sempre que eu vejo um nenê, aqui na pensão ou na rua, eu peço pra pegar no colo. Todo mundo fala que eu tenho uma benção, um dom com os rebento; a criança dos outro pode estar chorando, estribuchando feito um filhotinho novo de bezerro, que quando eu pego ela no colo, dou um beijo na orelhinha e abraço, passo a mão na cabecinha dela, dou uma cheiradinha nos cabelinho fininho, ela já parou de chorar e tá dormindo bem quietinha, os olhinho fechadinho, às vezes até com o dedinho na boquinha. O meu sonho é trabalhar cuidando do filho dos outro. Um dia eu falei isso pra minha mãe e ela falou que só assim mesmo pra eu ter um nenê perto d'eu, porque homem nenhum nunca vai ter coragem de casar comigo porque eu sou feia e pobre, que até a minha irmã, Maria Antonieta, que é burra e bem feia também, consegue um marido, mas eu nunca vou conseguir, só me resta é ser facão, então por isso que eu tenho que me instruir, ser inteligente, trabalhadeira, porque assim eu consigo, pelo menos, um emprego bão, que vai ser cuidar do filho dos outro.

Só que eu não consigo entender quem tem nenê e não gosta de cuidar, tem uma moça aqui perto que é mais da endinheirada, sabe, ela em vez de ficar com os filho dela paga a vizinha, Dona Joana, e ela vai lá e cuida dos menino dela. Acho muito triste que você tenha uns anjinho desse perto de você, que você seja tão abençoado pelo Nosso Senhor Jesus, e deixe seu filho com os outro. Igual eu, minha mãe também não quis me dar de mamar, nem cuidar de mim, quem me cuidou foi uma preta que sempre ajudou minha mãe com a fazenda, ainda mais depois que morreu o meu pai. O nome dela era Sebastiana, tem dias que eu tenho muita saudade dela porque ela ficou lá na fazenda, naquela casinha pobrinha no terreno, com o filho dela, o Joquinha, que foi o primeiro nenê que eu ajudei a pajear. Ela sempre cuidando das galinha, dos boi, dos afazer de casa... A Sebastiana me botava no sovaco, até eu ser um pouco mais maior, botava no sovaco e fazia eu cheirar quando eu ficava muito serelepe, atazanando, e não queria fazer as tarefa que minha mãe mandava. Eu achava danado de bom o cheiro dela de suor e café fresco e capim cortado rente... Quando eu for grande e tiver trabalhando numa casa de alguma mulher bem abastada e dondoca eu vou é buscar a Sebastiana e o Joquinha pra morar comigo e a gente vai plantar, no quintal de uma casinha bem ajeitadinha que vamos ter, umas mangueiras, jabuticabeiras, goiabeiras, apanhar todo dia e comer do pé, e a Sebastiana vai sentar numa cadeira de balanço que eu vou mandar o moço da carpintaria fazer e vai contar história o dia inteiro, sem fazer serviço pesado nenhum, nunca mais.

Outro dia chegou uma mulher com um nenê bem novo aqui, veio pedir pra dormir porque era nova na cidade e não tinha nenhum lugar pra ficar, e na hora que eu vi aquele nenê, nem sei explicar, meu rosto começou a arder de tão quente e começou a me dar até vontade de chorar. Ele era tão pequenininho, devia ter só uns quatro mês, mas a senhora minha mãe não quis deixar a mulher ficar, disse pra procurar quarto na casa das mulher da luz vermeia, eu sei o que é essa casa das luz vermeia, é onde vão as mulher que não têm sorte, as mulher que apronta, as mulher que é tudo biscate, e tem que deitar na cama e receber os homem bêbado. Eu puxei a manga do vestido da senhora minha mãe, Aquele nenê fazer o que lá, minha mãe?, e eu mais minhas irmã pedimos pra ela ter piedade daquele nenê, não tinha importância que a mãe dele não parecia ser boa gente, era meio currutela, cheirava a aguardente e fumo, a gente podia deixar eles morarem no quartinho dos fundo, onde ficava guardada umas toalha e lençol e produto de limpeza que a gente não usava. Minha mãe quase não aceitou, mas depois ela deixou a moça ir mudar pra lá com o nenê dela por um tempo, enquanto isso ela ajudava a gente com os trem todo aqui de casa, os afazer, que num acaba é nunca. A coisa mais melhor de boa da moça ter vindo morar com a gente é que ela deixava eu mexer na nenê dela, Analice o nome, dar até o consolo, porque ela não gostava de deixar mamar no peito também, ela diz que é pra eles não ficar caídos e muchibentos, já que ela ainda queria arranjar um homem bão pra cuidar dela. Eu vivia pra cima e pra baixo com a Analice no colo, dando uns breguete pra ela experimentar, trocando roupa, dando banho, até minha mãe e minhas irmã queriam pajear ela, de tão lindinha, só que a Analice sempre gostou mais de mim. Era só começar a chorar, a moça vinha e dava ela no meu colo, igual as mulher daqui dos arredor costuma fazer, pra ela ficar bem quietinha enquanto eu ficava ninando.

A moça era meio zuretinha, de vez em quando saía e falava que ia voltar logo, mas voltava só no outro dia e quando a gente ia ver a Analice tava chorando de madrugada e a gente tinha que correr lá pra dar de mamá pra ela; tinha dias que eu ia sozinha antes da minha mãe ouvir, porque eu sabia que se ela ficasse sabendo que a moça tava aprontando ela não ia mais querer ela dentro de casa, e então o que ia ser da Analice?

Teve um dia que aconteceu uma coisa horrorosa, credo em cruz, mas eu não contei pra ninguém porque tive medo da minha mãe expulsar a moça e tirar a Analice de mim; mas eu fui ver por que ela tava chorando muito, dava pra ouvir da janela do meu quarto, meu sono ficou leve que nem aleluia esvoaçando na lâmpada, e eu fui lá, já era tarde pra dar mamá pra ela. Quando eu cheguei no quarto da moça, a porta tava aberta e ela tava deitada na cama com as perna aberta e um moço em cima, mexendo pra frente e pra trás, de um jeito engraçado. Fiquei vendo e sentindo um trem estranho, me subiu uma quentura pelas perna, e eu troei pra dentro de novo, só que a Analice continuou chorando e eu não conseguia dormir porque ficava pensando que minha mãe ia acordar e ia expulsar a moça e a Analice devia estar com fome e aquele moço, a bunda branca dele, cheia de pelo, mexendo em cima da moça, por quê? E se ele tava matando ela e eu não fiz nada?

A paúra foi grande, eu me cobri até a cabeça e fiquei chorando, só que ao mesmo tempo uma sensação esquisita na barriga, botei a mão no meio das perna pra parar de tremer, fiquei mexendo lá embaixo e imaginando que tinha um moço em cima de mim, um moço bem bonito, feito os que a gente vê no cinema, de vez em quando, e ele me beijava na boca e ficava mexendo pra frente e pra trás. A Analice ainda tava chorando, será que é isso que as moça da luz vermeia faz? Deixa os moço ficar se esfregando em cima delas? Tem um menino que eu brinco às vezes, o Emanuel, ele é filho do moço da padaria, bem apanhadinho, tem umas pintinha no rosto, parece um moranguinho maduro. Um dia desses eu fui entregar uns pão doce que a mãe dele tinha pedido e na hora que eu tava indo embora ele perguntou se eu podia mostrar minha calcinha pra ele. Na hora eu fiquei meio ressabiada e saí correndo, mas agora eu vou mostrar sim, vou mostrar a calcinha e vou deitar no chão e vou pedir pra ele subir em cima de mim e ficar mexendo pra frente e pra trás até eu tirar a calcinha e ficar todinha pelada, que nem a moça bonita, mãe da Analice.

Logo que eu acordei eu fui diretinho olhar da nenê, a fraldinha dela tava cheia de cocô até as costas da tadinha, e o bumbunzinho todo assado, eu passei um talquinho e deixei ela deitada de bruços, pra refrescar, a moça não tava de novo. Fiquei olhando pra'quela carinha linda dela e decidi, pronto! Ela é minha! Ela é minha nenê, eu sou a mamãe dela. Quem é a mamãe, Analice? Sou eu, meu amor, sou eu! Beijei, beijei, beijei, aí a moça chegou, tava com uns olho de fogo, olhou pra mim e começou a bater palmas, ah, Dodô! Meu xodó! Cê nem imagina, molenga! Vô juntá com um moço muito do bão que eu conheci ontem, ele topou levar eu mais minha nenê com ele amanhã mesmo, vamo'simbora pra capital, dá pra acreditar num trem bão desse? Ela começou a arrumar as coisa e pediu pra eu dar uma voltinha com a Analice enquanto ela dormia um pouco em paz, eu subi com a nenê pro meu quarto que eu dividia mais minhas três outra irmã e sentei na cama com ela no colo. Aquela mardita mamada de Satanás não vai tirar o meu nenê de mim! Analice, ela nem sabe cuidar docê direito! Ela nem sabe te deixar calminha, com a paz de Deus pra dormir! Você é minha nenê, Analice! Eu sou sua mamãe, EU! E beijei, beijei, beijei. Quando minha mãe me chamou pra ajeitar o almoço eu botei ela no baú do enxoval das minha irmã e deixei uma frestinha aberta pra ela respirar, Você é minha, Analice, Eu vou cuidar de você pra sempre, A minha vida toda, Você é a coisa mais linda que já existiu, minha filha, Você é a coisa mais linda.

Fiz o almoço matutando sobre como que eu ia fazer pra fugir com a Analice. Quando acabasse o almoço e as louça tudo, lavasse as roupa e botasse pra secar, ia subir, arrumar minhas coisa numa trouxinha e ir a pé, pelo meio do mato com a Analice nas costa, até chegar na casinha da Sebastiana e do Joquinha, a gente ficava lá por um tempo e depois via onde Deus nos levava. Preparei um mamá de mingau de maisena e subi pra preparar as coisa, enquanto minha mãe ia na venda resolver umas conta e minhas irmã ajudavam a limpar a pensão e receber os cliente. Cheguei no quarto e uma das minha irmã tava sentada em cima do baú, cosendo uma veste. Faz tempo que cê tá aqui, Elzinha?, Uai, que isso importa, medonha?, Nada não, só preciso fazer uns trem pra senhora nossa mãe, Cê dá licença, faz favor? A Elzinha saiu com a veste e bateu a porta. Sentei na cama e abri o baú.

A Analice tava lá do jeitinho que eu coloquei, a roupinha branquinha em cima dos lençol branquinho, o olhinho aberto e a boquinha aberta também. Peguei ela no colo, abri as mãozinha dela, botei meu dedo na boquinha abertinha dela, ainda tava quente. Quem é a mamãe, Analice? Sou eu, meu amor, sou eu! Levantei ela pra passar os bracinhos em volta do meu pescoço, segurei eles lá um tempo, cheirando a cabecinha dela. Você é a nenê mais linda que já existiu minha filhinha, eu te amo, minha filhinha! Desabotoei o vestido, abaixei a alcinha da minha combinação e botei ela no meu peito pra mamar. Ela já tava fria. Quem é a mamãe, Analice? Sou eu, meu amor, sou eu! Todo mundo fala que eu tenho um dom com os nenê, que eles dorme quietinho, feito anjo.

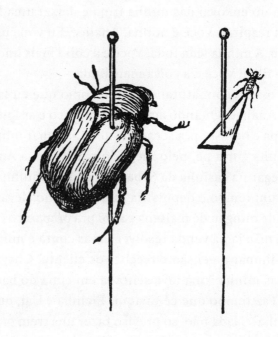

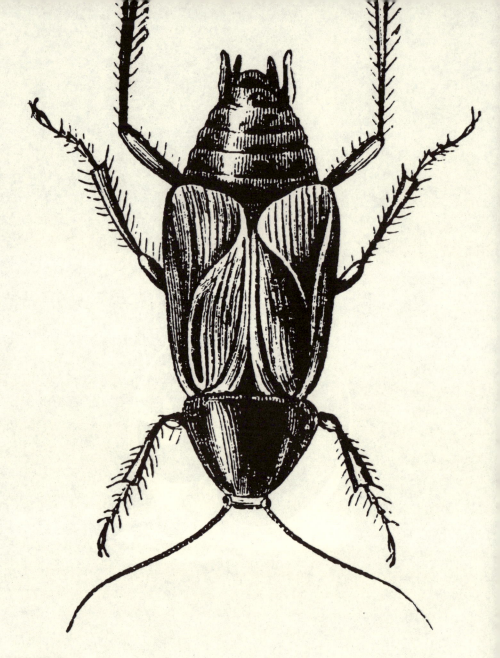

BARATA
Periplaneta americana

"Devido ao seu notável sistema regenerativo, as baratas podem ser mutiladas, desmembradas, pisoteadas e, ainda assim, sobreviverem por um longo tempo."

CINZEIRO

Nº 09

INVENTÁRIO DE PREDADORES DOMÉSTICOS

Quando eu encontrei o Fumaça e o Sem Cueca, fazia uns dois dia que eu mais os meu irmão não comia direito e a mãe tinha mandado eu buscar cigarro pra ela no boteco do seu Osvaldo, Vai e volta logo, moleque, e se faltar moeda eu te dou uma surra. A mãe nunca me deixa pegar o troco em bala, ela fala que moeda também é dinheiro, e é, se a gente junta dez de dez a gente já tem um real, e se a gente junta cinco de um a gente tem cinco real, que dá pra comprar um Derby e um corote ou cinco pedra, por isso que eu nunca posso pegar o troco em bala.

Mas não pega nada, porque mesmo assim o seu Osvaldo sempre me dá uma balinha de hortelã quando eu vou lá, que eu chupo correndo no caminho, mastigo quebrando que nem vidro no dente, crec-crec, que é pra mãe não ver, senão ela bate porque eu não trouxe pros meus outro irmão e eles têm vontade, principalmente os pequenininho. Daí, quando eu chego em casa, a mãe manda eu contar as moeda tudo certinho na frente dela, se tiver faltando alguma eu apanho, ela me fura, então eu tenho medo de deixar cair no caminho ou perder mesmo por causa das calça rasgada, tropeçar e deixar cair no bueiro, não ver ela saindo rolando e sumindo. Então me dá medo, mas ao mesmo tempo eu gosto dessa hora de contar as moeda, do barulhinho que elas faz quando encosta uma na outra, do cheiro delas e de quando vêm várias moeda de número igual, vários dez, ou vários cinco, porque daí dá pra empilhar tudo do tamanho certinho, uma em cima da outra e pra ver quantas tem fica mais fácil, — dez de dez dá um, vinte de cinco dá um, quatro de vinte e cinco dá um, duas de cinquenta dá um —, às vezes a mãe se confunde nos número, e quando eu separo assim ela consegue ver melhor quanto dinheiro que tem e fica mais feliz e até compra comida pra gente às vezes.

De tanto que eu mexo com dinheiro pra minha mãe, lá na escola, a fessora fala que eu sou muito bom em matemática, porque só tiro A na matéria dela, e que se eu continuar assim tão bom nas continha, nos probleminha, eu posso ser professor de matemática, mexer com computador, ser até engenheiro um dia. Num sei direito que qué isso não, mas parece que é negócio importante, de rico; se der bastante grana eu quero, porque aí eu posso comprar uma cama só pra mim e não preciso ficar dividindo com o meus irmão; posso comprar vários pacote de bolacha, refrigerante, chocolate, lanche, coxinha, todo dia; até uma chuteira pra mim jogar futebol. Eu gosto muito de jogar com os moleque aqui do bairro, ninguém aqui tem bola, então a gente dá o nosso jeito juntando tudo uns pano velho, umas tira suja e rasgada de engraxar sapato, uns pedaço de plástico que a gente acha por aí, passamo uns elástico e pronto, e eu sou sempre o goleiro mesmo eu sendo baixinho, não tem problema; os moleque não liga, fala Vai lá, Formiga Atômica, quando eu corro pra pegar a bola, e a gente sai todo dia jogar ou soltar o pipa quando eu não tenho que olhar o meus irmão, sair pedir, ou ir pra escola.

Mas eu num ligo de num jogar não, porque eu adoro ir pra escola, porque quando a gente chega cedinho, umas sete hora, tem café com leite e umas bolacha, aí na hora do recreio, umas dez hora, tem a merenda; tem dia que é arroz e feijão e salsicha com molho, tem dia que é macarrão com carne moída, tem dia que é sopa, tem dia que tem até cachorro-quente com pudim de sobremesa. Eu fico feliz que a tia sempre deixa eu mais o meus irmão comer duas vez, porque ela sabe que não é todo dia que vai ter em casa, e ela também deixa a gente ficar até mais tarde, depois da aula e comer na hora do almoço da turma da tarde, daí o resto do dia a gente até segura bem, só os pequeninho mesmo que a gente tem que sair pedir leite, alguma bolacha, que eles ainda não vão pra escola.

Outra coisa que eu também gosto quando eu vou pra escola, dá um pouco de vergonha de falar, é porque a professora é muito linda e boazinha, ela tem o cabelo assim, bem liso e bem comprido, amarelo em baixo e preto em cima, ela nunca grita com a gente e sempre presta atenção quando a gente fala com ela, e quando ela passa do lado da minha carteira ela sempre passa a mão na minha cabeça, que nem se passasse a mão num cachorrinho; ela nunca bate, ela passa a mão bem de levinho, e eu quase nem ligo que os moleque da minha sala dão risada e ficam falando que ela tá passando a mão em bucha de arear panela, ou perguntando se ela fuma, Cê fuma, dona?, Cê fuma?, e depois falam que é porque eu sou o Cinzeiro. Nessas hora eu só não bato neles porque eles é dois, às vezes três e eu sou só um e pequeno, e aí eu não aguento o tranco não, mas ó, se não fosse a aula de Geografia, que eu acho muito chato ficar desenhando mapa e decorando capital de lugar que eu nunca vi e nem vou ver na minha vida, e esses moleque que me chama de Cinzeiro, eu nunca ia reclamar de mais nada de ir pra escola. Se fosse só eu até que tava bom, até que dava pra suportar, mas eles fica falando do meus irmão também, que quando a gente tá tudo junto, a gente é que nem várias bituca amassada, tudo queimado, tudo cinza, e eu fico triste porque eu penso que não é todo dia que a mãe bebe e fura a gente, e eles fica me chamando de Cinzeiro até nos dia que eu não tô esburacado, nos dia que a mãe fica na rua e não volta pra casa, ou então que acabou o cigarro e ela não tem dinheiro, então não tem perigo dela apagar os cigarro na gente. A professora já pediu pra eles parar, mas eles continua falando quando ela não tá vendo, principalmente o Sem Cueca e o Fumaça, que é dois menino mais velho, repetente, que tem aqui na minha sala; o Sem Cueca ele tem esse nome porque ele sempre vai pra escola sem cueca, aí ele bota a pica de fora pelo canto do buraco do shorts e toca uma a aula inteira, depois quer encostar na gente de mão melada, cheia de porra, ele deve ter uns quinze ano já, vagabundo safado, as menina tem tudo medo dele porque ele quer ficar bulinando elas, encostando a pica dele na calça do uniforme delas, e depois fica tudo manchado. O Fumaça é outro menino da minha sala, feio que dói, orelha de abano, a cara é uma espinha, esse tem uns catorze, todo dia ele desenha um duendinho com uma touca fumando um e uma folha de maconha no caderno da gente, e na lousa da sala de aula, ou na parede da escola, e do lado ele assina Fumaça 2000, que é o ano que a gente tá; eu gosto desse ano porque ele tem vários algarismos e também porque é quase tudo zero, um atrás do outro, mas ele é um número grande, quanto mais zero, mais grande é.

Outro dia o Sem Cueca e o Fumaça começaram a causar na sala, porque chegou os livro novo do ano e eles queria distribuir, a fessora falou não, que ela que ia distribuir e que eles tinha que ficar sentado, aí eles ficaram bravo e empurraram os livro, caiu tudo no chão e quando a fessora foi pegar o Sem Cueca fingiu que tava tropeçando e passou a mão na bunda dela, ela gritou e mandou ele sair da sala, ir pra diretoria, mas eles começaram a bater boca e aí o sinal bateu e acabou a aula e todo mundo foi embora, o Sem Cueca e o Fumaça gritaram uhuu e saíram vazado, como eu ia ficar pra comer a merenda eu demorei um pouco mais na carteira e vi que a fessora tava apagando a lousa e chorando, aí eu fiquei com dó e, no dia seguinte, eu dei um poema pra ela que tava escrito assim:

Você é bonita como uma flor
Você é uma borboleta que voa na primavera
Você não pode sentir dor
Você é uma linda Cinderela
Você merece muito amor
Minha professora, você é a mais bela

Eu vi que ela ficou muito emocionada com o poeminha, e falou que eu era um menino muito bom, muito inteligente, que se um dia ela tivesse filho ela queria que fosse igual eu, daí eu falei pra ela me adotar porque a minha mãe já tinha um monte de filho e que ela nem ia ligar se eu fosse morar com a fessora, ela falava que se pudesse voltar atrás não tinha tido nenhum, tinha deixado tudo na lata do lixo que nem da última vez que ela ficou de barriga, que filho só atormenta e só acaba com a vida dos outro, e que se a fessora queria filho eu podia ser filho dela, que era tão boazinha e tão linda, que eu limpava a casa direitinho pra ela, e comprava os cigarro e as bebida, e cuidava de tudo mais que precisasse se ela ficasse vários dia pra rua. A fessora falou nada não, acho que ela ficou pensando se ela me adotava, e depois disso que ela começou a passar a mão na minha cabeça quando ela tava dando aula, e um dia ela falou pra eu não mostrar pros outro coleguinha, mas porque eu tinha tirado A na prova dela, acertado toda as continha, tudo, eu ia ganhar um prêmio, aí quase na hora de sair da sala de aula ela colocou um negócio na minha mão bem rápido, que nem quando os moleque tá passando papelote, eu guardei no bolso sem ver, mas eu já sabia o que que era, daí todo mundo saiu e eu olhei e era um ovinho igual do comercial, que dentro vem um brinquedinho. Eu enfiei inteiro na boca bem rápido pra não dar tempo do meus irmão aparecer pra me encontrar pra ir pro pátio esperar a merenda, e mastiguei tudo de uma vez, até a garganta ficar ardendo, o chocolate tudo grudado nos dente, mas eu passei a língua bem forte pra sair e ninguém perceber e depois abri o pote que tinha o brinquedinho, era um leãozinho jogando uma bola de futebol, daí eu decidi que aquele leãozinho era meu amuleto da sorte e que eu ia levar ele junto comigo todo dia, que era pra ele me dar bastante sorte e pra me lembrar da fessora.

Naquele dia, quando eu voltei pra casa, a mãe tava boazinha, num tava louca não, e falou que era pra mim ir no boteco do seu Osvaldo e buscar um maço de Derby pra ela e que eu podia pegar bala pra todo mundo com o troco, meu amuleto da sorte já tava funcionando, eu pensei, e daí eu fui feliz da vida, meus irmão queria tudo ir junto, mas eu num deixei não pra num fazer arruaça, que eles é tudo molecada mal-educada, fica pegando em tudo, mexendo em tudo, aí expulsam a gente dos lugar, é assim. Eu escolhi as balinha de hortelã, de canela, de coca-cola, e mais umas chita que também era pros menorzinho que não tem dente chupar, seu Osvaldo botou tudo num saquinho, e aí eu tava voltando, tava quase chegando na minha casa, quando eu encontrei o Sem Cueca e o Fumaça perto do campinho. O Fumaça tava enrolando um pedaço de pano rasgado na ponta de um cabo de vassoura quebrado, e o Sem Cueca com um filhotinho de gato na mão.

Ô, Cinzeiro, você por aqui? Então é aqui que é a fábrica de cigarro?, eles fizeram graça, E esse saquinho aí, é droga pra tua mãe? Ela me fez um bola-gato ali por deizão! Chupa bem a sua véia, falou o Sem Cueca, e eu tentei sair de perto, mas o Fumaça me fechou, me empurrando com o cabo de vassoura, Ô, onde cê vai, onde cê vai, Que que tem nesse saquinho aí?, Dá pa nóis, nisso o Sem Cueca pegou um isqueiro do bolso e acendeu o pano, segurando o gatinho remelento, todo sujo, molinho, parecia que ele tinha acabado de nascer. Calma, véi, calma, péra um pouco, tô falando com o Cinzeiro, É que eu já acendi o bagulho, vai apagar, feio, Beleza então, o Fumaça virou pra mim de novo, Ô Cinzeiro, prestenção, Sem Cueca, pega aí o gatinho, vamo fazer com ele o quê que a mãe do Cinzeiro faz.

Eles pegaram o cabo de vassoura pegando fogo e foram colocando perto do gatinho, aí que eu percebi que eles iam botar fogo nele, tadinho, tão pequenininho, que nunca fez mal pra ninguém, na mesma hora lembrei do leãozinho que veio de presente no chocolate, no meu amuleto, e empurrei o Sem Cueca, que caiu de costas no chão, queimou a mão no pano e soltou o gato. Ai, filha da puta, cê tá loco, moleque?, Cê tá loco?, eu tentei correr, mas não deu tempo, o Fumaça já tinha me pegado pela camiseta, rasgado ela toda, Segura ele, segura ele aí, o Sem Cueca veio vindo com o pedaço de pau pegando fogo, Eu vou queimar esse lazarento inteiro, Esse Cinzeiro do caralho, quando eu vi ele tava enfiando o cabo de vassoura na minha barriga, o Fumaça tampou a minha boca, Puta cheiro de churrasco, hein, feio?, os dois deram risada, Agora eu vou enfiar no olho dele, Enfia, enfia, agora faz o que cê quiser, véi, mas cê sabe que já era, né? Se nóis deixar ele vazar ele vai contar. O Sem Cueca parou, pensou um pouco, deu o cabo de vassoura na mão do Fumaça, Eu tô de boas, dá você com o pau aí nele, marreta ele, fiquei tentando me soltar, eles foram se enfiando comigo mais pra dentro do campinho, agora a gente tava atrás de um monte de entulho, e eu já tava fraco de tentar me soltar, tudo queimava, ardia, eu não conseguia gritar, só ficava pensando no leãozinho, queria sentir ele na minha mão, mas não dava pra alcançar, o Sem Cueca segurou meus braços pra trás. Vai, vamo logo que se eu demorar pra chegar em casa meu irmão come meu cu, Calma, xô arrumar aqui, Vixi, a cabeça do moleque parece até melancia, Vambora, vambora, Fumaça, pega esse saquinho aí com ele que eu tô na pira.

VERME
Onchocerca volvulus

*"A doença transmitida por este parasita
pode causar cegueira."*

CAIXA

Nº 10

INVENTÁRIO DE PREDADORES DOMÉSTICOS

Quando conheci minha mãe ela tava chorando no sofá de flor azul da sala e meu pai colocou as duas mãos nos meus ombros e fiquei parada ali, olhando pra baixo e olhando pro alto porque tudo era tão diferente, importante, naquela casa com cheiro de bolo de milho e de galinha; um monte de rostos bravos nas paredes e toalhinhas bordadas nos móveis, debaixo do rádio, do conjunto de bule e de xícara.

    Minha mãe chorava, tão grande nos tamancos, e batia no meu pai, mas eu só conseguia prestar atenção nas bolinhas coloridas dentro do pote de vidro na mesinha de centro; a luz batia e elas apareciam no teto, às vezes tão fortes, outras vezes só uma mancha, Tira a mão daí, sua peste, lembro da dor e do grito, e do xixi quente molhando os dedos do meu pé, que pareciam cabeças de tartaruga saindo de dentro do chinelo, mas não lembro de quando meu pai foi embora. Sei que às vezes ele voltava, e quando eu via ele não ficava só de braço pra trás, procurando filhotinho de barata no chão, ou mordendo as pelinhas da mão, ou comendo o cabelo, as melecas do nariz; eu corria para abraçar ele, e ele me pegava no colo sem nem ligar que eu estava de fraldas, porque naquela época eu ainda não sabia controlar a hora, subia nos tijolos empilhados para esfregar sozinha no tanque o meu vestido; e ele enrolava o dedo no meu cabelo e falava coisas bonitas. Eu sei que era assim porque a voz era baixinha e os olhos fechavam um pouco, o cheiro da boca bem forte no meu ouvido, queimando meus olhos, e a mão suja de graxa preta que nem o carvão lá fora sempre fazendo carinho na minha bochecha, na minha perna, nos meus cabelos enozados.

Eu lembro de quando vi minha mãe pela primeira vez, mas eu não me lembro de quando vi minha irmã; quando eu percebi ela já estava lá, bem gordinha e de cabelo comprido, parecendo uma lagartinha, e eu fiquei muito feliz de ter uma irmã e daquele monte de brinquedo que ela ganhava da mãe e da avó e de uns moços que vinham visitar de vez em quando, mas eu não conversava porque eu sabia que não podia olhar pra cima, era proibido, só para as minhas unhas mesmo, elas eram brancas, às vezes cor de abóbora quando eu brincava na terra do quintal, e eu chegava perto dela e a gente brincava às vezes, no começo, quando ela ainda era menor que eu, e eu conseguia colocar no meu colo e pentear, mas um dia ela cresceu e quando eu chegava ela fingia que não me via parada perto da cama dela, ou atrás da porta, ou sentada no tapete, com a cabeça olhando os pontos dourados que voavam pelo ar toda vez que ela batia nos meus ombros, no meu peito, nas minhas costas, com as mãos abertas. Então ela me empurrava para fora e eu me sentava na frente da porta fechada, contando as formiguinhas que subiam na parede e entravam no buraquinho do batente; eu atrapalhava o caminho e elas subiam na minha perna, pela minha saia, e eu ria da cosquinha, ria cada vez mais alto, gritava, e sempre que eu gritava, eu não conseguia parar, até minha avó vir com o cinto. Foi quando eu tive a ideia de colecionar os bichos. Peguei uma caixa velha de sapatos, que não tinha material de costurar e nem fotos dentro, e ia pro quintal procurar os tatus-bola na terra, os besouros verdes no mato, as aranhinhas-marrons na bananeira, as mosquinhas na jabuticabeira, e as libélulas que nadavam perto do açude; eu pegava com cuidado e segurava na mão, bem quietinha, às vezes o dia inteiro, entrava dentro do armário e ficava cantando pelo buraquinho da mão, até o meu bichinho ficar bem paradinho, entender que era pro bem dele, e ir sozinho pra caixa de sapatos. À noite eu abria a tampa, deitava no colchãozinho de novo, e eles vinham dormir em cima de mim; os vagalumes eram um abajur verde mais bonito e mais brilhante que o da minha irmã, as mariposas pousavam nos meus olhos pra eles ficarem bem fechadinhos, e as aranhas peludas que achei no monte de lenha no terreno baldio da esquina me esquentavam quando minha mãe esquecia do cobertor.

Um dia eu aprendi que, com as batatas estragadas que a mãe e a avó jogavam fora, dava pra fazer uns brinquedos se a gente espetasse uns pauzinhos, aí eu sentava debaixo da mangueira e fazia minha fazendinha com as vaquinhas de batata, os porquinhos de batata, os cavalinhos de batata, mas as galinhas eram de verdade e ficavam ciscando em volta, cada uma mais bonita que a outra, o cheiro gostoso de pena e de titica, o olhinho delas sempre abertinho, um prato redondo e azul, parecido com os olhos da minha mãe, do meu pai e da minha irmã. Naquele dia, minha irmã subiu na mangueira e ficou cuspindo lá de cima, eu senti a baba quente escorrendo pela minha cara, mas não liguei, o sol tava quente, e tinha minhocas no buraco que eu cavava para enterrar as batatas pra ver se elas brotavam.

Quando ela desceu e pisou na minha mão eu vi que uma amiga dela tinha chegado, e gritei, bati palmas, fiquei tentando falar daquele jeito enrolado que ninguém entende, o cabelo de ouro da menina brilhava no sol, eu queria colocar a mão porque parecia igual ao da boneca que minha irmã deixava sentada em cima do travesseiro e eu não podia mexer. Não encosta na minha amiga, eu corto sua mão, a menina correu de mim, Eu não gosto dela, eu quis que ela parasse de chorar e tentei consolar, dar um beijo nela, fiz biquinho, escorreu baba da minha boca, Para, sua retardada, minha irmã me empurrou e eu caí em cima das mangas podres debaixo da árvore; elas riram e jogaram os bichinhos de batata em mim. Fiquei lá chorando, uma poça debaixo da saia, quando uma das minhas mariposas voou de dentro da casa e pousou debaixo do meu olho, bebendo água nas minhas lágrimas, Sua louca, demente, Você não sabe que pó de mariposa deixa a gente cega?, Imbecil, debiloide!, minha irmã riu, e tinha pegado uma pedra na mão quando o meu pai chegou, fazia tanto tempo que eu não via ele, e bateu na cara dela com a mão aberta, dessa vez bem branca, que nem osso. Depois, mais tarde, quando eu tava guardando a mariposa na caixa, depois de ter dado um beijão bem grande nas asas peludinhas dela, meu pai chegou no quarto, sentou no chão, na minha cama, e me deu uma caixa bem grande, muito maior que a de sapatos; ele me ajudou a abrir e lá dentro tava a boneca mais linda que eu já vi: o cabelo preto enroladinho que nem o meu, a boca vermelhinha, o vestido rosa de renda, o olhinho azulzinho. Beijei a bochecha gelada dela, depois a bochecha do meu pai, que estava quentinha, e abracei minha filhinha igual meu pai me abraçou no colo dele, só que eu não levantei a saia dela pra mexer lá embaixo, só fiquei olhando no rostinho branco, com uma lágrima escorrendo, que minha mariposa não veio limpar.

Debaixo da pitangueira, na calçada, ou do lado do açude, onde as libélulas ficavam dançando pra lá e pra cá, a minha boneca brincava; as formiguinhas, entendendo que ela era minha filha, escalavam as pernas dela também, corriam sobre o chorinho na barriga e descansavam na curvinha dos olhos de vidro. As tardes eram quentes, molhadinhas, e as abelhas pousavam no meu suor, que parecia um melzinho salgado, transparente e ralo. Quando eu virava minha boneca de ponta-cabeça ela chorava muito e as mariposas aprenderam a aparecer só pra consolar. Era só abrir a caixa que elas vinham, de todas as cores, marrom, preto, branco, amarelo e cinza.

Um dia eu acordei sozinha, e achei que a boneca tivesse decidido caçar com os escorpiões, os besouros-chifrudos, pular com os grilos, mas minha irmã apareceu com ela, sentada no sofá da sala do lado da minha mãe. Fiquei feliz, ela estava abraçando minha filhinha, Aqui sua boneca, Eu tava cuidando pra você, e ela sorriu e me entregou o corpinho. Levou um tempo para eu perceber, a minha cabeça é devagar, Agora ela tá igualzinha a você, Tal mãe, tal filha, os olhos da boneca rabiscados de preto, a cara toda marrom de terra, a roupinha rasgada e encardida, o cabelo cortado curto e todo embaraçado, no alto da cabeça. Chorei até minha mãe me arrastar para fora, o milho já esperando, parte dele comido pelas galinhas; minha boneca sentava na mesa de centro, os olhos para dentro da cabeça, que minha irmã empurrara com o cabo da colher, dois buracos fundos olhando enquanto os bichos saíam do meu quarto, atendendo aos meus berros, aos cheiros do meu corpo, meu excremento, meu sangue; e os escorpiões picaram os pés calçados da minha irmã, os grilos se enrolaram nos seus cabelos, as aranhas peludas cobriram seus joelhos; mas eram as mariposas que faziam ela gritar, Vou ficar cega, e as mãos dela cobriam os olhos, enquanto minha mãe esmagava todos meus bichos com a vassoura: as aranhas encolhidinhas de dor, dormiam nos cantos; os besouros, achatados, escorriam pela sala; as libélulas faleciam de barriga para cima; as lagartas nadavam numa poça verde. As mariposas passaram despercebidas, voaram para dentro da caixa de sapatos, fecharam as asas e os olhos no escuro.

Depois da surra, e da limpeza de todos meus bichos, fui deitar com a boneca, já era tarde. Por horas fiquei de olhos abertos no escuro, sentindo frio, a falta dos meus amigos. Quando as mariposas vieram até mim eu percebi que era hora. Olhei o fundo dos olhos de minha filhinha, toda quebrada, suja e desfeita, e ofereci minhas duas palmas, para que elas pousassem; as pequenas embaixo, as grandes em cima. Cobrindo as palmas, cantei pra elas ficarem calminhas, e esmaguei as mariposas dentro dos meus punhos, esfreguei as mãos, palma com palma, o pó caindo dentro da caixa, brilhante como prata, bonito como joia, como purpurina fina e delicada, algumas partes ainda pulsando com vida. Segurando a caixa, entrei no quarto da minha irmã e fui até a cama, onde ela dormia, quase sorrindo no sono. Apanhei punhados de pó com as mãos, resto das minhas mariposas, e os esfreguei nas pálpebras translúcidas, de veias roxas, dos olhos dela; o que sobrou, enfiei sob os cílios, levantando um pouco, assoprando dentro, vendo se o pó grudava e ela despertava no escuro. Depois, fiquei esperando minha irmãzinha acordar, sentada na beiradinha da cama, com as agulhas de costura da mãe do lado, só para garantir.

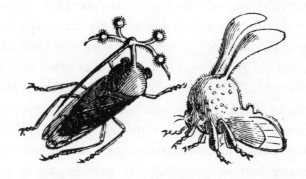

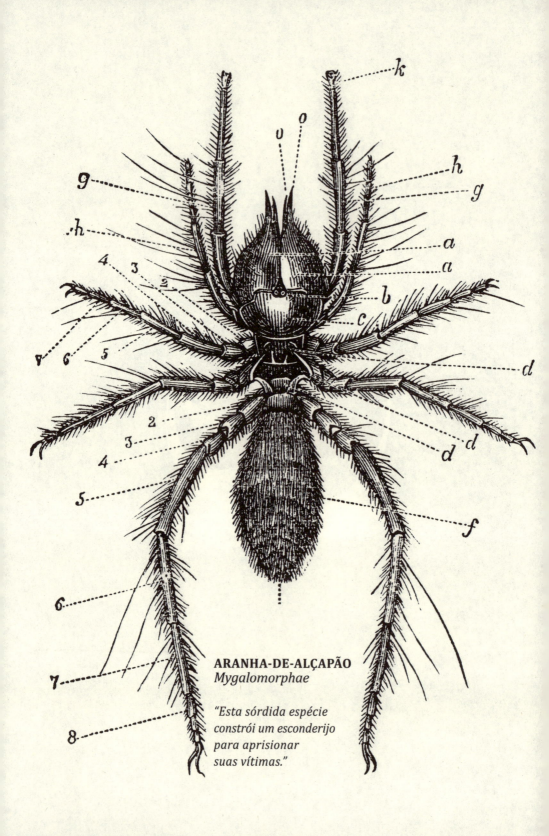

SHOPPING

Nº 11

INVENTÁRIO DE PREDADORES DOMÉSTICOS

A mãe me perguntou que que eu queria fazer de aniversário, aí eu falei que eu queria ir no shopping porque eu gosto muito de ir no shopping, mas não é que eu gosto de ir no shopping, eu gosto, mas eu gosto também de andar de metrô, porque andar de metrô é muito legal, quando a gente pega o metrô a gente tem que fazer várias coisas divertidas. Primeira coisa divertida que a gente tem que fazer é: a gente tem que descer correndo a escada porque o metrô já tá passando, mas antes vai ter que dar tempo de enfiar o negocinho dentro da catraca, Deu tempo? Pode passar, e aí a gente passa a catraca, eu sou pequena e vou pela parte de baixo da catraca, bem rápido bem rápido, correndo correndo, a mãe passa batendo a bunda na catraca, às vezes, a mãe me pega no colo e bate a bunda na catraca e aí eu posso ficar com a mãe, no colo da mãe pra passar, mas não é todo dia, todo dia não pode todo dia, que a mãe tá com sacola, aí às vezes eu tenho que passar embaixo. Aí dentro do metrô, se o metrô tá cheio de gente eu fico de pé segurando a mão da mãe e todo mundo é muito alto e eu vejo as caras lá em cima, com as bundas na minha cara, ou eu fico de pé segurando no cano do metrô balançando, que o metrô balança, às vezes eu fico no colo da mamãe, às vezes eu fico sentada na cadeira depois se tá muito cheio ou não. Um dia que a mamãe, a mamãe, um dia que a mamãe, que a gente foi ver o ultrassom da mamãe, que foi o dia que minha mamãe descobriu que ela tava grávida da minha irmãzinha, aí né, aí né, depois na volta eu ganhei uma revista muito legal da Barbie, tava escrito Barbie e brilhava dourado e dentro tinha várias historinhas da Barbie que eu não sei ler direito, mas eu fico vendo as figurinhas, eu conheço as letras, o B, o A, o R, o B, o I, o E, sabe o que significa?, é Barbie. Depois nesse dia a mãe tava andando a gente estava andando no metrô, e aí a mãe, ela ela tava sozinha no metrô de barrigão, ela tá muito grávida, e ela na hora que ela foi descer, veio um moço e o moço chegou na minha mãe ela ficou muito brava ela xingou o moço. E aí o moço saiu andando de sair muito bravo também atrás da gente, mas a gente ficou de pé e saiu correndo e não tem problema nessa hora de ficar em pé sem as mãos porque daí a minha mãe falou que é perigoso, mas é perigoso que pode, nesse dia podia, aí a gente saiu correndo e aí a gente saiu do metrô. E aí veio voando um carro e era um táxi e aí a gente pegou e a gente foi para casa, mas o meu aniversário, a mãe ela perguntou o que eu quero fazer, aí eu falei que eu quero ir no shopping, a gente foi no shopping, eu adoro no shopping porque no shopping a gente sempre pode ver as lojas coloridas. E aí tem a Lojas Americanas, que é uma loja que tem um monte de coisas legais de bebê e teve um dia que a minha mãe me levou no Natal, eu era muito pequenininha, e eu queria muito entrar nas Lojas Americanas. Eu quis uma bolinha que você balançava, ela tinha neve dentro e um boneco de neve e um trenó cheinho de presente, e a mamãe viu que eu queria essa bolinha, mas a mamãe ela falou que ela não tinha dinheiro que, Não é todo dia que a mamãe tem dinheiro para comprar, ela falou, Não é todo dia que a mamãe tem dinheiro para comprar, filha, A mãe não vai poder comprar para você sempre as coisas. E aí não tem problema, eu entendo, a mamãe não pode comprar, aí esse dia eu perguntei para ela, Tem dinheiro para comprar, aí ela falou que não, aí eu fiquei triste, mas depois eu já coloquei de volta o globo de neve no lugar, mas aí na hora que a gente saiu da loja, ela me mostrou, tirou da bolsa, tinha roubado. Eu falei, Mãe, você roubou, não pode roubar as coisas, né? É feio, Eu não roubei, filha, eu comprei com a moça, mas ela roubou que eu sei. Ela falou que não roubou, mas eu acho que ela roubou porque não dava para ter comprado, eu não vi a mamãe saindo de perto e daí o meu aniversário foi ontem e ela perguntou, O que você quer fazer? Eu falei, Eu quero ir no shopping, e daí a gente foi no shopping, e aí ela falou, A gente vai comer McDonald's, e a gente comeu McDonald's, aí eu pedi um lanche que veio com uma surpresinha que é um dos bichinhos do McDonald's, eu falei que eu queria o geleia que é um negocinho roxo, porque eu adoro a cor roxa. E aí e aí e aí eu pedi o Mclanche feliz, e a moça me deu o bichinho roxo e aí depois disso eu comi, eu comi as batatinhas, eu comi o Mclanche, eu só não comi o picles que eu não gosto porque eu tenho nojo, me dá enjoo, aí eu tiro eu sempre tiro, a mamãe fica brava, ela fala que tem que comer, mas ela sabe que me dá vontade de vomitar, então, mas só que às vezes eu como coisa que eu não gosto e vomito, não é legal quando eu vomito porque eu tenho nojo e a mamãe tem que limpar e aí às vezes ela vomita em cima. Teve uma vez que a gente foi para praia e aí eu fiquei enjoada no meio do caminho, porque quando a gente viaja muito tempo eu fico enjoada. Aí eu vomitei um monte de pão e aí na hora que a mãe foi limpar ela, blééééé, aquele monte de pão no banco, ela ficou com nojo. Ela vomitou em cima e é por isso que eu não como o picles, não como e não como macarrão com carne moída que macarrão parece minhoca, mas eu comi o lanche e depois que eu comi, a gente foi passear no shopping e aí a gente foi ver uma dessas lojas de brinquedos e a mamãe falou, Você pode escolher o brinquedo que você quiser, mas aí só pode ser até 30 reais. Aí eu falei tá bom, aí ela falou que era pra eu escolher um brinquedo mais baratinho que no Natal ela dava a Barbie, Tá bom, mamãe, Eu vou escolher, tá bom, aí eu fiquei olhando os brinquedos, eu escolhi um pônei amarelo de rabo azul, bem pequenininho, e fui levar pra mamãe, mas aí eu não achei a mamãe. Aí eu procurei a mamãe, fiquei andando dentro da loja, eu não vi a mamãe, aí eu saí da loja e tava procurando a mamãe, mas tinha muita gente, daí um moço veio e perguntou se eu tinha me perdido da minha mamãe, eu falei que perdi, ele falou que ia me levar pra minha mamãe, tá bom, eu falei, Tá bom, Pode me levar, e dei a mão pra ele, Tio, eu não tô achando a minha mamãe. Não tem problema, eu vou te levar onde tá a sua mamãe, e me pegou no colo, A sua mamãe tá lá fora, ela tá te procurando lá fora, eu não tava achando a minha mamãe, a gente foi passando pelo shopping e tava cheio de bandeirinha de festa junina, eu adoro festa junina, toda vez que tem festa junina na rua da minha casa eu sempre como muitas coisas, eu como bolo de fubá, maçã do amor, eu como eu como arroz doce, um monte de coisa, um monte. Aí depois eu fico com dor de barriga e a mamãe ficou muito brava do outro dia porque meu estômago ainda é muito pequenininho e eu fico forçando. A gente chegou do lado de fora do shopping, o tio falou que ia me levar na minha casa, porque a mamãe já tava me esperando lá em casa e que ele ia me levar em casa porque porque ela já tava lá me esperando, daí a gente entrou no carro dele e eu fiquei muito feliz, porque eu adoro andar de metrô, mas eu gosto de andar de carro também, porque quando a gente tá andando de carro a gente consegue ver as coisas melhor do que no metrô, que a gente vê tudo muito rápido, que passa tudo muito rápido. E aí a gente consegue ver direito do carro, daí daí eu às vezes eu prefiro andar de carro quando não demora muito, porque se demorar muito eu vomito, e daí o tio falou para eu entrar no banco de trás do carro e ficar bem deitadinha, que era pra eu chegar em casa descansada e não dar trabalho pra mamãe, pra mamãe não achar que eu tava muito cansada porque eu fiquei procurando muito ela, porque senão ela fica muito triste. Aí eu fiquei deitada lá debaixo do cobertor no banco de trás e tinha vários brinquedos, ursinho de pelúcia, tinha até uma Barbie no chão do carro do tio. Eu fiquei super feliz, eu perguntei se eu podia brincar com a Barbie e o tio falou que eu podia brincar com a Barbie, também tinha bala que eu podia pegar, eu podia chupar bala e eu podia brincar com a Barbie, aí eu brinquei com a Barbie e chupei a bala. Enjoei de chupar bala e enjoei de brincar de Barbie e cansei de ficar deitada, aí eu quis olhar pela janela, mas o tio não deixou, o tio falou que a gente tava fazendo uma brincadeira e que nessa brincadeira eu não podia olhar pra fora da janela. E aí, e aí, o tio ficou dirigindo o carro um tempo, e eu fiquei deitada e eu fiquei esperando, e eu fiquei vendo e aí teve uma hora que eu olhei e eu vi que já tava muito longe já tava ficando noite e daí tava demorando muito para chegar na minha casa, eu comecei a ficar muito triste porque eu tava com saudade da minha mamãe e eu queria minha mamãe, aí eu falei para o tio, Eu quero minha mãe, Já tá chegando na minha casa, Eu quero chegar na minha casa. Aí o tio falou que antes da gente ir para minha casa a gente ia em outro lugar primeiro que ia ter uma surpresa para mim lá, eu perguntei se era festa-surpresa porque era meu aniversário, aí ele falou que era sim festa-surpresa. E aí e aí eu primeiro ia ver a surpresa e aí depois a gente ia na minha casa e ele ia me deixar na minha casa, mas ele queria mostrar a surpresa primeiro e ele falou que eu ia adorar a surpresa, que a minha mamãe também tava lá e todos os meus amiguinhos e que ia ter um bolo e tudo o mais, eu só tinha que ter paciência, daí eu fiquei muito feliz. Daí a gente andou mais um pouquinho e quando vê a gente chegou, eu fiquei pensando na minha surpresa, será que é uma Barbie, uma casa da Barbie que eu sempre quis ganhar, casa da Barbie, mas a mamãe não tem dinheiro para comprar a casa da Barbie, ela é muito cara, a mamãe não tem dinheiro, então vai ser uma Barbie, uma Barbie bailarina, a Barbie.

O tio falou que tinha chegado e que era para ficar bem quietinha que ele ia me tirar do carro e como era uma surpresa eu não podia ver nada e ele ia botar um lençol na minha cabeça e eu ia ficar enroladinha um tempo, por isso eu tinha que ficar bem quietinha dentro do lençol, ninguém podia me escutar pra eu não estragar a surpresa, ele me enrolou no lençol e eu não aguentava e ficava rindo porque eu tava muito feliz que eu ia ver a mamãe e eu tava achando engraçado ficar escondida dentro do lençol, aí a gente entrou na casa, aí ele tirou o lençol e eu vi uma sala e essa sala tinha duas cadeira e tava cheia de brinquedo e tinha um monte de brinquedo, tinha vários brinquedos mesmo e eu fiquei mais ou menos feliz, ele falou que eles eram todos pra mim, mas eles todos estavam meio velhos, nenhum dos brinquedo tava muito novo, parecia que tinha brincado várias vezes aqueles brinquedos e tinha um colchãozinho encostado na parede e uma mesa e tinha esse brinquedos com umas teia de aranhinha em cima. Fiquei procurando a minha mamãe e não vi a minha mamãe, olhei numa porta e tinha um banheiro, no canto tinha o banheiro, com uma banheira de plástico e um penico cor-de-rosa, aí senti saudade demais da minha mãe e comecei a chorar porque eu queria minha mamãe, por que minha mamãe não tava ali?, eu achei que minha mamãe ia tá ali. E aí eu chorei muito, eu queria minha mamãe, eu tava com saudade da minha mamãe e aí ele ele falou que não era para chorar porque já já ele ia me levar, mas que a surpresa era que eu tinha ganhado uma sessão de fotografia de modelo fotográfica, que eu ia virar modelo que nem de comercial, aí ele falou se eu já tinha pensado que eu ia ser modelo um dia porque eu era muito bonita. Aí eu falei que eu já tinha pensado porque eu já vi modelo na televisão e que era muito legal você coloca a roupa, aí você sai andando, que às vezes eu até até me vestia com a roupa da minha mãe, botava saia e o sapato de salto e saía andando fingindo que era modelo, mas aí eu nunca tinha pensado de ser modelo mesmo porque eu ainda era muito pequena, não sabia que gente tão pequena podia ser modelo. Ele falou que podia ter modelo de todas as idades, quando ele me viu, ele viu que eu era muito bonita que eu podia muito ser modelo. E aí ele me falou que ia tirar várias fotos minhas de modelo no meu aniversário e que ele ia mandar essas fotos para várias agências, mas aí ele me falou se eu sabia que que tinha que tirar foto pelada também, aí eu falei que eu não sabia, que eu achava que a modelo usava roupa porque ela tirava foto com as roupas bonitas. Ele falou que não, que quando a gente é modelo, primeiro a gente tem que tirar várias fotos peladas. E aí ele falou que eu tinha que tirar a roupa porque ele ia tirar minhas fotos bonitas para virar modelo e eu não quis tirar, eu falei que eu queria ver a minha mamãe, aí ele ficou bravo e me bateu e me deu um tapa, aí eu fiquei com medo e tirei a roupa, ele pegou a câmera e começou a filmar, tirar foto, aí ele falava o que era o que era para fazer que daí ele tirava foto. Aí ele falou que era pra deitar no colchão e ficar de barriga pra baixo, e ficar de barriga pra cima, e abrir a perna bem alto lá em cima, que nem se eu fosse dar cambalhota, bem aberto, aí eu perguntei se eu podia dar cambalhota mesmo porque era mais fácil, ele ficou bravo porque a foto tava saindo errado porque eu mexia muito rápido, eu comecei a chorar, eu tava com saudade da minha mamãe, porque que a gente não podia ir encontrar a minha mamãe, e eu imaginei a minha mamãe me esperando com o bolo de aniversário que ela ia fazer e cantar parabéns, todos os meus amiguinhos da escola e o vovô e a vovó e o titio e a titia e comecei a chorar mais alto, eu queria ver eles e comer o meu bolo, eu tava com sono, eu tava cansada, eu queria a minha mamãe, aí o tio ficou mais bravo ainda, e ele começou a gritar e mandou eu deitar de barriga pra baixo no colchão e calar a boca, o colchão tava cheirando ruim, aí meu braço doeu, não conseguia mais mexer o braço, ele tava apertando, daí deitou em cima de mim e me esmagou. Ai, tio, não tô conseguindo respirar, para tio, ai, tio, ai, AI, AI, TÁ DOENDO, AI, PARA, PARA, MÃE, MÃE, MÃE, MAMÃE, MAMÃE, MAMÃE, MAMÃE VEM ME BUSCAR, MAMÃE, POR FAVOR!

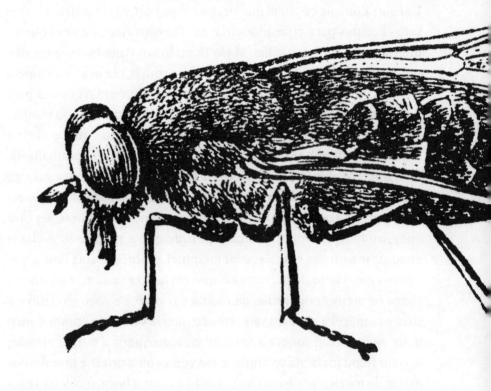

MOSCA-ESCORPIÃO
Panorpa vulgaris

*"A genitália do macho deste inseto
se assemelha à cauda de um escorpião.
É utilizada com a intenção de forçar
o acasalamento."*

DIÁRIO

Nº 12

INVENTÁRIO DE PREDADORES DOMÉSTICOS

Querido diário,

    Hoje eu ganhei uma calça jeans, uma blusa rosa (odeio rosa!) e um tênis da minha mãe por causa do meu aniversário de treze anos. Com o dinheiro que minha avó me deu eu comprei você, um caderno de capa dura cor-de-rosa cheio de adesivos. É sempre bom começar uma idade nova com um diário novo, então lá vai. Agora eu sou finalmente adolescente e minha mãe vai me deixar sair sozinha pela primeira vez, vou comer rodízio de pizza com a Julia, a Natália, a Giovana, a Ingrid e a Marcela para comemorar o aniversário. A gente vai na Tutti Pizzas. Vai ser muito legal, tô ansiosa! Vou comer pizza de frango com catupiry, portuguesa, brigadeiro com sorvete e banana com leite condensado. É muito bom! Acho que vou colocar meu vestido vermelho e bota preta. Depois eu conto como foi!

＊

Querido diário,

Ontem foi muito bom, comi horrores, dei várias risadas e fiquei fofocando dos meninos. Sabe, diário, na minha sala não tem nenhum menino bonito, sem falar que são todos muito imaturos, só sabem fazer brincadeirinhas idiotas e ficar enchendo o saco da gente. Desse jeito eu vou morrer BV! Eu sou a única BV das minhas amigas, provavelmente da minha sala, da escola, do bairro, da cidade, do mundo! AAAAH! Que ódio! Você sabe o que é BV? BV é Boca Virgem. E é isso o que eu sou. Nunca nenhum menino botou a boca dele na minha — e olha que eu não sou de se jogar fora. Sou bem bonita, na verdade. Não tô me achando, não. Só um pouquinho. Se bem que, de que adianta ter o rosto bonito, o corpo bonito, se eu não tenho o menor vestígio de seios?! Eu sei que tem uma menina da minha sala, não vou falar o nome porque vai que esse diário cai nas mãos erradas, que toma anticoncepcional pra crescer porque ela é bem pequena. Ouvi dizer que é por isso que ela tem muito peito e bunda. Assim é fácil, né? Vou pegar os anticoncepcionais da minha mãe escondido só pra testar, quem sabe? Segredo, não conta pra ninguém, depois eu termino!

＊

Querido diário,

Na sexta a gente matou Educação Física à tarde e fomos ver o interclasse porque uns meninos da nossa escola iam jogar futebol contra uma outra sala no colégio de freiras. Eu tava lá vendo o jogo sentada na arquibancada da quadra quando passou um menino do colegial no degrau de baixo e olhou bem pra mim, depois passou, voltou, olhou de novo. Foi muito engraçado porque ele olhou, olhou pra frente, olhou de novo, com cara de idiota, que nem nos filmes, sabe, quando o mocinho vê a mocinha pela primeira vez? Daí ele passou de novo com um amigo dele, falou alguma coisa, olhou de novo pra mim, e gritou: "Qual o seu nome?", mas um monte de gente mandou ele calar a boca e sentar porque tava atrapalhando o jogo. Eu fiquei com vergonha, fingi que não ouvi e saí andando com uma amiga, mas, ai, diário, eu devia ter respondido. Ele é tão lindo. Isso foi ontem, mas hoje fiquei o dia inteiro deitada na cama ouvindo meu CD do Aerosmith e pensando nele. Acho que amanhã vou fazer a mesma coisa.

*

Diário,

Você não vai acreditar: o menino que eu vi no interclasse estuda na minha escola! Hoje eu tava no recreio com as meninas, ouvindo música, quando ele passou, falou "Oi, linda!" e sentou do meu lado. O nome dele é Gabriel e ele tá no terceiro colegial. A gente conversou o recreio inteiro, ele pediu meu telefone, eu dei, daí ele me disse que tinha reparado em mim no jogo e tinha ficado pensando em mim, que eu era muito interessante, diferente das outras meninas da minha idade, que ele nunca tinha visto uma moça tão bonita quanto eu. Gostei de ser chamada de moça. Eu me senti adulta. Ele disse que só de conversar comigo dá pra perceber que eu sou mais madura que as outras, disse que eu tenho olhos de menina vivida, que sou apaixonante. Ele também tem os olhos mais lindos! São enormes, azuis, parecem duas pedras preciosas, brilhantes, redondinhas! As bochechas dele são vermelhinhas, e ele tem o cabelo preto e é mais baixo que eu (mas só um pouco). Ele já tem barba e pelo no braço e na perna, o que eu acho meio estranho, mas no rosto ele raspa, hoje eu vi umas pontinhas no queixo dele. Ai, ele é um gato!

Depois que a gente conversou eu fiquei pensando no Gabriel o resto das aulas e, na saída, fiz tchau pra ele de longe, com a mão. Ele tava com os amigos conversando aí todos eles fizeram tchauzinho pra mim e ele me mandou um beijo. Diário, acho que eu estou apaixonada. Acho, não. Tenho certeza!

Querido diário,

O Gabriel não me ligou no fim de semana, mas hoje no recreio ele me apresentou os amigos dele: o Marquinhos, o Felipe, o Rogério, o Gustavo e o Tiago. Eles ficaram conversando comigo e com as meninas, todos estão no terceiro colegial e são muito engraçados e simpáticos. Eu acho que o Marquinhos gostou da Julia, mas não sei. Quem sabe um dia a gente não sai de casalzinho? Seria muito sensacional! Uma hora eu tava chupando pirulito de coração e o Gabriel ficou olhando bem fixo pra mim, depois disse que queria que eu chupasse ele como se ele fosse o meu pirulito. Eu fiquei com vergonha e olhei pro outro lado, mas quando olhei de novo ele ainda estava me encarando. Eu nunca sei o que falar nessas horas. Eu queria ser outra pessoa às vezes, para ter outras ideias, outras atitudes, sabe? Igual a Heloíse, uma menina da minha sala: ela já beijou mais de 40 moleques! Ela tava fazendo uma listinha outro dia. Ela coloca o nome, a idade, e quantos beijos ela deu. Eu não queria ter beijado mais de quarenta moleques, mas eu queria ter coragem de beijar pelo menos um, eu queria ter coragem de beijar o Gabriel. Só ele. Eu queria que um dia eu estivesse na pracinha aqui perto de casa e ele aparecesse, que a gente desse uma volta de mãos dadas, que ele passasse a mão no meu cabelo, me pegasse bem apertado pela cintura e beijasse minha bochecha, minha testa, meu queixo, depois fosse subindo e chegasse na minha boca. Que a gente começasse com um beijo bem suave e depois virasse um beijo de língua bem sensual. No fim, a gente olharia nos olhos um do outro e falaria "eu te amo" ao mesmo tempo. Eu só queria isso na vida. Juro! Eu não ligo pra mais nada. Pros meus estudos, pra minha família, pras minhas amigas. Eu quero o Gabriel, só isso. Por favor, por favor, por favor!

✳

Diário,

Eu não consigo parar de chorar. Hoje, quando cheguei na escola, a Natália me contou que descobriu pela prima dela que o Gabriel tem namorada. Ela estuda com a prima da Natália e os dois estão juntos já faz dois anos! Ela também disse que essa menina é muito metida e maloqueira, que ela trata o Gabriel muito mal e eles vivem terminando e voltando, e só namoram porque os pais dos dois são amigos, que são sócios num restaurante chique aqui da cidade. Quando a Natália me contou eu me fiz de forte, disse que já imaginava, mas depois, durante a aula, não consegui disfarçar mais e pedi pra sair da sala, disse que estava passando mal, que estava com cólicas. Minha mãe veio me buscar, eu tomei remédio pra cólicas, falei que ia dormir um pouco, vim pro quarto e ela voltou pra padaria. Não é justo! Por que nada dá certo na minha vida? Por que eu sou tão desgraçada? Eu sou bolsista nessa merda de escola de riquinho; todo mundo me zoa porque estudei a vida inteira em escola pública; eu não tenho peitos; meu pai morreu quando eu era criança; minha mãe nunca me deixa fazer nada que eu quero; minhas amigas são todas umas falsas; e agora, que eu achei que tinha achado o amor da minha vida, o Gabriel, descobri que não vai dar certo – alguém chegou antes. Eu tô tão triste, diário, até acabaram minhas lágrimas, agora só fica doendo meu peito mesmo. Ele parecia que estava gostando tanto de mim... Será que era tudo fingimento? Ou será que ele realmente gosta de mim e vai largar a namorada pra ficar comigo? Ai, não quero mais pensar nisso. Eu te odeio, Gabriel!

✳

Querido diário,

Hoje na escola eu ignorei o Gabriel completamente. Quando ele veio falar comigo eu virei a cara, ergui a cabeça e saí andando, como se eu tivesse visto uma lesma. Fiz a mesma coisa com todos os outros meninos quando eles vieram conversar comigo. Aí depois as meninas me contaram que ele ficou desesperado querendo saber o que tinha acontecido e elas contaram pro Marquinhos e pros outros que eu tinha descoberto que ele tinha namorada e agora o Gustavo acabou de me ligar no telefone aqui de casa pra falar que o Gabriel está muito triste comigo, que era pra eu ter falado com ele, porque se eu quiser ele termina com a Talita na hora (o nome dela é Talita). Eu disse que não acredito mais nele e nem em nenhum deles e desliguei, depois comecei a chorar de um jeito horrível em que eu não sabia se era de tristeza ou de felicidade. Amanhã é a festa junina da escola e eu vou dançar quadrilha. O Gabriel vai estar lá e eu não quero ver ele e nem nenhum dos outros. Tenho certeza que quando eu dançar eles vão ficar rindo de mim. Chove, droga, chove!

❋

Nossa, tem tanta coisa pra contar, nem sei se vou conseguir me lembrar de tudo. Vamos lá! Bom, primeiro, quando eu cheguei, os meninos vieram correndo falar que eu estava linda de caipirinha, brincar com minhas duas tranças, apertar minha bochecha como se eu fosse uma criancinha. O Gabriel ainda não tinha chegado e, por isso, o Marquinhos me puxou num canto e falou que, se o Gabriel não terminasse com a namorada dele era pra eu deixar pra lá e olhar melhor em volta, porque ele queria me dar o que o Gabriel não estava dando. Me fiz de desentendida e só concordei com a cabeça, mas depois contei tudo pras meninas, que estavam esperando eu terminar de falar para a gente ir pra quadra. A Julia, que acho que está gostando do Marquinhos, ficou morrendo de ciúmes e falou que era pra eu parar de ser besta, que aqueles meninos só tavam querendo tirar uma com a minha cara, que menino de terceiro colegial não tem motivo nenhum pra namorar menina de sétima série. Ela falou bem assim, "Eles transam, Débora! Eles já transam, o que você acha que eles vão querer com você? Acorda pra vida!", e isso me deixou muito puta. Decidi que não quero mais falar com ela, aquela otária! Ela se diz minha amiga, mas não me apoia nos momentos em que mais preciso dela! Sem falar que um dia desses eu falei que queria comprar um CD que tinha acabado de chegar na loja, de uma banda que ela nem gosta, e ela foi lá e comprou pra ela! Esse é o nível da pessoa. Enfim, né? De amigos falsos não preciso.

Na hora de dançar quadrilha foi muito legal! Eu era a noiva e toda vez que eu passava perto da arquibancada onde estavam o Gabriel e os meninos eles assobiavam e gritavam "Linda!", e uma hora, quando passei bem perto de onde ele estava, o Gabriel falou "Casa comigo!" e eu senti que ia morrer de tanta felicidade. Daí, na hora que acabou a dança, eu fui comprar maçã do amor com as meninas, e de repente, o Rogério, que é filho da diretora da escola e amigo do Gabriel, me pegou pelo braço e foi me levando, falou que eu estava presa! Ele foi me levando de braço dado, como se tivesse me levando pro altar e, quando eu cheguei na sala de aula que era a prisão, percebi que o Gabriel tava lá dentro. A primeira coisa que ele fez foi mostrar a mão pra mim e dizer que estava sem a aliança, que tinha terminado com a Talita e queria ficar comigo. Eu virei de costas pra ele porque eu tava sem ar, juro, aí eu vi que todos os amigos dele, o Gustavo, o Tiago, até o Marquinhos, tavam olhando a gente pela janela. Ele apertou a minha nuca, falou pra eu fazer de conta que eles não tavam ali, olhando, e me abraçou, diário, com uma coisa muito dura no bolso da calça que machucou o canto do meu quadril. Parece que o meu corpo inteiro tava queimando, pegando fogo, mas eu fiquei com medo, não sei explicar, e não consegui beijar ele. Fiquei virando a cabeça, depois consegui tirar as mãos dele de mim, abri a porta e saí.

Agora eu tô morrendo de ódio de mim e com vergonha de aparecer na escola segunda-feira. O Gabriel deve estar pensando que eu sou uma pirralha medrosa. Com certeza já sabe que eu sou BV. Tenho certeza que ele deve ter voltado com a namorada.

*

Querido diário,

Mandei um e-mail pro Gabriel. Escrevi assim ó: "Oi, Gabriel, desculpe por ontem. É que eu gosto muito de você e queria que nosso primeiro beijo fosse especial. Da próxima vez eu não vou fugir, prometo. Eternamente sua, Débora."

*

Gabriel, eu te amo! Gabriel, eu te amo!

Gabriel, eu te amo! Gabriel, eu te amo! Gabriel, eu te amo! Gabriel, eu te amo! Gabriel, eu te amo! Gabriel, eu te amo! Gabriel, eu te amo! Gabriel, eu te amo! Gabriel, eu te amo! Gabriel, eu te amo! Gabriel, eu te amo! Gabriel, eu te amo! Gabriel, eu te amo! Gabriel, eu te amo! Gabriel, eu te amo!

*

Diário,

Eu sou muito ridícula. Olha o que ele me respondeu: "Relaxa, linda, eu tava só zoando com você! Beijos, Gabriel."

Eu quero morrer.

*

Oi,

Hoje, durante o recreio, fiquei o tempo todo na biblioteca com vergonha de sair e encontrar o Gabriel e os moleques. Não queria nem ter ido pra escola, na verdade, mas como teve prova foi impossível faltar. Estou de recuperação em todas as matérias. Minha mãe está puta porque se eu não recuperar essas notas até o final do bimestre vou perder minha bolsa. Eu quero mais é que se foda, sabe? Eu não tô nem aí pra essa escola, nem pras minhas notas, e também não quero mais ver o Gabriel. Pra piorar, ela mexeu nas minhas coisas e leu você inteirinho. Ela disse que é pra eu ficar longe desses meninos todos. Que se ela souber que eu tô de rolo com algum deles ela vai tirar tudo de mim. Como se ela pudesse me aprisionar mais do que já aprisiona... E, só pra melhorar, vai ter uma festa numa boate aqui da cidade esse fim de semana e todo mundo vai. A escola inteira. Todas as minhas amigas. Provavelmente todos os meninos do colegial também. Agora, adivinha quem está de castigo e vai ter que ficar em casa cuidando da avó doente? Pois é. Adivinhou certo. Essa vida é muito injusta. Acho que estou com depressão.

＊

Querido diário,

Evitei os meninos a semana inteira. Toda vez que um deles vem falar comigo eu faço bico e viro as costas. Eu não aguento mais esse joguinho deles. Toda hora um vem me falar que gosta de mim e que quer ficar comigo. Ou que o Gabriel terminou com a namorada por causa de mim. Depois, outro aparece pra contar que ele me ama. Ou que ele tá zoando. Que quem me ama é o Marquinhos, é o Rogério, é o Gustavo, é o Tiago. Eles fazem uma roda em volta de mim e ficam pegando no meu cabelo, no meu braço, tentando apertar minha bunda, cada um falando uma coisa. Acho que eles querem que eu fique louca, só pode ser isso. Mesmo assim, não consigo odiar o Gabriel.

＊

Ai, diário, estou tão feliz!

Hoje de madrugada eu entrei na internet escondida e vi que o Gabriel tinha me mandado um e-mail: "Oi, gatinha. Eu sei que você tá chateada comigo, mas eu preciso te contar uma coisa: eu estou apaixonado por você. Eu tô falando sério. É com você que eu quero ficar. Fica comigo?".

Eu nem dormi depois disso! Fiquei deitada na cama pensando no Gabriel, depois tomei banho, passei chapinha, e comprei Trident na mercearia no caminho pra escola para ficar com um hálito bom. Fiquei triste quando vi que ele e os outros meninos tinham faltado, achei que era por ser a última semana de aulas antes das férias, mas depois, na saída, quando eu tava voltando a pé pra casa, um carro parou do meu lado, e era o Rogério dirigindo, com o Gabriel e os outros meninos dentro. Eles disseram que vão fazer uma festa pra comemorar os dezoito anos do Gabriel numa casa vazia fora da cidade que o pai do Gustavo põe pra alugar. Vão só eles e eu (se eu topar). Eles falaram que vão comprar umas bebidas, fazer umas batidas com leite condensado, e a gente pode nadar na piscina da casa – que tá limpinha. O Gabriel falou que queria muito que eu fosse, que só vai ter graça se eu estiver lá, e que eles iam me buscar na pracinha perto da escola lá pelas oito da noite. Eu falei que não tinha certeza se ia porque provavelmente minha mãe não ia deixar, mas eles disseram pra eu mentir que ia em outro lugar, que ia dormir na casa da Natália ou da Julia, e eu achei ótima essa ideia. Na hora de ir embora, o Gabriel falou pra eu tomar um banho bem gostoso, ficar bem linda pra ele, e eu fiquei roxa de vergonha, mas falei que ia, sim, ficar bem linda.

Hoje a minha mãe vai estar no supletivo, então eu nem vou precisar falar nada. Cansei dela estragando minha vida, achando que manda em mim! Vou fazer o que eu quero! Vou esperar a vó dormir e depois encontrar os meninos na pracinha. Vou vestir meu vestido vermelho e passar maquiagem, mas só no olho, na boca não. Sabe por quê? Porque hoje eu tenho certeza que vou dar meu primeiro beijo! Hoje vai ser o melhor dia da minha vida! Aconteceu, finalmente, eu encontrei meu príncipe encantado! Vou até te levar comigo, pra não correr o risco da minha mãe fuçar nas minhas coisas e descobrir pra onde eu vou. Tô com um friozinho na barriga, já já eu tô saindo!

Depois te conto tudo, prometo.

VESPA-ESMERALDA
Ampulex compressa

"Através da injeção de neurotransmissores,
causando uma espécie de lavagem cerebral na vítima,
o inseto deposita seus ovos no abdômen da presa
e aguarda enquanto ela é devorada viva."

TRANSMUTAÇÃO

Nº 13

INVENTÁRIO DE PREDADORES DOMÉSTICOS

Se você se comportar e ficar bem quietinha eu tiro o negócio da sua boca, tá, meu amor?, eu falo, fingindo que sou adulta, a menina faz que sim, daí eu puxo forte, de uma vez só, que nem a mãe e o Evandro me ensinaram a fazer. Ela passa a língua na boca e fala que tá com sede, eu dou a água que eu tinha levado na garrafa de Coca-cola vazia, e ela bebe tudo bem rapidinho, que nem todos os outros, eles tão sempre com sede, eu acho que o pano de chão socado dentro da boca deve secar a língua; tem gosto de desinfetante e sujeira, disso eu lembro. Depois ela fala que quer a mãe dela, e eu boto a mão na testa e jogo a cabeça para trás, suspirando com uma voz fingida que aprendi na novela, e passo a mão no cabelo dela explicando que já já a mamãe dela vem, que nem eu falo todas as outras vezes, pra todas as outras crianças, mas é mentira, é sempre mentira, a menina nunca mais vai ver a mãe dela, ninguém, nenhum, nunca mais vê. No céu, talvez, depois, quando a mãe morrer bem velhinha, mas aí a mãe vai estar tão velhinha que ela e a menina não vão mais se reconhecer, se bem que pode até ser que a mãe morre antes disso, de doença, ou atropelada por um ônibus, ou bebendo veneno de rato e se cagando toda no colchão da cama dela, quem sabe, aí já não sei e também nem ligo.

A menina começa a chorar, fica chamando a mãe dela, ai, que inferno, por que eles sempre fazem isso se não adianta nada?, nessa hora eu perco a paciência e fecho a mão e soco a cara dela uma, duas, três, várias e várias vezes, até o narizinho de cheirar peido sangrar, até ela perder o ar e chorar de boca aberta, e eu ver que o dente da frente dela amoleceu, tá bambeando, balança-balança, pra frente e pra trás, quase caindo. Eu seguro e torço ele na mão, e ele sai cor-de-rosa, que nem uma pérola dentro de uma ostra do fundo do mar, então passo a fita na boca da menina de novo, o plástico escorrega um pouco nas bochechas molhadas dela, e subo correndo as escadas, dois degraus de cada vez, segurando o dente tão apertado que a pontinha afiadinha dele fura a palma da minha mão.

Entro gritando que nem o Tarzan no quarto, coloco ele debaixo do meu travesseiro, quem sabe dessa vez a fada dos dentes vem?, e ele bate que nem bola de gude nas outras dezenas de dentinhos de leite que eu guardo ali, dentro da fronha que a mãe nunca lavou. Às vezes eu gosto de levar eles todos pro banheiro, subir num banquinho e ficar de frente para o espelho quebrado da pia; vou encaixando eles nos buracos vazios e vermelhos da minha gengiva, experimentando um por um, só pra ver como é que fica. No dia que a fada do dente chegar eu vou pedir pra ela uns dentes novos, ou que ela faça os dentes grudarem sozinhos na gengiva pra mim, usando a magia do sangue de todas essas crianças mortas, porque com chiclete ou cola feita de maisena não adianta, eles caem, e os buracos na minha gengiva continuam coçando, eles sempre coçam, de vez em quando eu vejo algum bichinho, uma larvinha, mexendo lá dentro, sempre que nasce dente novo, sempre que nasce dente novo, a mãe inspeciona, depois arranca com o alicate e afia mais as minhas duas presas.

Um dia eu peguei um pedaço quebrado do espelho, levei comigo e guardei encaixado no estrado debaixo da cama, aí quando eu ligo a televisão pra ver as novelas, a mãe só deixa ver as novelas e os programas de desenho e os programas de música, não pode ver notícia, porque programa de notícia é coisa mundana e besta, ela fala, eu deito na cama e fico me olhando no espelho e fazendo várias caretas, puxando a pele do olho pra baixo e pondo a língua pra fora, respirando fundo e soltando, gritando, mexendo meu corpo pra frente e pra trás e balançando a cabeça de um lado pro outro, até ver tudo borrado e eu ficar zonza. Se eu ficar de ponta-cabeça e colocar o espelho na frente do meu rosto parece que eu sou um homem gordo e careca com uma barba enorme, que arrasta pelo chão; se eu puxar os dois cantos dos olhos, eu pareço japonesa; e se eu colocar dois círculos pretos de papel que eu desenhei e recortei em cima dos meus olhos, eu fico parecendo as crianças lá de baixo. Eu logo me canso da televisão, a novela mexicana que tá passando eu já vi três vezes, e daí lembro da menina chorona. Ela é só um pouco mais nova do que eu, então eu levo a minha boneca e o meu cachorro de pelúcia pra ela, que eram os brinquedos que eu tinha antes e tavam na minha mochilinha da Minnie, e eu fico feliz porque é bom quando eles têm a minha idade, quando eles são novinhos eles só choram, o tempo todo, aí nem dá pra brincar, então passo o tempo todo aqui em cima, vendo tevê, desenhando e botando fogo nas formigas que enchem a casa, que eu explodo, ploc-ploc, encostando a vela acesa nelas.

A menina já tá cheirando ruim, mijou e cagou, mas é assim mesmo, já tô acostumada, a mãe sempre respira fundo e diz que não tem nada mais puro que o cheiro do corpo de uma criança, nada mais perfumado que o cheiro que sai dos buracos, da carne da gente, que pode parecer até meio fedido e desagradável de primeira, mas que se a gente prestar bastante atenção, vê que é um cheiro doce, docinho, igual de cascas de frutas esquentando no sol. A mãe e o Evandro então se olham, às vezes ficam beijando na boca, e dizem que o gosto também é doce, é o gosto do cheiro, mas aí eu já não sei, porque toda vez que eu experimento eu só sinto gosto de vômito mesmo, não é bom. A menina tem cheiro de zoológico, peixe e suco de abacaxi, mas, tirando a calcinha, a roupa dela é bem limpinha, branquinha, dá pra diferenciar as cores direitinho, a blusinha azul e a sainha rosa com pedrinhas brilhantes e desenhos de florzinhas.

Estou feliz, me ajoelho na frente dela e passo a mão nas pedrinhas brilhantes na frente da blusinha, já sei que vai me servir, mesmo eu sendo bem mais magra e alta que ela, mas não tem importância, eu já tô até me vendo, andando pra lá e pra cá, indo e voltando do corredor, descendo as escadas, tac-tac, com as mãos na cintura, que nem top model, dentro dos sapatos de salto da mãe. Eu gosto muito de quando ganho roupa nova, eu tava precisando mesmo, porque a minha já tá toda curta, esgarçada, cheia de buracos, marrom da terra do quintal. Sem falar que ela é roupa de menino, camiseta e shorts de jogar bola, nem lembro que cor tinha antes de eu ganhar; a mãe fala que roupa é só casca em cima de casca, que serve só para esconder dos outros quem a gente é, nossa troca de pele, por isso todo mundo tem que ficar sem roupa aqui em casa a maior parte do tempo, porque a gente tem que sempre saber quem é quem, só assim podemos confiar um no outro. Na cama a gente não precisa de roupa, é sempre quente e eu tô sempre suando, mas quando a mãe e o Evandro saem pra trabalhar ou pra comprar comida ou pra buscar outras crianças, eu gosto de me vestir escondida deles, eu me sinto melhor assim, com a minha pele coberta, parece até que é desse jeito que eu sou; não desse jeito, com shorts e blusa de menino, mas com sainha e blusinha, com vestido e sandália melissinha que acende quando a gente anda nelas.

A menina é uma chata manhosa e não quer brincar comigo! Ela só chora e chora, com ranho escorrendo do nariz e baba da boca. Ela quer a mãe dela e só fica repetindo isso e eu me canso de escutar. Quando o Evandro chega com a minha mãe pra fazer o ritual de purificação eu já estou cansada e com preguiça e irritada e não quero ver. Por isso, eu volto pra cima, sento no sofá e só escuto, porque eu não preciso ver se eu não quiser, mas eu preciso escutar. A menina chora e chora, mamãe, mamãe, eu fico imitando, debochada, aí ela chora mais alto, grita uns gritos bem compridos, e então silêncio, sempre a mesma coisa. Eu sei que ela desmaiou porque a gente desmaia mesmo da primeira vez, É NORMAL, eu tenho vontade de dizer, irritada, nossa, isso me deixa muito irritada, eu fico furiosa, porque é tão simples, É TÃO SIMPLES, essas crianças burras não sabem, tenho vontade de falar pra elas que é só soltar o corpo e olhar pras mariposas em volta da lâmpada amarela do teto, você olha olha olha e pronto, de repente, você vai embora, vai pra onde quiser. Até voar eu voo quando eu quero, eu voo e vou pra qualquer lugar; já fui pra Disney, já fui pro Castelo-Rá-Tim-Bum e até já fui pra minha casa velha. Eu vou contar uma coisa engraçada, você vai rir muito, mas uma vez eu voei num gorila, só pra ver como é que era; eu sentei nas costas dele e ele ficou batendo os braços como se estivesse voando e o céu era roxo, amarelo, vermelho, laranja e azul, lá embaixo eu via a praia, um mar verde escuro gigantesco, onde eu pulava até o fundo, e ia descendo, descendo, descendo, a água não dava pé e eu afundava e dormia, dormia pra sempre.

A menina tava deitada no colchão encostado na parede, do lado do balde de cagar e da garrafa de Coca-cola cheia de água, a parte de baixo da roupa dela tava suja de sangue, mas é normal, é só lavar do jeito certo que sai e fica só uma mancha meio amarelada, ainda dá pra aproveitar bem a roupa, nem dá pra perceber direito. Ela tava cansada, respirando forte, e pensei se ela ia aguentar, porque tem uns que não aguentam não, principalmente os mais novinhos, eles ficam ali no colchão botando sangue pra fora vários dias sem me-xer, a mãe fala que quando eles são muito fraquinhos a picada da cobra esmaga eles por dentro, atocha todos os órgãos e rasga toda a carne, e que é pra isso que existe o ritual de purificação, porque a gente precisa testar e só escolher os mais fortes. Eu sou tão forte que a mãe desistiu de ir até o fim comigo, ela achou que eu era mais útil ajudando a fazer crescer a família, a parir um filhotinho de cobra quando fosse a hora, já que ela é velha e já trocou de pele muitas vezes, por isso eu tô aqui, eu ajudo, e pensando nisso tudo, chego mais perto da menina e olho pra ela de perto. Ela tá de olhos abertos, muito viva, e penso que ela deve ser forte feito eu. Ia ser bom se a mãe também ficasse com ela, daí a gente ia poder dormir nós quatro na cama e eu ia ter alguém pra brincar comigo e pra dividir comigo as tarefas de futura mãe, uma irmã, ou alguma coisa parecida com isso, porque aqui tudo funciona diferente de como funcionam as coisas na tevê. A mãe já me explicou que a tevê conta várias histórias mentirosas, que é tudo faz de conta, que na vida real o mundo é igualzinho aqui, só que as pessoas mentem, fingem que não é, então a gente é melhor que elas porque a gente é verdadeiro e trabalha por uma causa maior, para um Deus maior, porque esse outro que aparece na televisão é de mentirinha também.

Você quer ser minha irmã?, eu pergunto, mas ela não responde, continua olhando pra parede descascada na frente dela, com olhar parado, então eu pego um pano sujo e limpo as pernas ensanguentadas dela, cantando uma música bonita de amor. Quando eu tô muito sem fazer nada e fico muito tempo pensando, eu acabo me lembrando da minha outra mãe, a que tinha unhas vermelhas só por causa do esmalte, não de outra coisa, e eu lembro que ela tinha o cabelo comprido, e que usava um colar com uma menininha dourada, que ela dizia que era eu, e que ela segurava minha mão quando a gente tava andando na rua, e me cobria à noite quando eu ia pra cama e dava um beijo bem na pontinha do meu nariz, um beijinho bem delicado, que quase não dava pra sentir, parecia uma mosquinha pousando em mim. Quando eu lembro sem querer da outra mãe eu sinto um buraco no peito, uma dor lá no fundo, e choro e choro e choro, sem consegui explicar o porquê. E eu ligo a televisão e fico vendo os programas de auditório, procurando procurando, tem dias que eu acho que vejo alguém que pode ser ela, mas se fosse, e nunca é, eu não ia saber mesmo. Eu quase não lembro mais da cara da outra mãe. Nessas horas, eu penso que não tem problema, que quando eu morrer a gente se encontra, a mesma coisa que a mãe e o Evandro falam pras criancinhas, Agora vocês vão encontrar a mamãe de vocês, vão pra um lugar lindo, antes da gente sair descendo a trilha, se enfiando no meio das árvores, com as facas nas mãos; por isso, às vezes, eu é que queria ficar pendurada na árvore, com a barriga aberta, ou amarrada de bruços no chão, com a corda no pescoço, apertando apertando até os olhos saírem pra fora e a cabeça rolar pela terra, só pra ver se encontro com a outra mãe de novo.

Eu olho pra menina e ela tá olhando de volta pra mim. Ela tá chorando, faz bico e me estica os braços, que nem um nenê que pede colo pra mamãe. Eu abraço ela e faço "sshhh, ssshh", que pode ser tanto aquele barulhinho que fazem pro nenê ficar calmo quanto o barulho que a cobra faz. Eu abraço a menina e a gente fica lá um tempão, balançando pra frente e pra trás, e eu prometo que ela vai ser a minha irmãzinha, que eu vou cuidar dela e vou proteger e vou amar ela pra sempre.

Eu cuido, e juntinhas, a gente cresce.

❊❊❊

Anos depois, quando minha irmã mostrou o sangue na calcinha, com olhos enormes de surpresa, tive medo, não pude explicar meus sentimentos, pois além do horror da revelação e do que ela prometia, eu me sentia indubitavelmente traída. Ao longo dos anos, nossa pequena diferença de idade se evidenciava cada dia mais – meu corpo já era de mulher, tinha pernas longas e fortes, seios que se arredondavam, ancas parecidas com as das moças que dançavam nos videoclipes da tevê. Ela, por outro lado, era pequena, pálida, esmilinguida, subnutrida, aflita, sempre resistente a praticar os rituais, a ler os textos profanos, a fazer a canibalização, a sorvência dos fluidos, por isso, por todo seu porte de criança tardia, conseguia envolvê-la completamente com o meu corpo quando dormíamos no colchão de solteiro que dividíamos. Conforme o discorrer do tempo e da troca de peles, a cama da mãe e do Evandro se tornou pequena para todos nós, conjugada apenas nas noites de purificação em que, na maioria das vezes, eu era a única protagonista do sexo feminino. Botar um filhote de cobra no mundo deveria ser encargo meu desde o começo, por uma questão de hierarquia, idade e força. Afinal, era eu que executava os sacrifícios de fortuna, que suportava as sessões de purificação, de escarificação, de limpeza, muitas vezes, sozinha. Além disso, eu tinha feito absolutamente de tudo para proteger minha irmã de todas as obrigações metamórficas sob a alegação de que ela seria nossa mascote, que se responsabilizaria pela limpeza da casa, pela nossa alimentação e outras coisas que exigem cuidado doméstico. Em troca disso, trabalhei dobrado. Não conseguia compreender as razões pelas quais a natureza tinha chegado nela antes e lhe presenteado com o dom do nascimento, enquanto eu seguia à espera da minha menarca.

Na sua primeira lua de sangue, minha irmã sentia dores. Depois de se manter de pernas abertas para que, como cães, Evandro e a mãe colhessem do sangue, ficou soturna, se recusando a dividir comigo a cama, a me beijar como os namorados fazem nos filmes, ou me tocar como antes, do nosso jeito especial, que não doía, não queimava, não furava ou cortava, só esquentava até explodir em luzes, molhava nossas calcinhas, nossas nádegas, com uma água grossa e cheirosa, a única coisa que brotava do corpo de alguém e me deliciava provar, com a língua, com os lábios, lambuzar os cabelos. Passei a noite em claro, angustiada, mirando o corpo magro dela, as costelas que se pronunciavam com cada respiração, o avermelhado ferrugem do sangue, com o qual já estava acostumada, pintando a pele branca. Alguns dias depois, finado o ciclo, a mãe e o Evandro vieram nos despertar com o anúncio de que, a partir daquela noite, ela dormiria no quarto de baixo, para que se começassem os rituais de fertilização.

Do meu colchão vazio, rasgado e sem lençol, manchado de tantas purificações dolorosas, sentia a ausência dela como um vácuo de oxigênio, um buraco entre meus braços, dentro do meu peito, nos meus dedos que se metiam nas dobras de espuma velha e esfarelenta, cheia de percevejos, do tecido. Sabia que Evandro e a mãe a visitavam todas as noites, com a ração e a água e o sangue e os ossos, e ouvia seus gritos de dor e os lamentos de quem ainda não tinha aprendido a dissociar completamente, mesmo depois de tantos anos, de todas as lições que eu lhe dava, nas pausas das nossas novelas, quando ensaiávamos os diálogos de nossos filmes favoritos, ou fazíamos as coreografias das Spice Girls. Minha irmã sofria, como sofrera sempre, desde sua vinda à casa das formigas e das cobras, desde a primeira vez em que precisara arrancar os olhos de um menino vivo, mastigar os restos pululantes de vermes dos restos esquartejados e energizados por dias de raios solares, beber do leite sagrado de Evandro. Terminantemente proibida de me encontrar com ela durante o período de fertilização, sentia que minha promessa de protegê-la se esvaía a cada minuto, a cada grito, a cada vez que os dois subiam as escadas com os rostos e os corpos lambuzados de sangue.

Depois da terceira vez em que tentei chegar à minha irmã, arrombando a porta do porão na madrugada, e fui açoitada amarrada no terreno, passando um dia e uma noite ao relento, decidi me furar entre as pernas, lá dentro, bem fundo, com a ponta de um arame retorcido. Sentindo dores febris, mostrei então a calcinha manchada, um excesso de hemorragia, para Evandro, mas ele me deu a infeliz notícia: depois de trinta dias de rituais de fertilização, e de todo esse tempo separada de mim, minha irmã tinha sido fecundada.

✷✷✷

Evandro e a mãe me mantinham acorrentada à cama quando não estava prestando serviços aos deuses ou a eles, rindo-se de minha angústia, sofrimento e saudade. "É através do martírio e do calvário que se chega à mais alta fonte de magia", eles diziam, enquanto jogavam aranhas-armadeiras sobre mim, "É na dor que um homem deixa de ser homem e se torna um Deus".

Em dois meses, a barriga de minha irmã crescera como uma bola de basquete, e suas escaras, queimaduras e hematomas suavizavam, clareavam, conforme a pele descolava, ressequida, torrada de sol, deixando entrever a carne rosada por baixo. Em um trono esculpido em madeira real, localizado no bosque, entre os esqueletos expostos das crianças sacrificadas, ela deveria passar os dois meses finais de sua gestação, ostentando uma coroa de ossos de serpente na cabeça, sob o clima da natureza e suas intempéries, alimentando-se somente de carne crua e sangue. Evandro e a mãe já não saíam mais, abandonadas suas funções mundanas, de vereadora e pastor, uma vez que estavam por alcançar o projeto de suas vidas, dedicados que estavam, unicamente, a alcançar o fruto de seu trabalho, ainda que viesse às custas da vida do meu amor.

Continuei insistindo em meus expurgos de sangue e, por vezes, me deitava por dias sem fim debaixo do corpo de Evandro, passando períodos inteiros suspensa, visitando diferentes lugares, vivenciando realidade paralelas nas quais minha irmã e eu nos conhecíamos em uma escola cheia de gente viva da nossa idade, usando bonitos uniformes; em uma festa cheia de luzes coloridas; experimentando comidas gostosas; tomando sorvetes em uma praça decorada com bolas de Natal; dançando uma música romântica no aniversário de quinze anos dela; ou até entrando juntas, de braços dados, em um altar que não cheirava a carniça, mas a flores e velas perfumadas.

Quando permitiam um breve contato, ou se ausentavam por tempo suficiente, corria a molhar o rosto da minha amada com um pano molhado, ou virar a velha garrafa de Coca-cola cheia de água dentro do buraco aberto, malcheiroso e erosivo, que agora era sua boca. Minha irmã, então uma caveira recoberta de feridas em carne viva, com a barriga esticada sobre ossos salientes que, translúcida, movia-se em rápidas ondulações, estertorava, sempre de olhos voltados para a copa das árvores, ausentes, e em poucos dias não mostrava mais sinais de reconhecimento, nem quando eu cantava nossa música favorita ou lhe dava repetidos beijos nos lábios. Ela só gemia, um ruído baixo e sibilante, um sssssss de serpente, transmutando, na dor de quem é devorada por dentro e por fora.

Uma noite, acordei livre das amarras que então me atavam à cama, com os urros da mãe e de Evandro. Atirei-me contra a porta trancada do quarto, usando o peso da minha angústia, a força dos músculos desenvolvidos com a ajuda de facões e enxadas, foices e pás. Na quarta tentativa, a porta tombou, forçando as dobradiças, quebrando parte do batente, e meu corpo foi projetado sobre um mar de cobras.

Milhares de serpentes gigantes, grossas como troncos, finas como dedos, quilométricas, menores que unhas, vermelhas, brancas, amarelas, verdes, cor de chumbo, cor de noite, abriam bocarras cheias de dentes, enroladas em nós, movendo-se ao redor de mim como se nadassem sobre a água, enchendo de escamas a casa. A mãe e Evandro eram montes de carne que se debatiam em urros de agonia, soterrados pelos corpos moventes e lustrosos, cada centímetro de pele coberto por cabeças que mordiam, injetavam veneno, engoliam nacos de carne, bolas de cabelo, enfiando-se dentro dos orifícios, descendo até o estômago, subindo pelo reto, botando lá ovos que instantaneamente eclodiam, faziam brotar mais e mais filhotes de cobra.

Os répteis saíam de debaixo da pia, pulavam dos armários, de cima da geladeira, fazendo ninho nos buracos dos tacos do piso, escorrendo, em uma linha contínua, dos furinhos do chuveiro. Observei até que os movimentos provindos da mãe e de Evandro fossem apenas do amontoado de bichos que enchiam a casca de seus fracos corpos. Depois, com cobras enroladas nos tornozelos, como braceletes ao redor dos pulsos, pesando em volta do pescoço, árvore humana de lianas, saí pisando as ecdises que soavam como centenas de milhares de folhas secas. Na trilha, dezenas, quiçá centenas de vezes, percorrida, a lua brilhava sobre as escamas que cobriam a terra, a mata alta, tais quais pedras preciosas, luminescências que remetiam ao mineral, ao metal, ao mais puro ouro e prata e bronze alquímicos.

No trono, minha púbere, alva, quebradiça irmã, havia deixado sua carcaça para trás. Sobre a madeira lustrosa, encontrei sua antiga pele, um exoesqueleto acetinado, e a vesti como uma espécie de capuz, as cobrinhas que entravam e saíam da cortina dos cabelos finos e escassos dela me dando ares de Górgona.

Antes que pudesse procurar por ela, com um movimento brusco, que fez mudar a direção do vento, a nova forma de minha irmã veio me encontrar. Uma víbora de três metros e meio, verde como seus olhos, assomou sobre mim, me ensurdecendo com o som de chocalhos. Postei-me de joelhos, beijando a terra que se mostrava à sua presença, reverente, e compreendi, comovida, a divindade que surgia, imperativa, diante de mim: minha irmã não era a mártir, a vítima, a parideira, o mero instrumento dos homens para o nascimento do filhote de cobra – ela era a própria Deusa das Serpentes encarnada.

— Minha irmã, meu amor.

Acariciei seu corpanzil gelado, deslizando as pontas dos dedos sobre as escamas, piscando meus olhos contra as pupilas verticais dos olhos dela, beijando as fendas das narinas que, na noite gelada, transformavam o ar em vapor condensado.

— Deixe que eu seja parte de ti.

Ela assentiu, retesando o corpo, tornando-se mais fina, mais comprida, enquanto deitava o corpo pesado no chão, fazendo vibrar os galhos das árvores, sob uma orquestra de silvos que enchia a floresta. A serpente abriu a boca, deslocando os maxilares, em um buraco preto que se alargava mais e mais até ultrapassar meu tamanho, a clareira, a casa, a cidade. Entrei, vestida com a antiga pele da menina-cobra, descendo escadas rutilantes de diamante, pedras que cintilavam sob meus pés descalços e sanguinolentos.

Conforme descia, eu tinha vislumbres das mais preciosas joias, da mais reluzente prataria, do mais rico ouro, de paredes cravejadas de ametistas, berilos, opalas, piritas, safiras, topázios, rubis e esmeraldas. Entrei cada vez mais fundo na minha irmã e encontrei banquetes e festas, catedrais e ruínas, palácios e templos, arranha-céus e precipícios, mares e desertos, florestas e cidades, e quando meu corpo físico se cansou, quando cheguei ao meu limite, as paredes se estreitaram ao meu redor, continentes de carne macia, e minha própria irmã, menina-moça, como teria sido se não fosse o tormento de nossas provações, me envolveu em seus braços.

Afundei nela como quem mergulha no mar e lá se deita, flutuando, deixando que o sol cegue os olhos, balançando com o movimento das ondas. Lá fiquei, chupando as feridas dos braços, dos ombros, dos joelhos, com leve sonolência; enchi a boca, engoli vários goles de um líquido cremoso e doce — eu nunca tinha provado o meu próprio sangue antes.

Adormeci ouvindo o som de chocalhos.

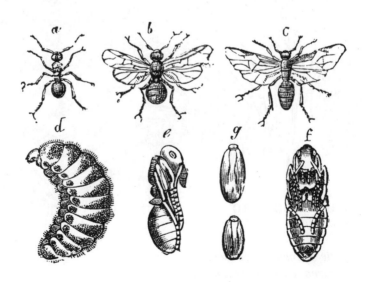

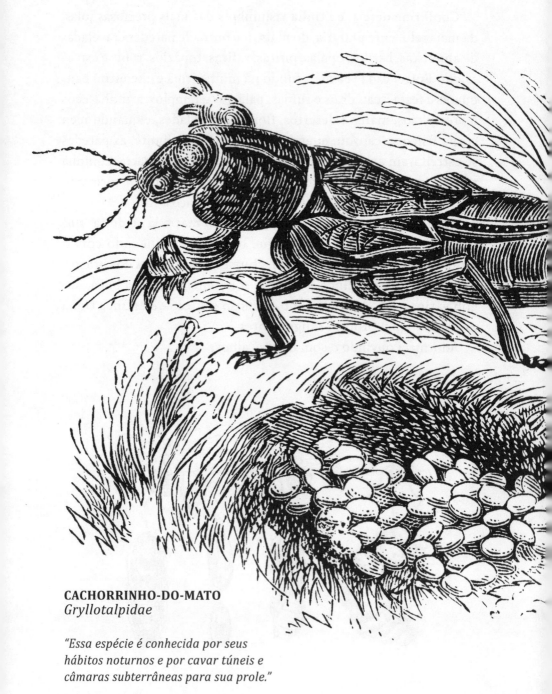

CACHORRINHO-DO-MATO
Gryllotalpidae

"Essa espécie é conhecida por seus hábitos noturnos e por cavar túneis e câmaras subterrâneas para sua prole."

RAINHA
DAS FERAS

Nº 14

INVENTÁRIO DE PREDADORES DOMÉSTICOS

Descobriu que queria ser cachorro quando, aos dez anos, cobrindo o roxo beliscão dado pela mãe para refrear suas tentativas de carinho, camuflado dentre as queimaduras de cigarro, decidira fugir de casa, três calcinhas e uma boneca na sacola de mercado. Caminhava sozinha pela rua, alheia, negligenciada pelos transeuntes, quando se deparou com vira-latas grandes, genéricos, que rolavam com constrangedora desinibição sobre detritos espalhados na grama amarelada de sol. Alheios ao movimento, às rodas velozes dos veículos que seguiam pela avenida, aos gritos dos feirantes, emitiam ruídos sufocados de contentamento, atirando-se uns contra os outros, empelotados de carrapatos, abscessos, pulguedos, pelos escassos deixando entrever a pele corroída das sarnas, das seborreias, das micoses. Viu a felicidade nos rostos finos, descarnados, nos olhos remelentos; e a menina se deixou aproximar, timidamente, de mãozinhas cruzadas atrás das costas, da matilha histérica.

Os cães viram a menina quebrada se aproximar em passos dolorosos, claudicantes, de sapatos vários números menores e receberam-na de vistas brilhantes, saltos excitados, rabos dançarinos, lambendo suas mãos escuras de sujeira, o beliscão roxo, já esquecido, as feridas no braço, o rosto salgado de lágrimas, sem refreio, certos do amor e de sua importância para a continuidade da existência, para a perpetuação da espécie, qualquer que ela fosse.

Então, a criança conseguiu olhar para fora de sua gaiola e vislumbrou, no cheiro de lixo e no branco pontudo daqueles sorrisos constantes que lhe rodeavam, acolhimento e permanência, e sem se importar com os sacos pretos de lixo liquefeito, deitou-se pensativa, em uma grandeza de híbrida canina, estendida sobre frutas podres e descartadas, o cabelo cinza melado de manga passada, mosquitinhos minúsculos atrapalhando sua visão, cinco ou dez ou quinze quadrúpedes peludos coçando e mordendo e rosnando e gargalhando em volta de seu corpo franzino. Não voltou para casa no fim do dia, em vez disso seguiu a fila bestial – agrupavam-se como se fossem todos machos, ela a fêmea no cio, rainha da prole, mas se mantinha atrás, a ser guiada, orientada, saindo da cidade tortuosa, arruinada, passeando por escombros de prédios decaídos, por entre entulhos e ferros-velhos, atravessando o arranha-céu que era o lixão municipal, e indo parar num fiozinho fedido de rio, sob uma enorme tubulação, onde descobriu que cães e ratos viviam juntos, numa harmonia pouco dada aos animais carnívoros, bolos e nós de corpos castanhos, acinzentados, brancos, caramelos na escuridão cáustica do esgoto da cidade.

De gatinhas, desbravou aqueles canos estreitos, sempre sentindo algo peludo a roçar seu corpo nas trevas; mãozinhas delicadas, patinhas discretas, focinhos gelados, carícias bem-vindas à menina que só conhecia a mordida do tapa, a pressão doída dos socos e a ferroada do fogo na pele. Numa curva que dava para um aglomerado bonito de árvores floridas, dobrou as calcinhas, organizada, empilhando-as uma em cima da outra e sentou ali a boneca, bebê sem olho nem roupinha, a cabeça de plástico caída, molenga, sobre o corpo encardido de pano, rabiscado de caneta bic. Tinha escolhido sua morada. Fez de cama o corpo de uma cadela graúda, dócil, mistura de pastor alemão com sabe-se lá que bicho de rua, bichos-homens, lobos-guarás, as tetas caídas e pingando leite no concreto do cano, mil filhotinhos abocanhando e sugando, depois pisando, escalando, mordendo e lambendo, não só a mãe canina, mas também o corpo exausto da menina, encolhido nos hábitos de antigos receios, medos de violência, mas aos poucos as mãos em punhos se soltando, se abrindo, com jeito de dama-da-noite na escuridão.

Saía do cano para agachar com os cachorros, soltando sujeiras, para correr atrás das galinhas que ciscavam perdidas, para apanhar alguma amora, manga caída ou goiaba bichada que se espalhasse pelo chão, beber água da torneira descuidada de alguém, procurar nos terrenos baldios por sapatos despareados, panos que lhe cobrissem as pernas compridas, revistas mofadas, brinquedos quebrados, algum pedaço de pau que pudesse servir de mordedor aos cães, seus amigos.

Às vezes encontrava pessoas e tinha medo. Em cada rosto imberbe via violência e corrupção, seu pavor mudo crescia na matilha e causava ensurdecedores ganidos e ladrados de quase-morte, dezenas de cachorros com pelos arrepiados e colunas curvadas em arco. A ameaça, contudo, era ineficaz e supérflua, pois os humanos observavam a menina sarnenta, seminua e imunda de olhos fechados. Ela não se importava, gostava de ser invisível; corria dentro das padarias e roubava pães, balas, chicletes, por vezes uma caixa inteira, que distribuía para os bichos, risonha, gostando do cheiro de tutti-frutti, das bocas que se abriam e fechavam, babosas, lupinas e engraçadas, fazendo ruídos de mastigação. Depois, voltava para o buraco do encanamento com desfastio, sentindo-se acolhida, pertencida, peça encaixada naquele quebra-cabeças. Era bonito ver os dentes brancos se acendendo em sorrisos no escuro quando ela chegava.

Com o passar do tempo, a menina foi se alongando no maxilar afilado, nos seios pontudos, no olhar oblíquo e recolhido de loba. Aprendeu a lamber o próprio fluxo de sangue, a se virar de quatro, a deitar com os machos sem se importar com as unhas grudadas na carne dos quadris, nos pênis animalescos que pareciam furar o interior de si e depois inchar, sair depois de muitos minutos, com um barulho de desentupidor de pia. Mapeou no cérebro as curvas e caminhos do esgoto, e assim sabia o lugar de cada grade, tampa de bueiro ou boca de lobo. Saía cada dia em um ponto diferente da cidade – roubava e corria, rosnava e ameaçava os transeuntes com os dentes cortantes que lhe restavam, espalhava sua nudez e suas moléstias pelas vielas e estabelecimentos e demarcava os postes com poças amarelo-alaranjadas de urina – depois partia sem transparecer vestígios e não voltava mais. Abalados, os moradores da cidade se sentiam como em um sonho ruim, surreal e insólito, que desaparece da mente poucas horas depois do despertar, deixando um gosto ruim na boca, uma fundura no peito. Desta feita, a matilha foi crescendo, gorda, numerosa, a cada dia mais faminta; agora acostumada com ossos e pães roubados, carnes descartadas de qualquer jeito em lixeiras de açougue e supermercado, marmitas envoltas em papel alumínio, bolachas recheadas com gosto de manteiga, esfarelentas de formigas.

No zigue-zague da canalização, ao longo dos anos, brotou uma chusma opulenta, centenas de milhares de caninos desenvoltos, inteligentes, alguns deles nascidos da menina que há muito havia se esquecido de andar em duas pernas, de articular palavras, de formar pensamentos abstratos, que havia se tornado mulher, embora não humana: fêmea, cadela ou loba. A matilha ocupou os vãos e espaços do conduto, muito unidos como formigas operárias, construindo ao redor de si um reino de coração e estômago, numa espécie de condomínio próprio aos quadrúpedes.

Então, certo dia, vinha vindo um tornado. Ele surgiu de início como uma espiral diáfana de fumaça, e o céu tingiu-se de negro ainda que, antes, o Sol estivesse a pino, agulhante. Com os ventos e relâmpagos, a noite engolindo a cidade, a população partiu assustada em carroças, carros, caminhões e bicicletas, largando as casas de portas abertas, abandonando cães e gatos e pássaros e roedores domésticos à própria sorte.

A loba percebeu tudo de uma grade de desaguadouro, depois, deu as ordens e observou, enquanto surgiam sob o olho do furacão os vira-latas, seus filhos, e estes tomavam a cidade e entravam nas casas como urubus, saqueando e comendo tudo, canibalizando os mais fracos e covardes, provando de carne humana esquecida, abandonada, em camas cheirando a velhice, a hospital. Na ausência de luz, no vento gelado, rascante, gatos vieram se aproximando, depois cachorros de estimação, ratos e hamsters, sapos e jabutis, pássaros e coelhos, cavalos e galinhas, de início, hesitantes, temerosos; depois, certos de sua pertencença num reino em que o que era animal resistia, o que era animal existia. Em torno dela formaram-se círculos concêntricos, uma animália que crescia em camadas e camadas, abraçando a cidade que, vista de alto, parecia-se com uma mandala, uma runa, um símbolo hermético ou de alta magia.

Imóvel em seu novo domínio, sentada sobre os degraus de uma catedral de onde visualizava em grandeza seu império, a loba lambeu o pelo negro, luzido, que agora crescia como mato sobre seus membros extensos, sentindo o cheiro da chuva que nunca viria, admirando a inércia da tempestade eterna e, jubilosa, abraçou sua vocação de rainha das feras. Então, ela e os animais passaram a viver enrodilhados, unificados, em equilíbrio, como irmãos, como amantes, na noite escura do meio-dia.

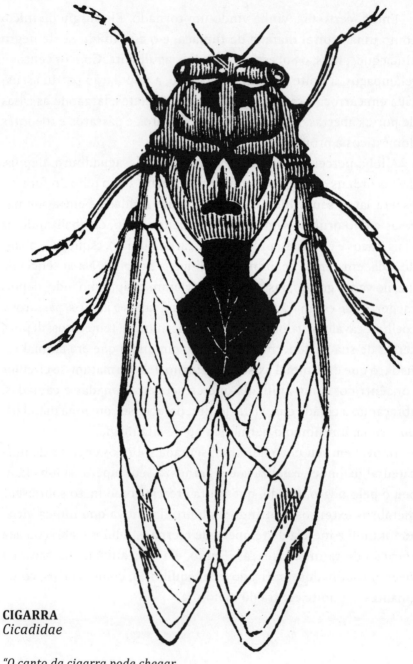

CIGARRA
Cicadidae

"O canto da cigarra pode chegar a cento e vinte decibéis."

A VOZ DE MINHA MÃE

Nº 15

INVENTÁRIO DE PREDADORES DOMÉSTICOS

Minha mãe, antes de ser encontrada dentro de uma caçamba de lixo do outro lado da cidade, cheia de escaras, de hematomas abertos escorrendo como água barrosa, pernas abertas e calcinha enroladinha entre os tornozelos quebrados, uma flor vermelha e marrom se abrindo de dentro pra fora, apontando dos quadris tortos, boca bem aberta em ó, me ensinou que a gente não pode deixar o morto ser levado, exumado, enterrado, cremado, se ele não falar.

"A fala póstuma", mamãe explicava, de olhos fixos na louça ensaboada formando bolhas no mármore da pia, "mostra-se de múltiplas formas, cabendo ao ente querido perceber e decifrar as mensagens."

"O morto, por exemplo, pode tentar se comunicar por um bilhete encontrado na casa, como em uma lista de compras, para insinuar que há coisas que ainda lhe faltam — quanto maior a lista, mais são os assuntos pendentes. Ele também pode falar por meio de números de loteria, que indicam riqueza, libertação completa do mundo material na morte, ou, o contrário disso; fortuna e riqueza no além-túmulo recebida por meio de oferendas. Podemos nos comunicar com eles também através dos padrões formados pelas teias sanguíneas sobre a pele; mapas de hematomas, indicando desejos, pedidos, algo que não se mostra difícil quando já estamos acostumados a ler a borra das folhas de chá, a borra do café, desenhos bonitos no branco da porcelana, que contam histórias, preveem o futuro, melhor que o tarô, esteja certa disso. O finado também fala através dos sonhos dos filhos, das aftas que aparecem na boca dos recém-nascidos da família, no formato das varizes das avós, nas manchas de flúor nos dentes, no desenho das íris. Preste atenção nos sinais, minha pequena Cassandra, basta isso. Porque, um dia, se eu me for, você vai precisar escutar a voz deles no meu lugar. É sua tarefa, é sua responsabilidade, é sua maldição. Nós, mulheres, somos intérpretes dos mortos."

E a voz da minha mãe? Tanto já tinha falado, gritado, nos porões de tortura da ditadura, — minha mãe subversiva, cigana, leitora de mãos, ouvinte de mortos, — até estourarem as cordas vocais por debaixo dos panos encharcados de água, ratos roendo as peles penduradinhas da vagina, sem garganta, sem língua, que quando encontraram-na de cabeça amassada, só o lado esquerdo, onde lhe bateram com o cano, tive problemas para ouvi-la. Me descontrolei, não consegui analisar os hematomas, as queimaduras, as manchas de sêmen, o sangue coagulado sob as unhas, quis que me falasse com a boca, direto no ouvido, pois meus olhos não podiam amparar tudo o que ela me dizia com o corpo. O corpo que me dera vida, que viajara o país, que dançara, amara, arruinado, reduzido a um pedaço multicolor de carne embrutecida, contava uma história antiga, universal, desde o início dos tempos, escrita a milhões de mãos, sobre o que é ser uma mulher subjugada por homens em posições de poder.

Ajoelhada, segurei a cabeça de mamãe como se aninhasse um bebê nos braços, abaixei minha própria cabeça e encostei meu ouvido na sua boca aberta, arroxeada. Daquele buraco vazio, sem eco, as formigas transitavam de um lado para o outro, quietinhas, como se desprovidas de matéria. Escalavam meu rosto, picavam os cantos dos meus olhos, se enfiavam pelas narinas. Não sei quanto tempo me deitei ali, dando meu ouvido de mamar àqueles lábios frios, amparando o corpo quebrado, as pernas grudadas na gelatinosa placenta de seu sangue.

"Cassandra, às vezes o silêncio é o suficiente. Às vezes, a visão basta." Então me levantei e olhei. E olhei. E olhei. E na parte interna de uma das coxas dela, queimada em brasa na carne, vi o símbolo carimbado de um anel. Uma estrela no topo, duas armas cruzadas, um louro em arco. Escola Superior de Sargentos.

Beijei o rosto fétido de mamãe antes de me levantar, minhas orelhas vibravam, ensurdecidas. Marchei através da multidão de espectadores, desviei dos fotógrafos, disse que recolhessem o corpo dela e o conservassem o melhor possível para manter todas as marcas, palavras, frases, manchetes de jornal, que eu via voando ao seu redor. Então voltei para a casa que dividíamos e liguei a caixa de som. Antes de desaparecer, como todos os seus outros amigos, mamãe tinha me instruído muito bem. "Você vai usar essa caixa de som e esse microfone. Todo mundo tem que ouvir."

Falei por horas. Com meus gritos, pelo microfone, estourei os tímpanos da cidade com a voz dela. Que era a minha, a nossa, a de todos os mortos mudos do tempo. Fui intérprete dos desaparecidos, dos torturados, daqueles de quem a família jamais teria qualquer notícia, daqueles que morreram em porões escuros e úmidos, que foram enforcados em celas de cadeia.

A cidade não respondeu, muda, repudiante, temerosa, usando tampões de ouvido, mantendo as janelas fechadas. Não muito depois vieram os carros. De longe pude ver as fardas, os fuzis brilhando à luz artificial dos postes de rua. Tinham me escutado.

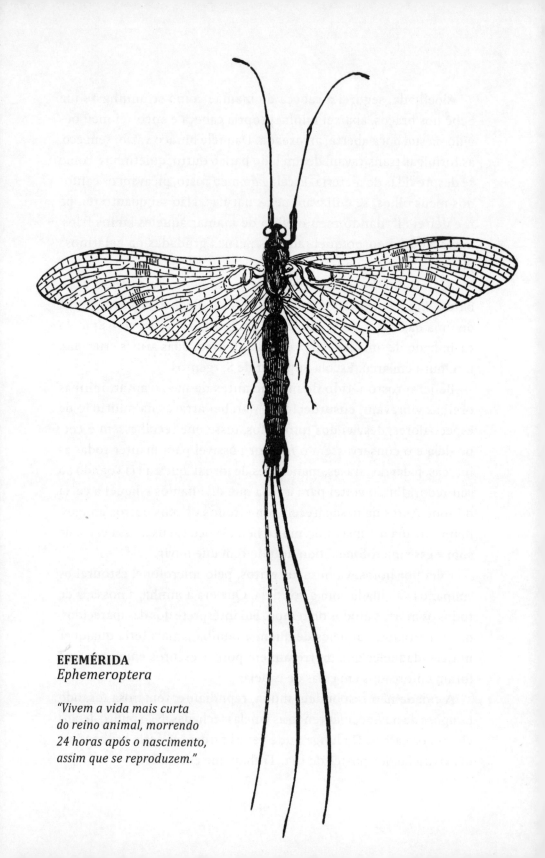

EFEMÉRIDA
Ephemeroptera

"Vivem a vida mais curta do reino animal, morrendo 24 horas após o nascimento, assim que se reproduzem."

DUAS BONECAS

Nº 16

INVENTÁRIO DE PREDADORES DOMÉSTICOS

A boneca russa foi o primeiro presente que ganhou do marido. Era uma mistura de porcelana com pano, bochechas geladas pintadas de rosa, cabelos loiros como cevada cobertos por um chapéu rendado, vestido pregado de cetim vermelho, cor de puta. Ela brincava livremente, no começo. Sentava-se no tapete redondo da sala de estar, mesas e cadeiras em miniatura, pequenos utensílios de cozinha, e com o semblante descansado, olhos negros abertos como flor, penteava-a, arrumava-a, apertava-a contra o peito infante, estreito, liso. Até confidenciava segredos, sussurros que balançavam os fios cacheados da curva da orelhinha branca, que ouvia de assuntos tenebrosos, de vergonha e violência, sem ouvir.

O marido, muitos anos mais velho, nem sabia quantos, achava bonito, via como uma espécie de vocação, algo inato, instintivo à natureza do feminino. "Um dia eu vou te dar uma bonequinha de verdade para brincar. Você vai gostar?" A criança abaixava os olhos, remexia a barra bem cosida do vestido, com medo de fazer algum movimento errado, algo que despertasse nele aquela movimentação por dentro das calças, que acordasse a coisa dura que machucava. Depois, resignada, deixava-se levar pela mão até o quarto, muito quieta, parando só para colocar a boneca sobre a cadeira do toucador, a cabecinha gentilmente voltada para o papel amarelo de parede.

Contudo, tão logo a barriga, que já era redonda, barriguinha estufada de criança, começou a crescer, o marido convenceu-a de que não precisava mais da companhia do brinquedo, pois este lhe dava um desconforto inconsciente; não sabia colocar em palavras, mas a vigilância da boneca era uma constante lembrança da tenra idade da menina. Como quem escuta a um pai, a uma autoridade maior e punitiva, mãos atrás das costas, cabeça inclinada, a menina obedeceu a ordem. Guardou a boneca no baú de mantas e cobertores empoeirados, furados de traças, com a desculpa de que a daria para o seu futuro filho brincar. Mas tão logo o marido saía para o trabalho lá corria ela, com um gigante molho de chaves nas mãos, abrindo e trancando porta atrás de porta, e aninhava em seus braços a filhinha, beijando os olhos de vidro azul.

Alheia ao ventre inchado, a menina corria para cima e para baixo, subindo e descendo escadas, valsando músicas imaginárias, galopando cavalos invisíveis, pulando amarelinha, criando vestidinhos com restos de tecido e botões descartados, rindo muito de tudo, se deixando abraçar pelas empregadas da casa, que sempre tinham um colo acolhedor a lhe oferecer, na ausência de sua mãe. Quando sentiu as primeiras dores do parto pensou que a culpa tivesse sido do bolo quente de fubá que comera mais cedo, e passou horas no penico, vomitando e cagando, até que uma delas viesse em seu socorro. Aguentou a dor com dentes cerrados, respirando fundo, fechando os olhos com força, sentindo o calor morno do sangue fluir como um rio misturado ao ardor da urina, e chamou pela mãe só duas vezes, perto do final, no ápice do medo e da dor, mesmo sabendo que, morta há anos, ela não viria.

O marido só chegou no momento em que, chorosa, a parteira enrolava a bebê em toalhas mornas, pequena, azulada, retorcida como um pedaço de carne seca, mas viva. O pai tomou a filha nos braços, duvidoso, "Será que vinga?", e virou-se para a menina-mãe. Esvaída em sangue, nem todos os médicos do mundo poderiam conter a hemorragia que jorrava de seus quadris estreitos, os lábios brancos, os olhos muito negros, fundos como buracos na face suada, estendeu os braços com um sorriso cansado, não na direção da bebê que ele lhe estendia, mas da boneca que, impassível, assistia a tudo de seu lugar costumeiro na cadeira.

A parteira ignorou os protestos do homem, que se recusava a entregar o brinquedo para a esposa, "Demônio! Maldito!", e entregou a boneca com delicadeza e reverência nos braços da menina, que, por um momento, pareceu se restabelecer, com um sorriso de alívio e felicidade pueril. Com os dedos moribundos, acariciou o rosto frágil, perene, da amiga, e acalentando-a, aninhando-a no coração fraco, achou graça da brancura de suas próprias mãos e da frieza de sua própria pele, agora tão parecidas com a fina porcelana inerte do brinquedo.

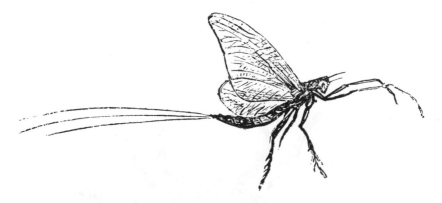

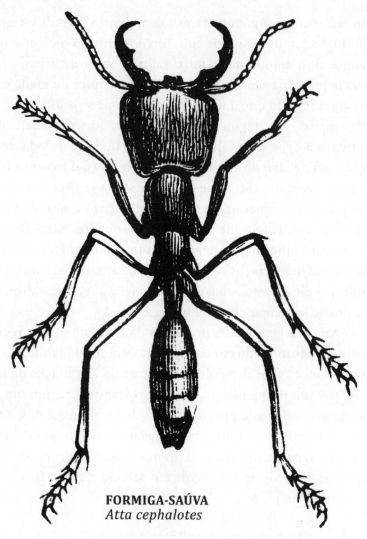

FORMIGA-SAÚVA
Atta cephalotes

"Formiga cuja picada pode abrir cortes na pele humana. Seu formigueiro contém milhares de membros e pode devastar lavouras em poucos dias."

Nº 17

INVENTÁRIO DE PREDADORES DOMÉSTICOS

É frio fora do círculo vermelho da fogueira, manman, alguns de nós não têm mais pés para lhes empurrar o corpo cansado, por isso rastejam como Damballa, sobem a montanha traiçoeira, chegam em Bwa Kayiman com a cabeça próxima do chão, farejando, como os cães, o cheiro da madeira que queima na floresta. Houngan Dutty Boukman recebe todos eles com água, com flores, com as palavras bonitas que ele leu nos livros, com seu chapéu de aba larga, crânios de pássaros em volta do pescoço, dentes de jacaré enfileirados, caçados aqui mesmo, no pântano, que a gente dividiu, com os bichos, como os brancos dividem o pão. Os cachorros correm atrás das galinhas, pintados de carrapato cinza, sempre sorrindo branco, de barriga cheia; o porco preto espera dentro de uma cerca amarrada com corda de palha, ripas de madeira arrancadas de caixas roubadas pelos marrons, e os olhos pretos dele parecem brilhar feito vagalume porque já consegue enxergar os lwa, que ainda não chamamos com os tambores e os cantos e o sangue, mas pressentem o que a gente quer e ficam esperando – é um olho num oco de árvore, um vento assobiando no ouvido, uma sombra por trás da folhagem, uma coruja que pia, e os arrepios que fazem a gente dançar, rodopiar feito fuligem de fogaréu.

Eu vim tem pouco, só osso e sangue, nem carne, nem músculo, os braços secos, toda buraco e pele, montada em pelo num cavalo roubado que Dutty Boukman e os marrons agora usam pra buscar os outros, os que os cachorros rasgam pelo mato, as que os brancos rasgam com a pólvora, com a faca por dentro, com o chicote. Todo mundo já está reunido em volta do fogo que arde, o som do silêncio muito alto, batendo na garganta. Boukman vai comandar a cerimônia, ele fala as palavras certas dos deuses, e Papa Legba vive através dele – até os cachorros sabem, vêm de longe, sobem a montanha e já são dezenas; correm buscar pequenas aves, rãs, cobras, e as depositam aos pés dele, sabendo que é sagrado, que com o lwa sentado dentro dele, Boukman vai guardá-los, alimentá-los e contar dos mistérios da vida e da morte através do cheiro da fumaça de seu cachimbo.

Enquanto depena vivas as galinhas, queima as ervas, o tabaco, ele pede que a gente conte. É para falarmos das maldades dos brancos. Mas o silêncio grita na clareira, e fechamos os olhos, olhamos pras mãos, pros tocos recém-cortados dos pés, dos braços; olhamos pras costas, olhamos pra dentro, olhamos pros buracos que já estiveram cheios. Quero falar, me levanto com dificuldade em minha magreza, alguns me olham sem curiosidade, mas não posso. Há na minha boca um buraco, manman, mas falo com meu respirar, com as mãos em garra, com o balançar do meu peito, com a água que cai dos olhos, com o gosto amargo da boca.

Eu nasci. Sei que a mãe morreu no parto, o pai ninguém sabe quem é. Ainda nem sangrei e já era carne dos brancos. Tinha dias que eram dois, que eram três, quatro, subindo em cima de mim.

Tinha dia que era tudo junto. Depois de um tempo eu percebi que não adiantava correr, era só ficar parada, olhando pro céu ou pra terra no chão, que aquilo virava um serviço ruim feito qualquer outro. Eu também deitava com os meus, ainda que às vezes não quisesse, dolorida; eles cada dia mais parecidos com bicho, mais e mais iguais aos bois e às vacas que trepam debaixo de sol e de chuva, à força, na frente de quem quisesse olhar – até de quem não quisesse. Mas se os brancos tomam à força e machucam, às vezes só machucam, não é direito negar a um preto essa coisa que custa pouco de mim e que os brancos têm quando quer; eu me esqueço das feridas que os brancos me fizeram quando um preto se deita comigo – nós dois somos iguais, na nossa pele o cheiro do suor, do sangue, da fome. De vez em quando até me meto por mais tempo com um só, mas na hora de dormir os corpos vão assomando na escuridão, e não adianta escolher; é bom ter um corpo quente pra enfrentar a noite, ter uma cabeça apoiada no seio, ouvir um respirar tranquilo de quem dorme se sentindo acompanhado no medo.

A primeira cria que eu pari eu cuidei feito passarinho no ninho. Manman, se você visse ia entender isso aqui no meu peito; no começo a menina era uma lagartinha se rastejando no barro, gordinha! parecia até filho de branco!, mais dobras que todas as crianças juntas, — brotavam feito moscas no estrume das vacas —, depois já corria, nem dois verões completos, partia a bater as perninhas pra cima e pra baixo, me seguindo até o cafezal. Logo imitava até o jeito de colher o café! E ainda que doesse tudo, e os mulatos mandados dos senhores castigassem minhas costas, minhas mãos, pela demora, eu sorria e via felicidade naquela vida de preta quando olhava pra minha filha. Com o sabugo do milho eu fazia bonecas de cabelinho de palha, caminhas de casca de coco, e guardava junto ao seio pra ninguém perceber, e lá ia minha menina brincando enquanto eu seguia trabalhando no café, depois na cana. A cana cansa, corta os dedos, faz sangrar a plantação, diz que é o sangue que faz crescer vistoso e forte o canavial, e enquanto ele aponta pra cima, a gente aponta pra baixo; enquanto ele engrossa, a gente afina; e quando um dos brancos chupa a cana, é a gente que ele está chupando, mais roído, mais quebrado, passado pelo moedor. A cana vira açúcar, vai pra longe, vai pra mesa dos brancos; eu nunca vi, ouvi dizer que é mais doce do que mel, mas quando olho pra'quele mar verde com os olhos apertados de sol, eu só sinto gosto de ferro, amargo, ruim, na boca.

Às vezes eu não penso direito, minha cabeça fica pesada, tenho umas ideias que não é certo uma preta ter. Um dia, minha menina estava doentinha, o bucho inchado, soltando as tripas, por isso larguei a cana, deixei o serviço, fui banhar seu corpo quente de sol e febre no açude. Ela se sentia melhor, até batia as pernas, rindo, na água fresca. Quando ouvi o barulho dos passos, dá pra ouvir os sapatos de longe, percebi o que tinha feito. Pedi desculpas ao senhor, era dele o canavial, ajoelhei para o mulato, cão de caça armado, mas de nada eles quiseram saber. Enquanto o senhor me tomava, na frente da minha filha que, ainda tão nova pra entender, só chorou porque viu meu medo, meu desespero, olhos de vaca sacrificada, o mulato encheu ela de pólvora, na frente e atrás, e acendeu, rindo, achando graça no salto que o corpo deu e no jeito que aterrissou, mole, criando poça, mais à frente. Não consegui gritar, minha boca ficou aberta em silêncio, enquanto via o corpo imóvel da minha menina ficar vermelho, uma das pernas tremendo de leve. Quanto terminou mandaram eu enterrar ela ainda viva, a baioneta na minha cabeça, não conseguia enxergar direito com as lágrimas, mas podia ver os olhos pretos dela fixos nos meus, semicerrados, depois cheios de terra, a boca fechada; nem um pio debaixo do monte marrom. Só então fui pro tronco, fiquei lá esperando pela morte que não veio me unir a minha menina, mas depois de algumas luas, descobri que tinha pegado barriga do branco que matou a minha filha.

Quando pari pela segunda vez, o sol estava forte, a lama da tempestade da noite anterior fazia os pés escorregarem a cada golpe do facão; senti as dores no fim da tarde, suor frio misturado ao suor do esforço, um embrulho nas tripas, por isso agachei e soltei os intestinos no canavial, com força. Junto da disenteria veio a cria, caída no meio da terra numa mistura marrom e vermelha. Abaixei pra olhar só um pouco — aquele era rosa demais, branco, homem —, usei o facão pra cortar o cordão que ligava nós dois e deixei que ficasse lá, se mexendo um pouco em cima da sujeira enquanto eu fazia força pra sair o resto; depois cobri o menino com um pouco de terra e joguei os pedaços de carne longe, pros cachorros comerem. Não deu muito, veio um dos mulatos, perguntou em francês o que é que tava chorando ali, que se eu tinha dado cria era pra levar pra alguma das pretas velhas e voltar pro trabalho, respondi em criolo, com raiva, e levantei a palha para levar o menino de lá, segurei ele pelo pé, como se segura uma galinha morta; mas o mulato me parou com o chicote e o punho fechado. O menino era branco, e na cabeça quebrada já estavam se acumulando as moscas. Pensei em você, manman, você ia de me salvar, então tentei falar em francês com ele, disse que a mãe do filho só não rói os ossos, aquele velho ditado, mas o mulato me tirou a criança, deu pra outro capitão, tirou uma faca da cinta e usou duas vezes. Uma, para cortar minha língua, outra, para furar meu buraco, que eu nunca mais pudesse parir, e me deixou lá para sangrar feito porco. Mas mais uma vez a morte não quis me aliviar das minhas dores, e eu achei meu caminho pra Bwa Kayiman, e eu encontrei os marrons, os rebeldes.

Contei minha história de boca e olhos fechados, Boukman e os outros sacerdotes batiam os tambores como trovão, e em transe, manman, arranquei meus panos e dancei, pulei ao redor da fogueira com os cachorros em volta, alguns deles com rostos de homens, e assim, um a um, as vozes, o canto dos escravos, cresceram em Bwa Kayiman como barulho de tormenta. As galinhas alçavam voo alto sobre nossas cabeças junto das corujas, já sob o efeito da magia, e as apanhávamos no ar para dançar, de asas abertas, dispostas como coroas vivas. Nossos corpos retorcidos lutavam contra os inimigos e ao mesmo tempo abraçavam o seu amor, manman, ouviam as vozes dos espíritos e a de Dutty Boukman, mais alta que todas, queimando cana nas mãos, esmagando grãos de café.

Ele gritou que tinha conversado com os deuses, e que eles criaram a terra onde vivemos, o Sol que dá luz pra fazer crescer a plantação, o mar, que nos dá peixes, o trovão, que explode longe, afastando os maus espíritos, e o raio, que ilumina o céu pra mostrar o caminho; os nossos deuses têm ouvidos, e eles escutam. Eles veem o tanto que os brancos nos fazem sofrer. Quebrando o pescoço das galinhas, soprando fumaça do cachimbo, Boukman disse que o Deus dos brancos é cruel, pede que cometam crimes, que o Deus deles é mau, enquanto os nossos deuses são justos e bons; e, por isso, eles ordenam que a gente se vingue. Que é você, manman, que vai erguer nossos braços e atear fogo nas plantações e nos engenhos; é você que vai segurar nossas mãos na garganta de nossos inimigos; é você que vai ser a lâmina entrando no coração dos brancos; é você que vai roubar da boca deles; e a faca que vai atravessar os buracos de suas filhas e mulheres. "A gente tem que tirar dos nossos corações a imagem do Deus ruim dos brancos", Boukman soltou o porco preto do cercado, o bicho guinchava. "A gente tem que ouvir o som da liberdade no lugar das palavras do Deus deles, sentir o amor, que só nossa mãe, Erzulie Dantor, pode oferecer. A gente tem que experimentar o gosto do sangue deles, mostrar que somos o povo da montanha, e ele não vai rastejar mais!". Por você, manman, pelo meu povo, pela minha menina, fui até o porco, enfiei o facão na garganta dele, e deixei o sangue jorrar, nas minhas mãos, no meu rosto, dentro da minha boca vazia, sentindo o amor, a liberdade, que vem da morte.

E nós rimos, dançamos, cantamos, bebemos do sacrifício, pintamos os rostos de vermelho, trepamos como bichos, com guinchos, de quatro, na água, na terra, no fogo, no ar, numa mistura de corpos, vertendo sangue das palmas das mãos, e lágrimas dos olhos, doces como o mel, como o açúcar. Boukman e os outros houngan ainda tocam os tambores e nos sentimos cobertos por um manto; há calor na liberdade, há conforto na vingança. Vejo os mais jovens de nós correndo com tochas e facões, descem a montanha como cabras, tem início nossa revolução. Beijo o talho aberto no pescoço ainda quente do porco, e rogo a você, manman. Ah, manman, aceite nossa oferenda, aceite nossas preces… Deixe que o açúcar vire sangue na boca deles. Faça o canavial ficar vermelho.

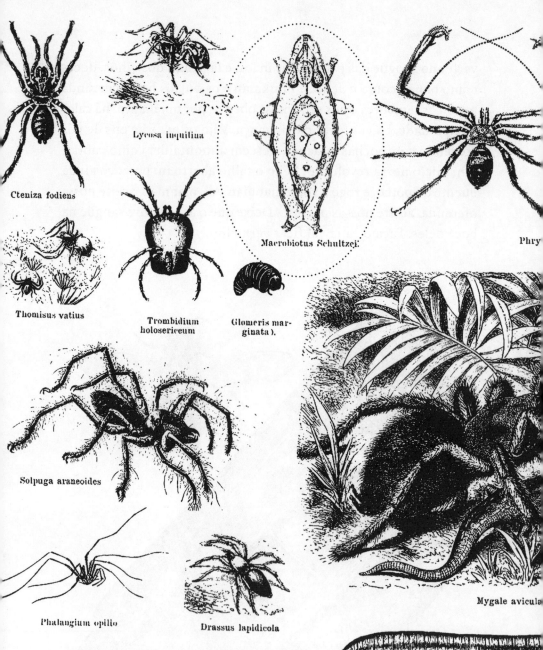

TARDÍGRADO
Milnesium tardigradum

"Podem sobreviver a temperaturas extremas, pressões atmosféricas variadas e altos índices de radiação. São os seres vivos mais resistentes do planeta."

OS OLHOS DA BISAVÓ

Nº 18

INVENTÁRIO DE PREDADORES DOMÉSTICOS

O marido desferiu o golpe na face esquerda da esposa com a força de um porrete, arremessando-a em direção ao aparador sob a janela. O vaso de violetas, pintado à mão, partiu-se ao chão jogando pó de porcelana pelos ares. Caíram, como peças de dominó, os porta-retratos, espalhando asas de cupim sobre a madeira real. A mulher, apoiando-se no móvel pesado, presente de casamento, morno ao toque devido ao sol que, durante todo o dia, estivera sentado sobre ele, abraçou-o como se abraçasse um velho amigo. Novo golpe, agora nas costas, fez com que perdesse o equilíbrio, caísse de joelhos, batesse o rosto, desse com os olhos da bisavó, negros, enormes, tristes, no retrato.

Todos aqueles que a haviam conhecido, encantadora artista que a morte levou cedo, diziam que a semelhança entre as duas era assombrosa: o mesmo nariz comprido, os mesmos cabelos cacheados, o mesmo corpo esguio de bailarina, as mãos de pianista, o pescoço fino de garça, um ar de coisa diáfana, etérea, débil, que tudo aceita, tudo suporta, que dá vontade de bater, mutilar, arregaçar.

— Da próxima vez você me escuta, sua puta! Eu acabo com você! Se eu te pegar fora de casa de novo eu arranco sua cabeça fora, vagabunda! Não tenho medo de cadeia, não! Eu acabo com a sua raça!

A bisavó morreu antes dos trinta. O bisavô, abusivo, alcoólatra, deixou os filhos sozinhos, para que o mundo os criasse, a mais velha deles contando apenas 14 anos, o mais novo só 4, seu avô. O bisavô, de quem a moça vivia esquecendo o nome, mas não do semblante rancoroso com que encarava da única fotografia que tinha, mudou de cidade sozinho, vendendo o piano de cauda da esposa, perdendo a casa da família para pagar dívidas de jogo, de puta. Então, filhos ao léu, esposa no caixão, saiu a aproveitar a liberdade opressora, faminta, destruidora, que é ser homem.

— Levanta daí! Mas é mole mesmo! Levanta daí e vai fazer a janta, caralho!

Ficou ali, parada, sentindo-se sem forças para se mexer, sangue escorrendo dos lábios cortados, a mirar os olhos da bisavó, questionando-se sobre as repetições familiares, a amargura de seu destino de mulher. Então, repentinamente, pareceu ouvir, dentro do ouvido esquerdo, uma nota musical. Uma nota só, muito alta e cristalina, a vibrar de um lado a outro da cabeça. Os olhos inchados se arregalaram, inundados de água.

— Ouviu o que eu falei? Levanta, filha da puta!

Inspirando, sentiu um cheiro diferente. Um aroma de alfazema, lavanda e pó de arroz, que se moveu no ar quente, envolvendo seu corpo num abraço de velhas fragrâncias conhecidas; o calor do móvel se espalhando pelas suas mãos, antes frias e trêmulas, esquentando-as e irradiando ardor para as costas e ombros machucados. O corpo da mulher não pesava como antes; a cabeça parecia leve, o corpo vigoroso de bailarina parecia levitar, envolto em uma energia calorosa, vibrante.

Respirou fundo, sorrindo. Entendeu. Levantando-se de chofre, segurou com as duas mãos, — dedos fortes, treinados, hercúleos de pianista, — o enfeite pesado, de bronze, que se encostava tímido, invisível contra o aparador, e se virou para encarar o oponente assustado, que era um só, enquanto ela era duas.

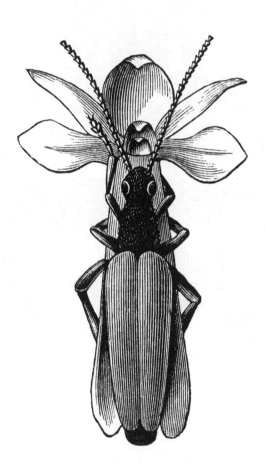

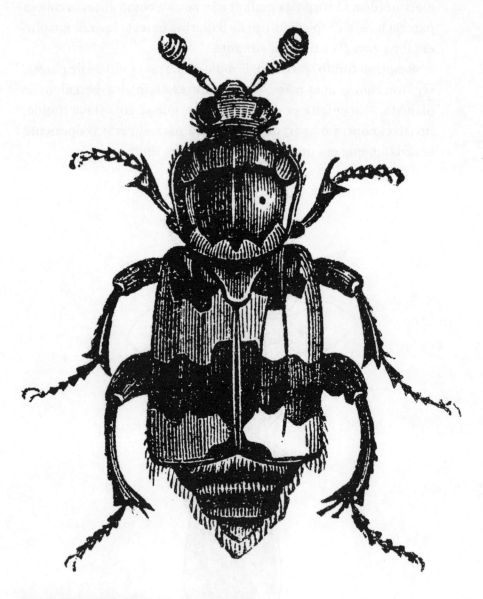

BESOURO-DERMESTES
Dermestes lardarius

*"Este inseto de aparência inofensiva
é especialista em devorar cadáveres."*

MISSIVA PÓSTUMA

dellamore dellamorte

Nº 19

INVENTÁRIO DE PREDADORES DOMÉSTICOS

LUCINHA

Lúcia, minha querida, espera que eu logo tô chegando pra te encontrar. Chama Ele pra me receber, todo branquinho que eu vô tá, do jeitinho que o seu pai sempre quis que eu fosse. E a gente há de celebrar nosso casamento lá mesmo, com os anjinho tudo tocando as corneta pra comemorar, será que eles sabe aquela música do Wando? Aquela, meu iaiá meu ioiô, que tava tocando no dia que a gente se conheceu lá no bailinho, você toda linda, gostosa mesmo, com aquela calça justa e a blusinha rosa, os peitinho quase aparecendo... Lucinha, eu sempre gostei muito dos seus peitinho, mas o seu sorriso é o que o me faz mais falta, os dente tão branquinho que nem parece de gente, parece até umas pérola que a gente acha no fundo do mar, presente de Iemanjá, minha deusa! Uma coisa que eu fico feliz do seu pai, aquele maldito, não ter deixado eu te ver no caixão, é que eu sei que sua cara ia tá triste, a boca fechadinha, porque eles não deixam boca de defunto aberta, nem a sua, que é tão carnuda, minha nega, e o seu sorriso não ia tá lá. Ô, Lucinha, como é que eu ia olhar tua cara sabendo que você não ia conseguir sorrir pra mim? Eu não sei se isso eu ia aguentar não, porque nunca que a gente brigou, nunca que eu te vi séria, sem riso, sem teu jeitinho danado de mulher fogosa, arteira mesmo. Mas agora me espera, logo que eu tô chegando! Já arrumei tudo, pretinha, os meus cachorro levei tudo pra casa da minha madrinha, falei pra ela cuidar enquanto eu viajo, ela nem desconfiou, pegou os dois, dei uns beijo neles, mas na hora me deu um aperto na garganta, não consegui despedir deles sem chorar, você sabe o quanto que eu gosto dos meu cachorro. Mas, olha só, olha essa prova de amor: eu gosto mais de você, Lucinha. Sem você eu não vivo, não. E eu tô indo, minha paixão, então me espera. Me espera com aquele seu vestido amarelo, toda cheirosa, toda minha. Porque se eu chegar aí e você tiver com outro, ah, Lucinha!, eu te mato de novo e ainda te puxo pelo cabelo pra acertar conta no inferno. Já já tô aí. Com amor, Dito.

JOSÉ

Querido José, hoje acordei pensando em você. Na realidade, de certa forma, nestes 16 anos que se passaram desde nosso último encontro, volta e meia você aparece na janela da minha mente, gritando um olá feliz com a janela dos seus dentes, sua mão calejada e cheia de verrugas, acenando para mim com as palmas sujas de terra.

Lembro-me com detalhes do frio e do cheiro de pão farelento de merenda, do meu primeiro dia na escola, e de como você, curioso, veio me olhar, vesgo, afobado, do jeito que um cachorro fareja, desinibido, o outro. Seu sotaque era engraçado, tipicamente interiorano, e eu, recém-saída da capital, tinha que prestar o máximo de atenção pra entender o que você dizia, todos os seus óóóós e éééérres, a forma como sua boca áspera, manchada de sol, se mexia. Seu rosto e roupas sujas de moleque de roça, as sardas que se assemelhavam a terra nas suas bochechas, o cheiro ardido de suor, tão inusitado em um menino de oito anos, ficaram gravados em mim como brasa na carne, canivete em árvore.

Era engraçado, você corria atrás de mim como se eu já fosse uma moçoila de saia rodada, a passear pra cima e pra baixo com minhas colegas ao redor de um coreto qualquer, mas eu, tão criança, e em minha superioridade de menina nascida em berço de ouro, não entendia seus avanços e guardava a simpatia para mim, como quem evita olhar para um vira-lata faminto com medo de que ele venha a lhe seguir. O desprezo te cabia melhor, assim decidi, afinal, você era esquisito, ora eufórico ora melancólico, cheirava mal, não sabia ler nem escrever, e eu já era versada nas leituras — olhava arrogante ao redor, com o caderno elegantemente apoiado nas palmas das mãos, "prestem atenção na minha retórica", eu diria, se soubesse, conhecedora de todas as letras.

Você, por outro lado, ia repetir a segunda série mais uma vez, vivia cutucando meus ombros com suas unhas roídas e enfiadas na carne, as verrugas arenosas apontando desagradavelmente das juntas excessivamente grossas. A verdade, José, é que tudo em você era repulsivo porque parecia errado. Não estava na televisão, nos filmes, nas revistas. Seu rosto de albino africano, o cabelo loiro, encaracolado, suas mãos já calejadas e sujas de preto tão cedo, oito anos não é idade pra isso, e o que é pior, os olhos azuis, que ousavam entortar-se, maculando tão rara beleza, causavam enojo dentro de mim, e eu tinha ganas de chutá-lo sempre que você ousava se sentar ao meu lado. José, você, com suas peraltices de cachorro sarnento, não merecia respirar o mesmo ar que eu.

Um dia faltei na escola e, que graça!, gritando que era o Super-Homem, justo ele!, você tinha pulado do muro de braços abertos, olhando para o céu claro como se fosse alcançar o sol, mas seus braços eram demasiado brutos, seu corpo era demasiado pesado; não adianta ter sonhos de criança se você não se parece com uma, e Deus, sabendo disso, te puniu com a gravidade dos adultos, deixando que seu corpo caísse e seu nariz torto e feio se desfizesse contra as pedras do pátio. Quando cheguei, no dia seguinte, eu e outros colegas rimos dos seus pedaços de pele grudados no cascalho, vistos no dia seguinte eles pareciam pedaços de morangos, e da poça de sangue seco. Que idiota, pensamos, ele achava que ia conseguir voar.

Você não voltou mais. Passou-se uma semana, um mês e dois. Havia, na ausência de sua feiura, uma paz de contos de fadas. Um dia, então, a professora achou seu caderno desfolhado, sem capa, no armário, pois tudo o que lhe pertencia era desconjuntado, fora do normal, e mostrou, toda sorridente, como você tinha feito coraçõezinhos tortos, obscenamente vermelhos, com meu nome escrito errado dentro: "Burna". Ao ouvir a classe rindo, berrei com a professora, bati minha mão contra o caderno jogando-o ao chão, falei que tinha nojo de você, que era um burro, um mal-educado, e graças a Deus tinha ido embora. Nos olhos acusadores da professora me vi refletida, e tão pequena, com o mesmo desprezo que sempre reservei a você que, mesmo queimada em vergonha, sustentei o olhar, a boca comprimida em ódio, sentimento tão comum nos meus sete anos de anjo. Com o seu caderno nas mãos, José, ela foi até a frente da sala e disse coisas que não sabíamos.

Ela disse que você morava em uma casinha longe da escola, uma casinha de madeira que não protegia nem do frio nem da chuva; que trabalhava o dia todo na roça, capinava, dava de comer pros bichos, cuidava dos quatro irmãos mais novos; ela disse que você acordava quatro horas da manhã e trabalhava até às sete horas, por isso suas mãos estavam sempre sujas de terra. Ela também falou que na sua casa não tinha comida. Você vinha para a escola, muitas vezes, só para comer. Quando não tinha aula você passava fome e os professores se organizavam para levar cestas básicas para sua família nas férias. Mas nem sempre sua família aceitava. Seu pai era muito bravo, batia na sua mãe, batia nos seus irmãos, batia em você quando tentava brincar durante o serviço, quando fazia alguma coisa que ele não gostava, quando ficava cansado, quando não falava "senhor". Depois que você brincou de voar, o nariz destroçado, seu pai decidiu que era hora de sair da escola. A professora foi te visitar na sua casa. Seu braço estava quebrado, sua bochecha estava roxa. Você nunca mais ia voltar.

Enquanto ouvia o choro dos colegas, os meninos escondendo o rosto na blusa do uniforme, as meninas esfregando os olhos, apoiando a cabeça no ombro da colega do lado, via seu rosto na minha frente com seu sorriso desdentado, seus olhos azuis estrábicos, e engolia aquele bolo indigesto de lágrimas, aquela tristeza que era a maior tristeza que eu já sentira e que permaneceria em mim ao longo dos anos. Esperei chegar em casa para deitar na cama e me afogar de lágrimas, vomitar o almoço, dormir de choro e coração partido.

Fiquei te esperando, José. Todos os dias eu esperava você entrar com seu uniforme sujo e seu sorriso, lindo, tão lindo, e se sentar ao meu lado. Minha pele queimava, queria sentir em mim seus olhos vesgos da cor do céu. Queria beijar suas mãos machucadas. No recreio, em silêncio, sozinha, rondava a sala da diretora, imaginando que um dia o veria entrando ou saindo, correria na sua direção e pediria perdão. Deixei um chocolate em cima do seu caderno no armário. Escrevi seu nome em páginas inteiras do caderno. Passei a viver de fantasias. Pensava ter te visto na multidão, na quermesse, no jogo de futebol do bairro, no pega-pega, passeando no cemitério, saindo da missa, nas gincanas da escola, pulando Carnaval perto dos trios elétricos. Te procurava quando passeava de carro fora da cidade, virava a cabeça com a velocidade, esperava te enxergar debaixo dos chapéus de palha, dentro das carroças, de cabeça curvada na beira da estrada.

Mas você desapareceu, José. Tornou-se um mártir, tornou-se todos os homens e crianças sofridos, tornou-se todos os rejeitados e leprosos, tornou-se todas as feridas do mundo. E eu continuo aguardando sua volta, como se ela fosse uma reparação, um sinal de que alguma coisa deu certo, de que você voou, conseguiu subir lá em cima, e não viveu uma vida desgraçada, não morreu cedo, com fome, com frio, espancado, como um cavalo jovem de perna quebrada.

Por causa disso, meu amigo, sigo te esperando, ainda que nesses caminhos tortuosos e cruéis do viver você tenha sumido do mundo e vindo morar dentro de mim. Pode ficar, José, pode ficar para sempre. Aqui dentro é quentinho. Aqui vou te alimentar para sempre. Dói, mas eu aguento. Dói, mas o amor é assim mesmo.

FILHO

Filho, esta carta é para dizer o quanto sinto sua ausência e pra te contar o que tem acontecido. Sei que muitas vezes fui malvada, disse que queria que você não tivesse nascido, que se não fosse por sua causa eu teria mantido meu corpo de menina e dançado no balé Bolshoi, mas isso é tudo mentira. Eu nunca fui boa dançarina. Então não se preocupe mais com isso. As suas coisas ainda estão todas certinhas no seu quarto. Eu limpo uma vez por semana, porque depois que você morreu eu tive que mandar a Dolores embora, ela chorava muito em cima das suas roupas, encardia todos os lençóis, queria pegar um dos seus bonequinhos para levar de lembrança. Não deixei! Paguei uma nota nesses colecionáveis! Nele e naqueles seus videogames todos... Até hoje eu não entendo, menino. Pra que tantos? Seu pai foi embora desde que te achamos, disse que naquela casa não ficava mais, mas, também, logo depois descobri que ele tinha voltado com a amante, uma loira vagabunda, toda plastificada, precisa ver só, que deselegância! Ajudou seu pai a colocar as malas no porta-malas do carro vestindo um shortinho minúsculo, a boca e as unhas combinando, rosa-choque. Uma piranha! Sua avó veio morar comigo, teu pai nunca ligou pra ela mesmo, ainda mais agora, que está louca, teimosa feito uma mula, preferindo cagar na fralda em vez de chamar a cuidadora. Aquele cheirão na casa, moscas pra todo lado, e ela falando as piores coisas... Que boca suja tem essa velha! Mas tudo bem. Já estou bastante acostumada com esses desaforos. Cocada foi tomar banho essa semana, pedi para tosarem e colocarem uma fita (aquela azul, japonesa, que você comprou pela Internet), e ele ficou lindinho, tirei foto e mandei para todos os parentes. Junto com a carta vai uma também, olha só que coisa mais fofa! Fiquei pensando se valia a pena eu te escrever. Vi aquele último filme que saiu do Chico Xavier. Parece que no Céu todo mundo tem notebook, tudo modernizado, uma maravilha, vai facilitar bastante a comunicação com a Terra... Se for assim mesmo, filho, se tem mesmo computador no Céu, então eu tenho certeza de que você está bem, fico mais tranquila, em paz. Comprei uns jogos novos, deixei perto do seu computador, quem sabe você consegue jogar? Ele, o nosso Senhor, sempre sabe do que a gente precisa. Sinto saudades, às vezes até choro, mas logo vejo suas fotos, seus vídeos, deixo o computador ligado no barulho dos joguinhos, a televisão no último volume, a porta do seu quarto bem fechada... e, rapidinho, a saudade passa. Parece até que você está em casa. Um beijo da mamãe.

MEU AMOR

Quero me esquecer de você. Estou conseguindo. Acho que um dia você vai desaparecer. Já não me lembro mais do seu cheiro, não me lembro do som da sua voz, nem de como você se barbeava pela manhã. Esqueci-me das suas unhas amarelas, dos seus calcanhares rachados, dos pelos dos seus dedos do pé. Não sei mais se usava Havaianas ou Raider. No começo tentei tomar meu café como você tomaria o seu, mas todas as maneiras me pareciam erradas. No fim, lembrei que você nem mesmo tomava café. Preferia chá. De camomila ou erva-doce? Cultivava violetas no jardim. Ou eram dentes-de-leão? Cactos? Não me lembro.

Suas roupas permanecem penduradas no armário. Lavei-as uma década atrás. Só uma vez. Hoje cheirei sua camisa predileta, embranquecida debaixo dos braços, aroma de naftalina e poeira, mas sei que não era esse o cheiro das suas axilas, da curva do seu pescoço, da sua virilha sempre molhada de suor. Sei que não era esse o seu cheiro, mas não me lembro do real perfume. É algo parecido com limão, mas não tão ácido, com terra, mas menos escuro, com almíscar, mas menos elegante. Minhas lembranças equivalem a uma partícula de poeira no universo.

Me esqueci de como me escondia em você. De como descansava o nariz nas suas dobras, enroscava os dedos no seu púbis, enrolava a língua na sua boca. Não me lembro do gosto podre dos seus dentes cariados, recobertos de tártaro. Quem diria! Eu ia me sujando toda de você, meu amor, a pele perdendo o viço, a carne ficando flácida, estragada, de longe o cheiro de comida vencida. Depois de terem me ligado para dar a notícia, sua ausência repleta de presença povoou a casa. Tornei-me assombrada. A casa toda vibrando com seus roncos reverberantes e eternos, como caverna inexplorada, as aranhas nas paredes. No lixo do banheiro, os papéis higiênicos que você usou pela manhã, manchados de marrom, enfiados às pressas na minha boca, descendo pelo esôfago, como se assim eu fosse reter um pouco de você em mim, quem sabe morando no meu intestino uma lombriga, um parasita que antes houvesse habitado em você. Você circulando para sempre na minha corrente sanguínea.

(Eu nunca achei que esqueceria. O dia em que te conheci, nossa primeira noite, nosso casamento, o nascimento de nossos meninos... Esses momentos emblemáticos de inocente felicidade conjugal. Contudo, esqueci. Sobre eles uma névoa. Catarata da memória.)

Que ironia! Minha lembrança mais vívida, sensorial, colorida, incrustada na retina, tem a ver com o dia em que você chegou bêbado, enciumado, e atirou a panela de feijão contra a parede da cozinha. Esfreguei o azulejo com uma esponja por horas, chorei por dias, as manchas nunca saíram por completo, até agora uns respingos marrons no teto. Às vezes, sem aviso, sinto cheiro de feijão velho com detergente. Ele me sobe às narinas, nauseante, e fico feliz de poder me lembrar de você. Por isso, por ter me deixado esse traço invisível de lembrança – te perdoo.

Nossos filhos nos visitam, perguntam sobre sua vida, nossa vida a dois, e invento histórias que nunca aconteceram, lugares que não existem, falo de coisas que li nos livros. Eles não se importam. Sabem que é mentira. Acham que o Alzheimer me devora, uma tela em branco, um fundo preto. Mas ainda não me esqueci de dar comida ao gato. Do gato nunca me esqueço, pois ele precisa de mim e eu preciso dele. Somos interligados. O bichinho me segue aonde quer que eu vá, senta-se aos meus pés enquanto costuro, espera-me na pia enquanto cozinho, mia ao me ouvir voltando para casa, esquenta-me na cama tão grande e tão fria, de viúva senil, deitando nas minhas costas doloridas. Quando sinto sua falta, na solidão da noite, basta uma colher de requeijão e minhas pernas entreabertas. E no escuro do quarto vejo que o gato tem olhos verdes como os teus, meu amor, pois dos teus olhos me lembro, mas os dele brilham mais.

LELÉ

essa carta eu escrevo para o meu hamster, o lelé. o LELÉ a minha mãe e o meu pai me compraram pra mim porque eu falei que eu queria um bichinho mais a minha mãe não quiz dar o bichinho que eu queria que era um cachorro. mais não teve problema porque o lelÉ apareceu e eu gostei muito dele e a gente botou ele numa gaiolinha e ficava fazendo muinto barulho dentro do meu quarto porque no começo ele não gostava muinto. ele não queria fica dentro da gaiola e de noite ele ficava razgando os papéis que eu botava dentro pra ele fazer xixi e coco em cima e razgava a noite inteira um barulho alto que eu não conseguia dormir e minha mãe e meu pai dormia porque era no outro quarto a cama deles. o Lelé gosta de pão e de bolaxa de maizena mais não pode dar coca-cola porque faz mal mais eu acho que se pudeçe dar coca-cola ele ia gostar porque ele é muinto esperto. um dia eu senti que o xeiro do coco dele era muinto forte e minha mãe fico reclamando e eu ouvi ela falando pro meu pai que tava arrependida do lele e eu fiquei muinto triste e decidi da banho nele e levei ele pro quintal e dei banho nele com sabonete e água e ele ficou bem cheroso minha mãe não ia reclama mais dele ser fedorento. minha mãe e o meu pai eles falaram que ele moreu porque eu botei pra seca no sol e esqueçi e fui embora e ele ficou lá secando demais e o sol tava forte e quando eu voltei ele tava deitado de barriga pra cima e muuuuinto duro por causa do sol e eu chorei muinto e fiquei muinto triste. LELÈ, desculpa se eu matei você é que eu não queria matar eu só queria que você ficasse cherozo pra morar comigo mais um tempão to com saudade TE AMO!!!

TRÊS BEBÊS SEM NOME E SEM FUNERAL

Voltei da doutora agora de pouco, ela passou um remédio pra dor e pediu pra eu ficar calma e descansar e passar um tempo com os meus filho, com os meus neto, daí desatei a pensar em vocês três, que eu nem cheguei a dar nome. Aborto é filho? Eu fiquei pensando. Será que conta aqueles que morreram só um pontinho preto no meio da sangueira da calcinha, sem ajuda de cabide e sonda? Se é assim, era pra eu ter tido uns dez nessa vida. Mas esses eu não vou somar à conta, é filho demais e eu me perco nos número, só estudei até a quarta série.

De filho nascido e criado mesmo eu já tinha a Deise e o Rico, 4 e 2, quando embarriguei de novo do pai de vocês, e fui toda feliz contar porque eu sempre gostei de criança. Na minha casa a gente era em cinco irmã e três irmão, então a mesa cheia, sempre uns piolho pra catar, uns colo pra dar, uns beijo melado de manga na bochecha.

O Gerônimo voltou de duas semana fazendo entrega pelo estado, estacionou o caminhão, sentou na mesa pra jantar, eu fiz o prato dele, sentei do lado e contei, toda boba alegre, que tava esperando outro nenê. "O que qué isso, mulher? Virou coelho? Você acha que eu sou banco pra ficar sustentando filho? Dá seu jeito com isso aí. Além do mais, você fica muito feia grávida."

Então eu dei meu jeito, com um cabide mesmo. Deixei as criança na comadre, esquentei o cabide na água fervendo, passei um álcool, estendi um pano velho no chão de terra do quintal e fui cutucando lá embaixo. Uma dor de faca entrando que me tremia toda, um suor gelado escorrendo junto com sangue quente, feito mijo, ensopando o solo e a roupa, foi descendo, escuro que nem melado. Depois deitei na cama e fiquei lá o dia todo, ardendo de febre. Naquele lugar nasceu um pé de artemísia bonito, delicado, cheiroso, cheio de joaninha. Acho que você, o primeiro nenê que eu matei, era uma menina.

Os outros dois foram de sonda, que o próprio Gerônimo me deu, com um risinho zombeteiro, no Dia das Mães. Ele disse que arranjou com umas amiga que ele conhecia nas viagem dele, e naquele dia eu desci a mão naquela cara bruta, que já tava brotando barba cinzenta, que era pra ele aprender a não se meter com puta porque eu já tinha tido tudo o que era doença que se podia imaginar por conta das safadeza dele. Ele revidou e, no chute, amassou o segundo, que ficou vivendo dentro de mim uns dia ainda, coitadinho, me torcendo toda as tripa, travando minha coluna, depois entupindo a privada, que eu joguei soda cáustica pra desentupir, sem ter coragem de olhar.

O terceiro de vocês eu sei que era homem. Sei porque já tinha crescido, eu tava distraída depois que descobri da amante morando na nossa casinha na roça, fui lá apanhar umas fruta e lá tava a bonita, uma cara de sem-vergonha, fumando no alpendre, que nem se a casa fosse dela, imagina. O nervoso que eu passei, cada chumaço de cabelo que eu arranquei, até terra eu fiz ela comer, estourei tudo as tira da sandália de tanto me rolar com aquela cadela, depois em casa vi a calcinha molhada, percebi que a barriga tava inchada não era de gordura não, era de cria.

Bem que o Gerônimo falou que eu só servia pra fazer filho, mas o homem não me dava sossego. Quando você saiu na sonda, eu vi o pingulinho pequenininho e o narigão comprido, feeeeio, a cara do seu pai, cuspido e escarrado. Fiquei um tempão abraçando o corpinho, mas era novinho demais, não ia durar nem se eu tivesse feito tudo do jeito certo, que Deus queria. Mas eu não tinha juízo não. Você, meu filhote, eu enterrei bonitinho, viu? Enrolado num paninho bordado, com flor e tudo, debaixo da bananeira.

Então, um dia, os meus filho já crescido, eu já começando a sentir essas dor que parece que vai me matar hoje, chegou o Gerônimo do caminhão com um nenê novinho no braço. Disse que era filho dele com uma puta de estrada, menina nova, só catorze anos; disse que não queria cuidar do moleque, que ia jogar na rodovia pra passarem os carro em cima. Ele teve dó e trouxe pra mim e me pediu perdão de tudo e me falou que, se eu criasse o filho dele, ele prometia que ia mudar e ficar do meu lado pra sempre, e eu disse que eu ia é afogar o bastardinho que nem filhote de gato, e peguei o bebê e levei pra dentro, já enchendo a tina de água.

Mas foi só olhar um pouquinho mais que meu coração foi amolecendo, eu que adoro uma criança, não posso ver na rua que vou lá brincar, então peguei ele e criei que nem meu. Pra esse eu dei nome, Teodoro, tudo certinho. Ele cresceu e virou moço bom, trabalha na prefeitura, tá pagando meu tratamento no hospital, é o único dos meus filho que não sai do meu lado.

Igual vocês, meus rebento, vocês que eu tirei, mas nunca foram embora, ficaram aqui dentro de mim, em vários pedacinhos, virando uns tumores, depois um câncer, matando a mãe aos pouquinhos, em vez de uma vez só, de tanta dor no útero, que nem se ela parisse um filho por dia.

Mas não tem problema não, viu? Quando a médica me contou eu fiquei até feliz. Falei que não queria cirurgia, que não queria tratamento, que não queria tirar nada fora. Deixa vocês aqui, na minha barriga. Porque, no fim das contas, a mãe tentou abandonar vocês, mas vocês deram seu jeitinho de não me abandonar. Perdoa a mãe, tá? A mamãe ama vocês, meus anjinho. Sempre amou. Logo a gente vai se encontrar e eu já vou aqui pensando num nome bem bonito pra batizar vocês três.

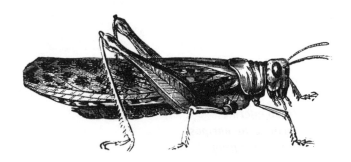

BRUXA
Ascalapha odorata

*"Associada à morte, ao inferno,
à desgraça, aos mortos, esta mariposa
noturna é considerada uma praga."*

O BERRO
DO BODE

Nº 20

INVENTÁRIO DE PREDADORES DOMÉSTICOS

Foi o berro do bode, esticado e sofrido, simulacro de choro de bebê novo, sinal ou presságio, que solidificou a decisão de prostrar-se de joelhos diante da moça que caminhava com as bestas, fosse quem fosse, sagrada ou profana, a implorar-lhe por filhos que vingassem no útero agreste. Quem, se não ela? Seio esquerdo inflado, saguis e filhotes de gato agarrados no mamilo preto a lhe sugarem o leite cor-de-rosa, estriado de sangue perfumado, um dos olhos branco, urubutinga da pele brilhosa às garras amareladas dos pés, camadas e mais camadas de queratina, como fungos de árvore, cogumelos ancestrais que surgiram no início dos tempos.

 Na cidadezinha eram famosas as mandingas e trabalhos da tal mulher, junto dela o barulho de centenas de cascavéis, ilusão de ótica do chão movediço, resultado das dezenas de chocalhos amarrados no pescoço, do tilintar dos ossos de pássaros nas canelas, dos dentes fortes de cachorro-do-mato enfeitando a cintura larga de parideira. As mulheres abaixavam as cabeças e mantinham silêncio, reverentes, quando ela passava — pupila horizontal de caprina, cheiro de damiana, tomilho, sangue, urina e couro molhado —, mas tão logo o ar deixava de vibrar com a eletricidade de seus cabelos de corda, eletrizados e abertos como leques, riam, tocavam umas nas outras, sussurravam nos ouvidos, o cantinho das bocas se tocando, cúmplices dos mistérios do amor e do parto, do gozo e da morte, magias das quais a osseira era detentora.

A recém-chegada, estéril e solitária, já largada por um par de homens viris – pois que serventia tem uma mulher que não embucha? – e vinda de outras terras, professorinha de primário, foi ouvindo aqui e ali, num ouvido e no outro, às vezes até dentro da cabeça, sobre os poderes e as travessuras da feiticeira. Dizia a mulher da vendinha que, para endurecer passarinho desanimado, bastava um coração de rola e um copo de menstruação amanhecida batidos com leite de cabra para que, um golinho por dia, o macho pulsasse como ferida aberta. Se não funcionasse, o simples ouvir do berro do bode fazia jorrar do homem o leite bebido, e então era só abrir as pernas, ou a boca, para que o líquido acertasse o alvo e, percorrendo os caminhos e túneis do corpo, se reciclasse em chama e paixão.

Se quisesse tomar o marido de outra mulher, a solução era mais complicada e até traiçoeira, contou a velhinha que, dia e noite, sentava-se a observar a rua de um banquinho na calçada: a apaixonada precisava, da maneira que pudesse, extrair fluido vaginal da parceira de seu amado. Levando o máximo que conseguisse até a mulher dos ossos, misturando seu próprio caldo ao frasco que, também, deveria levar canela, capim-limão e noz moscada, durante um mês deveria perfumar-se com a gosma preparada. Atrás das orelhas, em volta dos lábios, na dobra das virilhas. Vez ou outra, contudo, quando alguma mocinha cega de amor se empenhava demais no processo de coletar o material necessário, a cidade se enchia dos arrulhos das pombas, som desprovido de matéria, a acobertar o riso cristalino que fremia sobre as casas e, tão logo os habitantes sentiam um cheiro de mar e especiarias, ostra com páprica, sabiam que um novo casal surgiria, escondido nas sombras, um amor louco, infecundo, de batom borrado, saia rodada e laço de fita.

A professorinha escutava sem comentário, o cabelo cor de ferrugem dando cor ao mormaço que lambia suas panturrilhas, subindo da estrada que parecia não ter fim. Aos poucos, foi deitando com todos os homens que encontrava, um a um; o padeiro, o açougueiro, o padre, os meninos do colégio, sem tomar nota das mulheres que observavam, num conciliábulo mudo, mas fervilhante de ideias, de paciência, de sanha. Chegava a sair para outras bandas, atrás de bandoleiros, bandidos, o coração saindo pela boca sempre que voltava para casa escorrendo pernas abaixo, os pelos pubianos ressecados de esperma, na mente dezenas de crianças correndo à sua volta, chorando, de ranho gotejante nas narinas, mãos grudentas de lama e cheiro de papa na boca. Queria encher a sua casa. Queria que as crianças lhe roubassem a vida, lhe tirassem o vazio que crescia cada vez mais, como erva-daninha, enegrecendo capilares e veias dentro de si, saindo pelos olhos negros, que, meses antes, podia jurar, tinham sido acinzentados, quase azuis. Ainda assim, inevitável, a maldição de Eva lhe surgia violenta, obscena, inundando os fundilhos da calcinha, melando a parte interna das coxas, sujando a meia soquete de desmancho.

Passou a ouvir o que diziam as mulheres, disfarçando a cobiça que sentia ao ver as barrigas arredondadas das grávidas desdenhosas, que se banhavam com uma canequinha à vista de todos como para exibir sua condição de procriadora inata, de rainha da vida, mãe e deusa. Passavam a tarde costurando redes, trocando carícias, comendo frutas do chão, fumando cigarros feitos de ervas e jogando a cabeça para trás, sempre rindo para cima, como se zombassem da presença onisciente de um Deus que vigia, espioso, as curvas e as danças que fazem os corpos. Foi se assentando aos poucos, tímida e desapercebida, como poeira de estrada que cobre de vermelho o verde das plantas.

Um dia, depois de muita cantoria e fumaça, se aproximou de uma delas que, fazendo café para os visitantes que velavam o corpo de seu marido, doença de chagas no meio da sala de estar, lhe contou do segredo. *"Ela vem com o canto das cigarras, meu bem. Quando as bichinhas começarem a cantar, preste atenção ao berro do bode. Ele vai te mostrar o caminho da casa dela. Ela é a mãe de nós tudo. Ela é o Céu e o Inferno. Ela vai te dar um útero cheio."*

E assim foi. Naquela noite mesmo, as cigarras começaram seu ritual de acasalamento e transição e, esperando na janela, do terreno sob o luar da meia-noite, por entre as macieiras, a professorinha vislumbrou os chifres do bode que, de olhos amarelos e pelagem cor de terra, esperava para ser montado, escondido por entre a folhagem. Tirou a roupa, pulou pela ventana, achou que de perto o animal parecia um homem bonito, moreno, magro, de cabelos compridos e cheiro de fumo de corda. Não teve medo, riu alto, ajeitou uma mecha de cabelo atrás da orelha, corada, eriçada, segurou os cornos retorcidos e duros com mãos de amante. E com o lombo do bode entre as pernas, cavalgou em estado de semiconsciência, apenas levemente ciente da provocante fricção de seus genitais na pelagem macia da criatura, da lua que lhe queimava o branco das costas, formando um círculo vermelho em fogo na tez pálida.

A velha cabana deu sinais de sua presença atrás de uma grande aveleira. As janelas eram buracos negros cobertos de trepadeiras que, serpentes vivas, lembravam rastros de lágrimas, olhos que miravam a moça com o bode entre as pernas, imersa no negrume desconcertante do edifício em meio à bucólica paisagem, que, mesmo no manto da madrugada, parecia recoberta de verde e pontilhada de amarelo-ouro. Sobre as paredes corroídas da construção viam-se as sombras de dezenas de animais se movendo – lobos-guarás, tatus-bola, tamanduás, gatos-do-mato, ratazanas, urubus, jacarés, jaguatiricas, sucuris –, dançando, correndo, caçando, sob a luz da fogueira que iluminava a porta aberta, recoberta com um leve tecido cor de carne, sarapintado de musgo.

Desmontou, um fio de baba grudado no pelo lustroso do bicho, e quando ele se sacudiu, olhou para ela de lado, e entrou pela porta aberta, que recendia a placenta e mexerica, foi sem medo atrás do bicho que, soberano, postou-se a um canto, de pernas cruzadas, ereto, o falo apontando, vermelho, para fora. A osseira já explorava seus mistérios e não lhe prendeu olhar, mas acendeu com um só movimento a chama das velas negras, os chocalhos das cascavéis e os tilim-tilins dos esqueletos muito altos no quarto abafado e, lá fora, o som das bestas digladiando-se, uivando, bramindo, zurrando, sibilando, carne e junta, articulação e cartilagem, o fogo refletindo nos dentes, luz afiada de canino e morte.

De sentidos inebriados, a beleza da mulher lhe cegava, parecia-lhe imaterial o corpanzil enorme, curvado contra o teto da cabana, o seio gigantesco que vertia leite, o único olho branco, brilhante como pedra-da-lua. Ela, de início, permaneceu parada enquanto a mulher remexia gavetas, abria caixinhas, cheirava o conteúdo de potes de vidro, braços e ombros recobertos de aleluias, pernilongos, rola-bostas, aranhas-armadeiras. Depois, em transe, enlevada, como fosse tudo previamente combinado, foi se despindo com os próprios olhos, observando os seios descidos, as pernas flácidas, os pelos pubianos estriados de branco, todo o corpo murcho como flor crescida na sombra. Deitou-se com olhos bem abertos, notando os longos cabelos negros que se moviam sem vento, tambores vindos das paredes de cipó, de ouvidos nos gritos lá fora, em posição vulnerável, no chão duro de terra vermelha, sentindo pedras lhe espetarem a carne triste, insetos percorrerem seu torso resfolegante, as pernas molemente separadas, como se soltas de suas articulações, incapazes de andar, sustentar o peso de tanta vontade impugnada e acre.

Tomando tento do corpo que se arreganhava para receber de suas dádivas de mulher santa, a deidade se acocorou diante daquela fenda ressecada, o rosto agora parecendo velho, secular, coberto por um véu marrom, raízes nos cabelos, uma gota de sangue fresco no queixo. Estendeu com mãos enormes, de dedos compridos e contorcidos como cobras, tatuados com símbolos estranhos, o corpo de um bem-te-vi empalhado, e dali, do buraco de ouro do peito do pássaro canoro, puxou um pano sujo que desembrulhou, sorrindo, com lentidão. Revelando o conteúdo da oferenda, assoprou pó de osso sobre uma bolinha rugosa, cinzenta, opaca, que, segura entre seu polegar e indicador tortos, sob a luz das velas trêmulas, parecia pulsar de vida. *"Muitos filhos para você. Os olhos deles todos em cima de ti".*

A voz, coberta pelo canto de todos os pássaros, pelo grito de êxtase de todas as mulheres das cercanias, pelo farfalhar das folhas, cheirando a tumba violada e jasmim, entorpeceu seus sentidos, entrou como minhoca no ouvido, abriu buraco na sua cabeça e ali se instalou, como parasita, e a mulher chorou e riu em sua graça de fêmea, abrindo as pernas como quem recebe um amante que partiu há décadas, cheia de saudades e antecipação, abraçando a bolinha com a carne de suas entranhas como se quisesse conter o amor dentro de si, empurrando-a para o fundo com os músculos pélvicos, olhos fechados em frenesi, sem notar o frio cadavérico das mãos da velha senhora, nem seus dentes de onça-pintada que sorriam um sorriso onipotente.

Com o sol a lhe devorar o corpo nu, recoberto de picadas de formigas, acordou deitada sob a macieira do quintal na manhã do dia seguinte, sentindo febre e enjoo, o útero latejando de vida e expectativa. Como semente que brota, sentia-se partir, fragmentar, e tal sensação lhe parecia um preço justo a pagar para ser eterna, exercer sua vocação de mulher-feita, como mãe e senhora, procriadora e deusa.

E então esperou. E esperou. E ao fim de seis semanas e alguns dias, acordou no véu da aurora sentindo uma cólica forte e comichões e formigamentos que lhe desciam das virilhas até os pés. Quando afastou os lençóis, gritou — de contentamento, de pavor, de amor concretizado, transcendental e inevitável: centenas de filhotes de tarântula corriam para lá e para cá na superfície do colchão e sobre sua carne aberta, em frangalhos; entrando e saindo, as aranhas se alimentavam de buracos que vertiam sangue, milhares de olhos pretos fixos nela, a grande mãe, abençoada que tinha sido com a fartura da gênese.

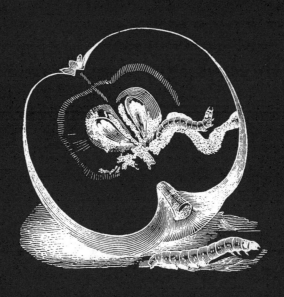

CRACA
Semibalanus balanoides

*"Reproduzem-se de forma constante,
e uma vez que grudem o exoesqueleto
em uma determinada superfície,
ficam ali pelo resto da vida."*

ME ESPERA

Nº 21

INVENTÁRIO DE PREDADORES DOMÉSTICOS

— Eu volto, mulher. Não sai daqui. Pode esperar que eu volto.

Foi o que disse, amarrando nas costas a trouxa de roupa, na cintura o facão, a cara sisuda fechando os olhos pro meu choro feio, guloso, de boca aberta feito bezerro novo. Olhou pro chão, raspou o barro da bota na quina descascada da porta e saiu com a primeira luz já quente da manhã. Eu vi ele indo; grande, escuro, e depois pequenininho, brilhante, na curva da estrada, pó vermelho levantando com as passadas, sem olhar pra trás nem abanar a mão nem uma vez. Sentei no degrau, debulhando cebolas, e só vi passarem os caramujos, devagar e babando, as nuvens pretas de mosquitos, as linhas de formigas, verdinhas de folhas, e depois os morcegos, pretos e volantes na noite escura.

Voltei para dentro, estiquei a rede, deitei e dormi com os olhos abertos, bem de olho na porta pra ver direito com olho de ave de rapina, a silhueta do meu homem assomando no escuro, voltando na saraivada da madrugada, a barra da calça molhada do orvalho da plantação. Só que ele não voltou. E eu esperei. Esperei. Meu corpo enraizado na rede, retorcido em visgo, trepadeira; às vezes no batente da porta, no tronco que prende a correia da porteira; e minhas crias todas se perdendo, se morrendo, elas juntas umas dez, acho que isso, porque só sei contar até oito. Fui perdendo um por um, no redemoinho do tempo. E eu, ali, congelada de estátua sem conseguir mover os olhos, que foram ficando vermelhos, secos, da cor da estrada sem fim.

O meu menino mais velho tomou partido da família e foi capinar a roça com a menina mais moça pendurada no lombo, branca que transparente em um mar e labirinto de veias azuis, precisada de um sol laranja a lhe queimar a tez, a lhe acender os olhos mortiços e leitosos, e ele já tão acostumado em trabalhar com a neném nos braços que uma de suas tetas inchou feito coquinho, a mama desenvolvida para nutrir, e no ritmo de vaivém da enxada, deixava a irmãzinha mamando com gosto na quentura da tarde a pino. Acontece que o leite era igual ao daquele dos espinheiros, e de dentro da boca ela foi criando bolhas de sangue, que estouraram pelo corpo em chagas e feridas, e o menino teve de deixá-la na sombra, dentro de um balde de água, para aliviar suas queimaduras envenenadas. Quando a bebê pereceu, inchada feito peixe-boi, ele partiu com a teta inchada mais diminuída, mas ainda escorrendo, poças de grude branco no caminho, e saiu seguindo o pai pela estrada, onde sei que morreu mais à frente. Não sei como foi, só sei pelo cheiro, pelo círculo preto e movediço dos urubus no azul do céu.

Os outros foram se perdendo por aí, na mata escura, na mão dos homens, nos dentes afiados dos bichos. Um deles comido por um formigueiro que parecia morrinho qualquer – foi se escorregar sentado na folha de bananeira, as formigas lhe entraram pelo cu, pela boca, pelo buraquinho do xixi, comeram tudo por dentro, por fora, depois montaram nele um castelo movediço. Posso ver daqui, do meu batente empoeirado, através dos meus cílios recobertos de ácaros, o branco de seus ossos miúdos, seu crânio de infante novo, uma morada de saúvas bravas.

Meu outro menino, o segundo mais novo, gordinho e faminto, chorou por noites e dias ajoelhado na frente de meus pés rachados, agarrado nas minhas pernas duras. Mamou dos meus seios secos, mastigou e engoliu os bicos, comeu os piolhos dos meus cabelos, a carne sob minhas unhas, a gordura de minhas pestanas; quando acabou com o que havia de mim, voltou-se para si mesmo. Passou a roer os dedos de criança roliça, a vida toda bem nutrida com leite de cabra, com polenta e cuscuz no café da manhã, e tomou gosto pelo próprio sabor – comeu até estourar o bucho, jogado no meio da cozinha revirada, devorados até os cabos das panelas. Depois, o que restou de sua gordura infantil foi comido pelos cachorros, e então estes pelo sol quente, pela falta de água, também partindo, moribundos, manquitolas, esquelescentes, na estrada.

Das meninas, muito morenas, muito cacheadas, muito magras, não sobrou nenhuma: a primeira, esmagada debaixo das rodas de um caminhão; a segunda, caída dentro do poço seco, pernas para cima, coluna quebrada ao meio, a boca cheia de areia ardida como última tentativa desesperada de aplacar a sede; a terceira e a quarta e a quinta, violadas por um grupo de ladrões de cavalos, fendas rasgadas e úteros perfurados por peixeiras. A mais nova, minha favorita, que eu carregava para lá e para cá apoiada nos quadris, menos de duas mãos de idade, empalada com um fio de arame farpado. Mesmo assim continuei sentada criando raízes, os olhos murchos vidrados no horizonte, no ar quente que se movia, desenhando ondas, vórtices, com o cheiro e com os gases da decomposição dos meus filhos mortos.

Então, à noitinha, ouvindo o pio da coruja, o canto das cigarras, o arrastar da cauda do jacaré no lodo, poeira se levantou lá longe, na curva que faz a sebe, e veio vindo criatura viva, respirante, quando nem pássaro ou cobra ousavam mais se aproximar. Fui tirando de mim as teias de aranhas, arrancando os galhos que brotavam de meus braços, afastando a poeira dos ombros, o mofo dos cabelos, sentindo correr as traças dentre meus dentes, insetos saindo da garganta. O meu amor tinha voltado. E, conforme foi se aproximando, pude ver seu corpo peludo, alongado, o focinho fino e comprido, o rabo de bandeira, os olhos líquidos. Levantei para recebê-lo, o papa-formiga, erguei as saias e ofereci o meio das pernas para que sua língua adentrasse. Dentro de mim, carinhoso, depositou uma gota de saliva riquíssima em açúcar, e a seiva percorreu meu corpo, grossa e abundante, nutrindo-me de água e lágrimas, passeando pelos meus capilares ressecados e me frutificando em néctar e lamento.

Enquanto eu chorava, dobrada em duas, arrancando tufos de cabelo com as mãos, os joelhos afundando na terra que já se encharcava com meu pranto, a casa então inundada – meus jorros d'água esguichando do buraco entre as pernas, da boca, dos olhos – o papa--formiga, papai-formiga, se alimentava, sem pressa, dos insetos que corroíam a carne jovem e decaída dos meus rebentos abandonados.

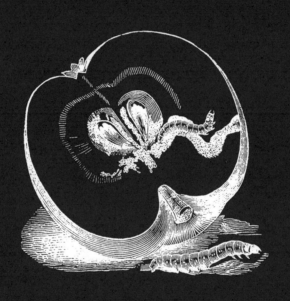

CARESTIA
Perreyia flavipes

"Larva que causa morte súbita em bovinos, ovinos, coelhos e suínos."

PORQUIZÔME

Nº 22

INVENTÁRIO DE PREDADORES DOMÉSTICOS

Com sangue veio e com sangue partirás.

Chegou pequeno e gordo no rancho, bolinha rosa e pelada, fedorenta, enfiada em uma carroça puxada por burro magro e carrapatudo, pisoteando cadáveres esmagados de leitõezinhos menos espertos, menores, encolhidos sob os corpanzis adultos. E o menino-homem, então só menino, olhou com atenção e olho de gigante o focinho molhado, os olhinhos pequenos, a forma arredondada dos quadris e da barriga, tão diferente dos porcões obesos e sujos que já viviam ali no meio da sujeira, e viu no bichinho sua própria imagem, como Deus nos primeiros homens teria visto se assim o quisesse, sua própria imagem de fome e sujeira e dor, e quando o pai jogou o porquinho, recém-saído da carroça fedendo a carniça, de qualquer jeito no cercado, como se fosse desprovido de corpo, uma pelota qualquer de ar sem maior significado, o menino que era só boca e coração não conseguiu guardar o amor, coisa nova, dentro de si, — pois os guinchos do bicho lhe chamavam como que pelo nome, coisa primitiva, um quê que xamânico na linhagem, o lado da mãe todo de índios delirantes mortos em roda —, e sem ouvir a proibição do pai, que era rei naquelas cercanias, ou pelo menos do lado de cá do ribeirão, Deixa o bicho, abriu o cercado e tocou com reverência, como quem toca um totem ou um seio pela primeira vez, na pele quente, macia, rosa, parecida com a maria-mole que a mãe raramente tinha dinheiro para comprar ou licença para fazer.

O alemão enlouqueceu de ódio ao perceber os ouvidos fechados do menino, Porco!, Se vai encostá na merda chafurda, miserávi!, e o senhor da fazenda, com seu cetro sempre ereto, desceu pauladas no jovem e desapercebido xamã que, ajoelhado, espiritualmente letárgico, aguentou de dentes cerrados as pauladas que o homem lhe deu com a vassoura usada pela mãe, lacaia e boba da corte e concubina, para varrer as folhas secas do alpendre. A mulher-mãe agora parada, menina-bebê nos braços, a barriga redonda de prenhice, esperando o marido terminar a faina, pois violência também é ofício, com seu olhar ausente, estrábico e meio bovino de vaca que aprecia a paisagem enquanto caminha ao matadouro. Mas lamentava o espetáculo de seu jeito ilógico, pois o espancamento a incomodava por conta de demorar de terminar seus afazeres domésticos – era cedo e tinha que passar o café, mas pra isso queria varrer o resto da casa antes. Por isso, foi com quase felicidade que recebeu de volta a vassoura e virou as costas para o marido, que, comicamente, esfregava palma na outra, satisfeito do trabalho feito, das poças de sangue de menino misturadas aos excrementos dos porcos, da mancha amarelada de hematomas e merda no rosto da criança, afastando-se então para a sombra porque encalorado do esforço e contente do serviço, e dentro da casa já com a mão estendida para a saia da mulher, para a bunda úmida de suor, que encoxaria contra a pia molhada, o mastro de soberano entrando sem licença, com total propriedade, sem tomar consciência do choro da menina-bebê que era sacudida no balanço da violação.

O menino-homem, caído em dores, despertando de leve desfalecimento, ousou desobedecer à vontade matadora do pai, distraído com seu papel de macho, e arrastou-se para perto do corpinho roliço, tremelicante, do porco, estreitando-o entre os membros de vergões já levantando, flamejantes, trazendo de dentro de si próprio um calor que nunca experienciara ou vira nos poucos anos de vida, acariciando o focinho molhado, beijando os olhinhos de contas.

E desde aquele dia tratou-o como a um irmão, como a mais bela criação de um Deus que não conhecia, mas que agora lhe parecia bondoso e justo, tão diferente daquele de que ouvira falar na igreja, um Deus que tira e mata e queima; e desde aquele dia, nas madrugadas, deitava-se com ele no chiqueiro e dormia abraçando a carne quente e macia do amor; fazia suas tarefas com dedicação dobrada, para terminar logo, saltitante, e ensinar a ele palavras, nomes de árvores, de bichos, de pedras; reservava ao amigo mais que a lavagem dada aos outros porcos, adultos e já meio emburrecidos pelos anos, mas seus próprios restos de ossos do almoço, pedacinhos de frango desprezados pelo pai; tudo o que poderia mastigar e tivesse gosto bom e fizesse do porquinho um mocinho forte e redondinho, como aquele que olhava de volta para ele no espelho de água do barril peludo de musgo verde escuro, recoberto de moscas.

Mas o homem não se fez de rogado com tal amizade e devoção, era bicho-ruim, bicho-homem; passada a trégua, as semanas, os dias, a manhã; capinada a roça, alimentados os cavalos, recolhidos os ovos do galinheiro, apareceu um dia de cinto na mão, chutando as galinhas que ciscavam na varanda, e entrou no cercado do chiqueiro, várias cachaças entornadas, mancha de mijo na calça, o rosto sanguíneo de antecipação, e puxou o menino pra longe, pisou na lama já causando desespero — seu bafo ácido fez o pequeno suíno fechar os olhos enquanto corria em círculos, confuso, mas certo do perigo

— aquele humano tinha cheiro de morte. E, rindo muito, pois não se importava o homem com o dinheiro gasto no animal, era do tipo que matava porque podia, para mostrar que era dono, que mandava e quem tinha juízo obedecia, na cidade vários buchos cortara, vários homens furara, em brigas de bar, em discussões de quitanda, porque para ele não havia diferença, naquela cidade, naquela casa, entre ele e Deus, o Todo Poderoso. Enlaçou o bichinho pelo pescoço e rodou, como via os vaqueiros fazerem com as cordas de rodeio, com pose de herói, de quem tenta pegar boi fujão. Arremessou o corpinho o mais longe possível, expectorando catarro esverdeado de tanto gargalhar, dor nas costas e nos músculos da barriga, e observou o menino correr, gritos mais altos que os soltados pelo animal, os outros animais berrando em uníssono, o susto e o choque da tragédia, e achou graça do rosto desfigurado do menino ao ver as quatro patas quebradas, a forma como o leitãozinho respirava fundo, de olhos fechados, o peito gordo subindo e descendo com esforço, quase agonizante. Dever cumprido, lição aprendida — que não mais o menino desafiasse suas ordens, rolando com porcos no chiqueiro, sorrindo com jeito de coió —, foi dormir com a consciência dos anjos, o choro do menino e do porco mesclados nos seus ouvidos como bela canção de ninar, a boca tão aberta que vieram moscas-varejeiras lhe pousarem nas gengivas. Que algo vivo brotasse dali.

O menino escorreu por dias, encharcado por fora, o fogo queimando por dentro revelado no vermelho das bochechas, no rachado da boca sardenta, na chama dos cabelos espetados de sebo. Deitava e acordava ao lado do porco, e com esperanças de criança estimulava o corpinho gordo a levantar, a dar um ou dois passos, mas os ossos se projetavam para fora e a carne vermelha atraía moscas. Já no segundo dia o porquinho oscilava entre dois planos, delirava e tinha as feridas cobertas de larvas, e o menino banhava o amigo em água morna, e resgatava dentro de si a memória dos antepassados, do lado nascido daquela terra, criando emplastros de grama, capim, qualquer coisa verde que encontrasse. Nos poucos momentos que entrava na casa era com olhos de lume que assistia o pai espancar a mãe por conta do almoço frio, abaixar a calcinha da irmã e mexer lá embaixo com o dedo sujo, grosso e obsceno, quebrar a louça quando alcoolizado, já esquecido da existência do porco, do menino, como se ambos já estivessem mortos, simultaneamente, fossem os dois a mesma coisa, mesma carne insignificante, mesmo desperdício de tempo, espaço e oxigênio.

No entardecer do terceiro dia, o porco tinha febre, expelia sangue pela boquinha entreaberta, estremecia os membros no colo santifica-do do menino, seu protetor, que entoava rezas inventadas, pedindo ajuda a uma entidade qualquer, qualquer uma que lhe escutasse e salvasse o porquinho da morte certa, lhe recuperasse os cotocos de pernas, o interior liquefeito, já cheirando a carne apodrecida. Então, de dentro da casa, enquanto despejava água fervendo da janela, a mãe com a menina-bebê encarapitada na cintura, mosquitos no ranho seco do nariz, viu quando uma mulher surgiu das sombras, os pés levitando sobre a lama no curral, corpo nu cheio de contas, pele marrom, mãos vermelhas de sangue, e cochichou no ouvido do menino que, com o porquinho quase morto nos braços, a expressão de luto e ternura nos olhos revirados, era um simulacro blasfemo de Maria e seu filho. Depois, viu quando o filho se levantou, colocan-do carinhosamente o porquinho no chão, sobre cama arranjada de folhas, e veio vindo na direção da casa, a mulher estranha parada lá longe, depois correndo de quatro, entrando em um buraco dentre as raízes retorcidas de uma árvore.

Esperou. Tirou o facão de matar porco do gancho na parede da cozinha, entregou na mãozinha grudenta do filho, tomou a me-nina-bebê pela mão, ligou a tevê no desenho, não tinha problema o volume, o marido não iria se importar, e ouviu o filho guinchar como os porcos e o grito desavisado do bicho-homem voltando cambaleando do bar. Em seguida, o barulho do sangue saindo pelo buraco debaixo do sovaco, o cheiro dos intestinos que se soltavam, mais forte que o excremento dos porcos, e eles correndo, entrando dentro da casa, a filha pela primeira vez quieta, os olhos secos, grudados na tela brilhante, lá fora o marido sangrando, tanto vermelho no roxo da noite, e o filho ajeitando a boca do porquinho no talho que jorrava, como quem dá água a um andarilho sedento. Os porcos de repente muito vivos, saltitando no ar, gritos cortantes, voltando para fora em círculo – o marido sendo picotado, partido em mil pedacinhos, os suínos comendo, suculento o músculo, crocante os ossos, e o cheiro dos porcos, mais tarde, uma mistura esquisita de porco e de homem, porquizôme, alguns peludos, outros mais vermelhos, uns poucos nervosos, de temperamento difícil, se atacando nos cercados, senhores da morte. O porquinho andando em duas pernas, restaurado, de mãos dadas com o filho, ambos tomando o caminho da estrada, de costas nenhuma diferença, qual deles porco, qual deles homem? Não sabia, enquanto ela, já no quarto, passava o batom vermelho, há tanto tempo guardado no porta-joias de bailarina dançante na penteadeira. O batom vermelho na boca, os cabelos soltos, com mãos carinhosas colocando o disco de Oswaldo Montenegro no toca-discos, rodando no quarto ao som dos bandolins, mãos aracnídeas envolvendo a barriga redonda de vaca prenha, certa de que, lá dentro, crescia, com a benção divina, um filhote de porco.

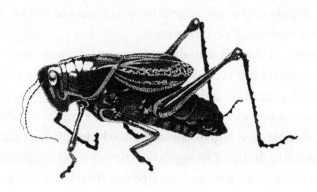

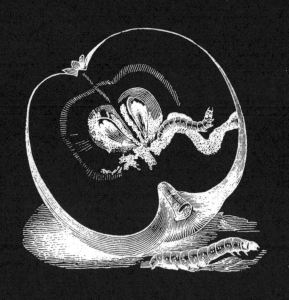

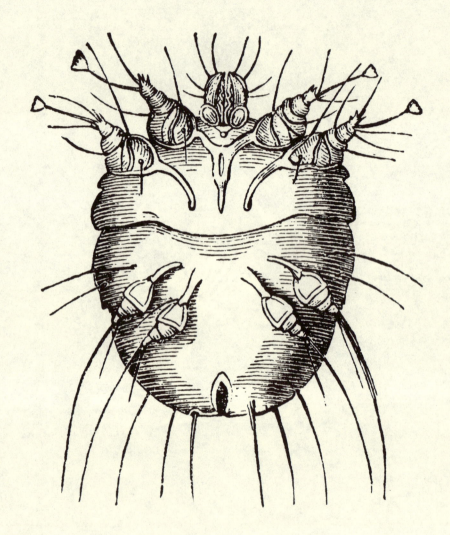

ÁCARO
Tetranychus urticae

"A infestação desse animal pode provocar rinite, conjuntivite, escabiose e tosse crônica."

VISITANTE
NA JANELA

Nº 23

INVENTÁRIO DE PREDADORES DOMÉSTICOS

Debaixo da mesa aqui na casa da minha tia dá para ver os pés das amigas delas, os pés das cadeiras, um montão de teias de aranha que parecem nuvem na bordinha de cima da mesa, e o tapete vermelho e amarelo, com vários desenhos que parecem cobras e tendas de circo com franjinhas em volta. Eu vejo os meus pés, eu vejo o meu carrinho de madeira, e eu vejo a sujeira preta debaixo das minhas unhas, porque eu cutuquei os livros empoeirados do meu tio. É que quando eu venho aqui eu gosto de ficar colocando um em cima do outro, assim eles viram castelos, ou então eu deixo alguns abertos e em pé pros meus carrinhos passarem dentro do túnel que eles fazem pra se proteger da chuva. Hoje está chovendo, eu tenho muito medo de chuvona e fico prestando muita atenção, ouvindo o barulho, mas de debaixo da mesa é mais baixo e escurinho, e o trovão parece que fica longe, então não tenho tanto medo, eu até gosto, quando não faz aquele brruuum, e derruba as árvores e cai raio no poço, que nem outro dia, quando eu não tava aqui, mas tava na escola, e todo mundo gritou com o galho que bateu no telhado e furou e depois ficou caindo água tudo dentro. Demorou um tempão pra cobrir o buraco. Mesmo assim, eu gosto de ir pra escola. Outra coisa que eu gosto é de ficar na casa da minha tia porque a minha tia gosta de me pegar no colo quando vai tocar o piano, e eu fico sentado nas pernas dela e coloco a mão em cima das mãos bem branquinhas dela, igual a minha mãe fazia comigo quando ela ainda tocava o piano, mas agora ela não toca mais e nem me pega no colo porque se pegar ela cansa muito e precisa logo deitar. Quando ela deita eu vou junto e sento na cama bem quietinho, só posso se ficar em silêncio, e brinco em cima das cobertas com os carrinhos – eles não rolam muito bem em cima do cobertor, então eu tenho que fingir que as dobras são montanhas e passo com o carrinho por cima delas, mas não encosto –, e a minha mãe fica olhando e às vezes pergunta alguma coisa, se eu tô sendo bom menino, se eu tô obedecendo meu pai, mas nem todo dia. Ela sempre tosse muito, às vezes ela dorme, e eu deito do lado dela no travesseiro e fico colocando a mão nela e chamando o nome dela, bem bonito, Estela, parecido com estrela, ouvi falar que é por isso, e eu chamo ela não é só porque o nome é bonito, mas é porque eu não gosto de quando ela dorme. Quando ela dorme ela fica parecida com as fotos das pessoas dormindo que o meu pai guarda na gaveta do escritório dele – um dia ele me mostrou e mostrou o meu avô, pai dele, a minha avó, mãe da minha mãe, uns primos meus, meu irmãozinho que veio antes de mim e foi morar no céu; mas eu não gosto deles, eles parecem chatos e tristes, de olho fechado em todas as fotos, sempre de braço cruzado e com roupa preta. Eu não ligo de não ter conhecido meu irmãozinho. Eu não ia querer que a minha mãe tivesse dois filhos, porque ele também ia querer ficar no colo quando ela tivesse descansado e ela ia cansar depois de pegar ele e quando é que eu ia ter a minha vez?

Na casa da minha tia eu só não fico no colo o tempo todo porque daí eu é que me canso: quero correr e esconder debaixo da mesa, que é meu esconderijo secreto – daqui eu vejo tudo e todo mundo, mas ninguém consegue me ver. Hoje eu tô vendo, Veja só, senhor carrinho vermelho, eu falo pro meu carro fazendo voz de locutor de rádio, tem um monte de moças conversando e tomando chá e comendo vários bolos que a tia da cozinha fez, e elas me trouxeram presentes, carrinho, pião, maçã, chocolate, e ficam me beijando e me apertando as bochechas, às vezes chorando e passando a mão na minha cabeça, e isso me deixa esquisito por dentro, parece que eu não consigo engolir, tem uma bolinha dentro da garganta. Igual o dia em que engoli bola de gude porque tentei assoprar pela boca pra ver se batia nas outras, mas aí chupei; ficou entalada, a mãe nervosa, tossindo mais que eu enquanto me pendurava de cabeça pra baixo. O pai tentou ajudar, mas parece que ficou mole de susto, tropeçou no tapete e caiu de joelhos perto de mim, com cheiro bem forte de remédio na boca, o copo que tava na mão dele quebrou, e quando a bolinha saiu voando ele riu um montão e a minha mãe não viu graça, chorou, me colocou no chão e saiu andando pro banheiro, com o lenço tampando a cara, cof-cof-cof. Ele foi atrás e me deixou sozinho, mas não teve problema porque já tinha passado o susto e eu consegui recuperar a bolinha de trás da cortina, decidi continuar jogando no tapete mesmo.

"Edgar, venha aqui, meu querido. Mostre para as visitas como você puxou à sua mãe – o menino já sabe tocar lindamente o piano", minha tia chamou, e eu fui, meio com vergonha de todo mundo olhando pra mim, e sentei sozinho no banco alto, que sempre doía o ossinho da bunda, feito andar de bicicleta, que é uma coisa que eu sei que dói a bunda porque já me contaram, mas eu ainda nunca andei. Minha mãe tem medo, ela diz que é perigoso bater o guidão no peito e quebrar as costelas, perfurar o pulmão e perder o ar. Toquei um pouco a música bonita que eu aprendi com a minha tia, daí, alguém bateu na porta e fui correndo abrir porque achei que era minha mãe – ela sempre bate assim ó: um, dois, três, quatro tocs, toc-toc, *do-ré-mi-fá-fá-fá*! Ficou todo mundo olhando quando eu abri e não tinha ninguém, nem meu pai, nem meu tio, nem minha mãe, nem a vizinha que vinha trazer a roupa passada e engomada da minha tia. Toc, toc, toc, toc, toc-toc, tava vindo de debaixo da mesa, e eu corri lá para baixo e ouvi o silêncio, e senti o cheiro da minha mãezinha, pó de arroz com cânfora e catarro, mas as visitas continuaram sentadas, com as mãos todas no colo, muito sérias, de onde eu tava nem dava para ver o rosto, parecidas com umas estátuas que eu vejo nas fotos dos livros do meu tio. Minha tia sorriu para mim, o rosto todo brilhando escorrido, quando foi que ela se molhou?, e com a chuva ficando mais forte, parecia até que era noite. Veio vindo voando um pardal, todo molhadinho, coisa pequenininha marronzinha, pousou do lado de fora e bateu com o biquinho na janela. Toc, toc, toc, toc, toc-toc. "Minha irmã morreu", minha tia gritou, e pulou da cadeira como se tivesse uma tachinha ali e abriu a janela para deixar o passarinho entrar, e eu fiquei olhando o passarinho na mão dela, com as perninhas fininhas, e o bico abertinho querendo respirar, as moças todas gritando, puxando os cabelos e me segurando e apertando meu corpo, eu também querendo respirar, e eu vi a minha mãe ali, os olhos castanhos da minha mãe, o peitinho subindo e descendo, e corri para ela, tirei à força das mãos da minha tia, mordi, arranhei, e segurei a boca da minha mãe na minha e respirei forte. Respirei e assoprei dentro do cheiro de minhocas e terra molhada, e fui assoprando e assoprando, e assoprando naquele buraco, até o pardal parar de se mexer e fechar os olhos.

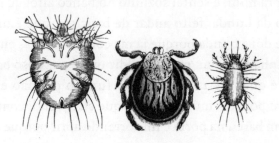

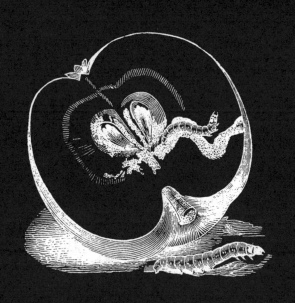

VIÚVA-NEGRA
Latrodectus hasseltii

"Aranha de hábitos noturnos, conhecida pela mancha vermelha no dorso e por praticar canibalismo sexual com o macho."

SORRISO
NOS LÁBIOS

Nº 24

INVENTÁRIO DE PREDADORES DOMÉSTICOS

Garboso, bem-apanhado, presença cavalheiresca e bigoduda envolta em linho e tabaco, figuraça de interior, Clark Gable daquela cidadezinha pacata, de ruas sinuosas de pedras e gente mexeriqueira, o rapaz, que as tias chamariam de bom moço, moço de família, era a promessa das mocinhas daquele lugar, que viam, no espelho de seus sapatos bem engraxados, no brilho de seu bigode preto, na casa de dois andares, do tamanho de um quarteirão, a ponte para um futuro cosmopolita, além daquela terra de lamaçal e pastos, que exigia delas apenas uma coisa: o casamento com um homem que lhes garantisse conforto e segurança para ter filhos e a mão aberta para pagar a cabeleireira, a costureira e a empregada de uniforme e bandeja de prata.

Filho de fazendeiro, boa vida, dândi moderno, aquele ali passava os dias de pernas para o ar, despreocupado com os estudos de advocacia, com o charuto em uma mão, o chapéu na outra, frequentando o cinema todas as sextas-feiras só para flertar com as senhoritas, assistindo a jogos esportivos, indo à capital para ver corridas de cavalo, beber em coquetéis e visitar casas de famílias distintas, fingindo interesse em alguma adolescente tímida e histérica, que depois perderia o sono pensando nos olhos sedutores dele, enquanto o rapaz passava a noite no bordel, dividindo a cama com alguma meretriz de rosto vermelho e branco, batom, rouge e pó de arroz.

Naquele dia (dizem as testemunhas oculares, cotovelos calosos de se apoiarem nas janelas), nosso galã livresco estava encostado em um banco da praça central, observando os tornozelos femininos, pernas esbeltas que dançavam circulando o coreto, crianças que corriam com balões coloridos, sentindo o cheiro doce da pipoca caramelada, perdido na espiral de fumaça castanha que soltava seu charuto, a ponta em brasa, tocha perfumada na semiescuridão do entardecer.

Tinha marcado um encontro com a filha do dono da sapataria, lindos olhos esverdeados, dentinhos pequeninos e brancos, uma teteia, que esperava, depois de algumas voltas ao redor da praça, topasse se esconder com ele na parte escura atrás da igreja. Antegozando os minutos de prazer dali a pouco, o rapaz apagou o charuto na sola do sapato e, ao levantar o olhar, viu uma moça, encostada sozinha a um carvalho, árvore anciã do tempo de fundação da cidade, observando a comoção da festa, com um sorriso melancólico no rosto. Os cabelos negros, a pele perolada, o vestido branco, tudo nela lhe remetia ao mais frágil e precioso marfim.

Ébrio de encanto, faceiro e saltitante, decidido a mudar de alvo, sem descolar os olhares da fêmea, porém apressado e preocupado que a outra chegasse a qualquer momento, aproximou-se desavergonhadamente e ofertou-lhe, com trejeitos de artista de cinema, uma maçã do amor comprada às pressas, como se esta fosse uma rosa da cor do rubi, lapidada no mais doce açúcar. Com o semblante distante, estatuesco, a moça aceitou o presente e encarou-o sob a luz quente dos postes a gás com um olhar gélido, distante, pouco impressionado. Chocado, emocionalmente abalado e irremedia-velmente apaixonado, como o são os jovens, o rapaz observou por alguns segundos enquanto ela virava as costas e saía sem dar resposta, carregando consigo a maçã como quem carrega um cetro, alto símbolo de poder, escuridão adentro, deixando para trás a iluminação artificial, a festa, a música, e as silhuetas acolhedoras das árvores.

Caminharam juntos pela rua de pedras brilhantes, grandes pa-ralelepípedos refletindo o prateado da lua cheia, o rapaz ensaiando um sapateado, tão alto era o pá-pá de seus sapatos engraxados em detrimento do silêncio das passadas de nuvem da moça. Dizem os velhos que ela parecia nem tocar o chão, tamanha era a leve-za de suas sapatilhas de bailarina, toda sua figura remetendo a uma boneca girante sobre a tampa de uma caixinha de música. Atravessaram a cidade, a língua ágil do rapaz movimentando-se ininterruptamente em elucubrações de admiração e egocentrismo, os olhos claros fixos no semblante imóvel do rosto de pintura clássica, olhos como buracos negros sobre lábios cheios e rubros de contos de fadas, as sombras das árvores a lhe desenharem ara-bescos sobre as bochechas aveludadas.

Andaram por um tempo. O rapaz fazia perguntas, saltitando ao redor dela como um filhote de cachorro, suplicando por atenção, curioso acerca do nome dela, de onde vinha, do que gostava, mas a moça não respondia, nem lhe voltava os olhos, atenta à lua que, como farol, iluminava o caminho. Foram se aproximando do muro branco do cemitério, recoberto por trepadeiras, movediço de escor-piões e baratas, pontas de cruzes como lanças a impedirem, se não a entrada, então a saída. Entreabrindo os lábios pela primeira vez em um sorriso, mas ainda muda, só então a moça estendeu a ele a mão pequena e fria, assim estava a noite, e o guiou por um portão quase escondido, rajado de ferrugem, sob as folhas de um salgueiro chorão. Ele foi, orgulhoso de mostrar sua coragem diante daquele jardim de mortos e suas superstições, ansioso por impressionar a moça em sua estranheza, por manter segura, dentro das dele, a mão dela.

Andaram, iluminados pela lua cheia, amarelados, luminescentes, passeando dentre as cruzes e mausoléus, criptas e lápides, acordados na sonolência dos cadáveres, como se fossem únicos no mundo. Ele se sentiu fremente, sensível aos sons da ventania na folhagem, dos grilos escondidos na escuridão, aos barulhos de explosão que faziam os recém-enterrados, pois, já ouvira dizer das bolhas de gás, do fogo fátuo, que pintava de verde o ar noturno, fazendo com que os antigos, os ignorantes, contassem histórias, temessem andar por aquelas bandas ao entardecer, crentes de encontrar demônios, assombrações, maus agouros. Não se permitia sentir medo, não era dado a tais demonstrações vergonhosas de humanidade.

Distraído com tais visões, levou alguns segundos para perceber que, poucos passos à frente, a moça tinha parado, e, apesar do vento, seus cabelos estavam imóveis nas costas, como uma manta negra. Diante dela, jazia uma cova aberta, terra vermelha remexida, que dava vertigens pela profundidade. A mulher, então, virou-se para ele, travessa, desta vez ostentando um sorriso escancarado, dentes de fora a fora, enormes, brancos. Falou pela primeira vez, a voz era rouca, velha: "Se você entrar, te mostro uma coisa.".

Ele, então, teve medo. Não sabia se era a boca enorme, a voz antiga, os dentes que agora pareciam lupinos, o silêncio absoluto que habitava o cemitério. Negaria uma loucura dessas, sujar o terno asseado, os sapatos engraxados naquela tarde mesmo, mas viu que as mãos dela subiam por debaixo da roupa, erguiam o vestido branco como se fosse um leve lençol, deixavam entrever as coxas brilhantes, peroladas. "Eu te mostro uma coisa", repetiu, a voz trêmula de antecipação, a boca esticada, os olhos arregalados, sem piscar, grudados nos dele.

O rapaz desceu então o buraco, como se fosse marionete, títere nas mãos da mulher, os pés afundando até as canelas na terra fofa, úmida de garoa. Não conseguia desviar o olhar da curva macia das coxas, que se revelava sob a barra do vestido. Observou de baixo enquanto a moça assomava sobre ele, grande e imperiosa, ainda segurando a maçã do amor nas mãos, e se agachava, pousando as coxas em V perto de seu rosto paralisado, de boca molhada, saliventa, de pelos arrepiados.

Enxergava as coxas em V e uma escuridão entre elas, que a moça lentamente desvelou, como quem revela uma carta de baralho: uma flor vermelha que desabrochava, em camadas, exalando perfume de fruta, que o homem quis logo beijar. E beijou, segurando o quadril macio entre as mãos, roçando com os lábios, com a língua, babando e misturando saliva ao suco doce que molhava a entrada. Em êxtase, o rapaz, ao se afastar para tomar fôlego, encontrou certa resistência; no vão de seus lábios, outros lábios grudaram-se aos seus, e arregalando os olhos viu, na flor vermelha, outros olhos negros, mais antigos, dezenas deles, que se reviravam em delírio. Então, da boca que amortecia seus gritos, surgiram dentes pontiagudos, como milhares de agulhas, a lhe devorarem a boca, o nariz, os olhos.

Na manhã seguinte, toda a cidade fez uma procissão para ver o corpo do belo jovem — recoberto de orvalho enrijecido, deitado com braços cruzados sobre o peito na cova pronta, o membro ereto e gotejante, uma maçã vermelha presa nos dentes brancos, um sorriso nos lábios.

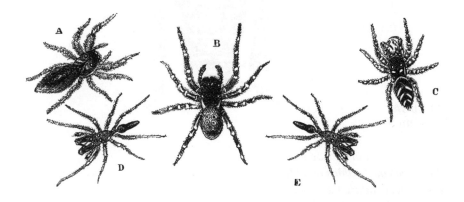

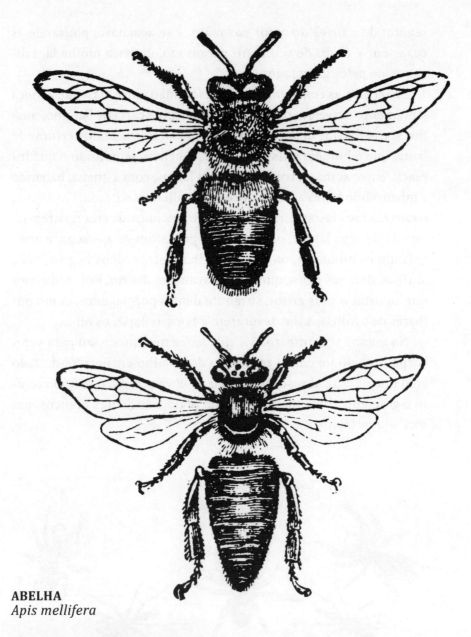

ABELHA
Apis mellifera

*"Através da regurgitação de enzimas
digestivas misturadas ao pólen,
essa espécie fabrica um alimento
de alto valor nutritivo."*

VAMOS

O PÃO

Nº 25

INVENTÁRIO DE PREDADORES DOMÉSTICOS

No domingo de Páscoa, só os gatos não participaram do café da manhã na cozinha da casa de dona Donata, pois tinham estado estirados sob o sol frio da manhã de abril, embolados como ratos, já que, na década de 1950, o frio era mais doído, exigia um casaquinho de lã, pelo menos, ou uma mantinha de tricô nas costas – é o que me disseram. Além de quê, poucos são os gatos que se interessam por pão e café com leite, tampouco pela ressurreição d'O Salvador – na época não se tinha notícia de tais preferências, sempre foram animais reservados, os felinos –, portanto, ninguém se preocupou em convidá-los para o evento matinal, por mais rigorosa que fosse a participação de todos os outros membros da família.

Zezinha era moça boa, por isso buscou os pães bem cedinho na padaria recém-aberta do bairro, diz que era de um português que há pouco tinha se movido para lá – acham que fugido por causa de dívidas, a bebelança era muita e o dinheiro era pouco – mas se esqueceu deles, jogou o saquinho de qualquer jeito num canto molhado da pia, tão logo chegou em casa e viu os biscoitos doces que a mãe havia feito, cheirando a manteiga e ainda desprendendo fumaça, o açúcar brilhando como diamantes sobre a superfície dourada. Moleca de tudo, a mão estampada de sardas, pegou um belo d'um punhado e foi à calçada chutar pedrinhas, catar coquinhos, acariciar umas galinhas, tão bonitas, tão ruivinhas. Viu o moço de todos os dias subir a rua assoprando as mãos, o casaco rasgado em um dos cotovelos, e surpreendeu-se sentindo pena de que fosse trabalhar na fábrica até no domingo de Páscoa; ô, coitado dele, sempre tão rasgado e tremelicante, as mãos endurecidas e as pernas compridas de seriema deixando claro seu semblante de pássaro, de filhote chutado do ninho. Atirou uma latinha na direção da figura alta, afiada feito faca, e escondeu-se atrás das árvores, achando engraçado perseguir o rapaz até que desaparecesse quarteirão abaixo, na neblina da manhã. Se soubesse que se casariam dali a alguns anos, que teriam quatro filhos e alguns netos, só riria e apanharia uma manga qualquer, sorvendo-a como um bebê sorve o leite de uma mamadeira — não lhe interessavam essas coisas bobas, do amor e do destino.

Enquanto isso, na cozinha, Dona Donata arrumava a garrafa térmica e as xícaras de porcelana, a toalha de mesa bordada em flores roxas, impecavelmente branca, ornando com a capinha de crochê do bule e da talha. Os pães que Zezinha trouxera, meio úmidos da pocinha da pia, enfeitavam o cesto ganhado na última quermesse, obra de dona Rosa, a vizinha, fazedora dos artesanatos de igreja, e exímia fritadora de bunda de içá, no calor das comemorações de dezembro.

A matriarca terminou as arrumações gastronômicas, sentou com ares santos seu grande corpo de italianona, braços como troncos de árvores, ancas caindo para fora do banco, e com a boquinha desdentada gritou Zezinha, Enzo, Lúcia, Antonela, Enrico, Rinaldo, Geovana para que viessem à mesa e repartissem o pão em nome de

Nosso Senhor, o Jesus. Os filhos todos se reuniram à sua volta, como pintos debaixo da asa da galinha-mãe, e pegaram os pães da cestinha, um a um. Conforme cortavam e abriam como concha suas paredes crocantes, podiam ver detalhes diferentes – pedacinhos vermelhos, verdes e alaranjados contrastando em meio à massa branca e sempre imaculada do filãozinho.

Dona Donata irritou-se, "Mas esse português me inventa de fazer pão temperado no Domingo de Páscoa? Se eu quisesse comer pão com negocinho no meio eu pedia!", mas acabou comendo tudo com a boquinha murcha, achou gostoso, salgadinho, pegou até outro, porque Zezinha era cheia das frescuras; rejeitou, preferiu tomar o café puro mesmo, não gostava de novidades, para comer era um sacrifício: só gostava de fruta e biscoito.

Era mocinha ativa, mas tinha os ossos frágeis, mal-nutridos, reumatidos. Tomar leite e comer carne lhe dava engulhos. Um dia viu uma galinha no quintal comer baratas que a mãe enxotava de um buraco com a vassoura, depois disso, quando via frango assado, soltava as tripas ali mesmo, a cabeça alourada por cima da jardineira que a mãe regava três vezes por dia. Cedeu com prazer o pão temperado, festivo, de manhã de Páscoa. Depois, foi dar uma volta enquanto a mãe ia até a casa de dona Rosa, falar com Naná, amiga desde quando as duas usavam o mesmo lacinho de fita. Tinha ela experimentado do pão do português? Tinha. O gosto era bom? Um gostinho bom, diferente, né! O verdinho achava que era orégano, o vermelhinho tomate, o laranjinha, de certo, um pouco de cenoura ou de queijo, ainda não sabia, só sabia que a família inteira tinha gostado da novidade, e a mãe tinha ido até levar um pouco do pão pro padre Totonho antes da missa das oito, todo mundo que encontrou no caminho indo comprar um pouco mais pra poder comer mais tarde, no cafezinho das quatro horas com um bolo de fubá, uns biscoitos de nata, já pedindo pro padeiro continuar, quem sabe não virava parte do cardápio da padaria. Decerto era coisa de Portugal, o progresso finalmente chegando à cidadezinha, que coisa boa!

A igrejinha branca, onde padre Totonho reunia seus fiéis, ficava no alto de um morrinho de onde dava para ver o vilarejo todo, desde a venda de seu Josué até a loja de tecidos de dona Aparecida. Às oito em ponto, o sino avisou o início da missa e lá foram todos os habitantes da cidadezinha, umas dezenas de gentes narigudas e brancas, com gestos exagerados nas mãos e manchas de sol debaixo dos olhos. Padre Totonho falou seu sermão manjado de Páscoa, a mesma lenga-lenga sentimentaloide de ressurreição de sempre, mas, só na hora da comunhão percebeu que tinha se esquecido das hóstias. Foi um momento de breve constrangimento – juntou as mãos branquinhas de quem nunca pegou numa enxada nem num peitinho de moça e pediu perdão a todos os presentes, pois o corpo de Cristo, ressuscitado, não se fazia presente na sua casa aquela manhã. Seu silêncio de homem santo foi interrompido pelo barulho de sacos sendo remexidos; enfeitiçados pelo sabor misterioso do pão temperado do português, os fiéis tinham passado na padaria antes de irem à missa e pegado tantos quantos pudessem, beliscando um pedacinho aqui, outro ali – enquanto o padeiro não entregava novas fornadas, prometidas para depois da cerimônia.

Como se carregando o verdadeiro corpo de Cristo, reverentes, emocionados, os habitantes da cidade enfileiraram os pãezinhos diante da cruz, sobre a mesa coberta com santo pano, ao lado da garrafa rústica de vinho – o sangue de Jesus estava sempre presente, inclusive fora dos cerimoniais e ao lado da cama do clérigo. Consagradas as iguarias divinas, padre Totonho chamou-os para comungar e, depositando um pequeno pedaço na mão de cada, ofereceu-lhes o corpo daquele que morrera na cruz pelos pecados da humanidade, sem se importar que os fiéis mastigassem o pão sagrado – afinal, aquela era uma exceção, e o pão francês não se derretia na língua com a mesma facilidade da santa hóstia. Enlevados pelos sabores exóticos e pela santidade do ritual, fizeram da cerimônia uma festa, hereges e profanos, quase pagãos, esquecidos de estar em terreno sacrossanto, dividindo o vinho no gargalo, falando alto entre si e cantando abraçados os hinos de Páscoa, como se ébrios, pazzos.

Então, subitamente, Bebeto, vizinho da padaria do português, adentrou as portas já abertas da igreja com uma revelação: "Vômito! É vômito!". O povo todo olhou para ele sem entender, com farelos nos cantos da boca. "O português vomitou na massa do pão! Ele bebeu a noite inteira no botequim do Paulinho, depois passou mal a madrugada toda.", na mão de Bebeto, como prova de seus argumentos, o alimento e um saco com um líquido amarelado dentro. "Ele não para mais! Vocês gostaram tanto que ele agora está guardando tudo aqui nesse saco, para despejar na massa da próxima fornada de pão".

Zezinha, por sua vez, fugida da missa logo de início, – gostava de rezar nos ecos do silêncio –, agachada na jabuticueira como um passarinho, o chão ao redor manchado e pisado das cascas da fruta pretinha, como o olho do moço magro que ia lhe roubar a liberdade, depois, mais tarde, ouviu os gritos dentro da igreja e os confundiu com as aleluias de sempre. Foi só quando as portas se abriram e os corpos se jogaram para fora, embolados como novelos de lã, e os jatos de vômito correram brilhantes sob a luz do sol, para cima e, depois, para baixo, como a fonte da praça central, que foi acudir a mãe, dona Donata, em seus quase duzentos quilos de vômito e mal-estar.

A mocinha, então, viu o espetáculo que incendiaria seus olhos por toda a vida, presente tão logo pisasse em uma padaria ou ouvisse o barulho de uma faca cortando uma fatia qualquer de pão de sal: as senhoras e mulheres mais jovens empilhavam-se nos degraus de pedra da casa de Deus vomitando entre os joelhos recatadamente abertos, uma das mãos tapando o sexo, outra segurando os cabelos longe do rosto; as crianças choravam, desentendidas dos horrores que os pais lhes causavam, sujas dos respingos, o ranho escorrido pela cara; dona Mafalda, mulher elegante, esposa do prefeito, afastara-se para vomitar num cantinho escondido, comedida, atrás de uma coluna ornamentada com anjinhos solenes, um lencinho bordado comprimido contra os lábios; o padre, pobre homem, vomitava de joelhos em frente ao altar, a batina lavada de amarelo, pedindo perdão ao Salvador pelo pecado de ter mancomunado seu corpo e tornado blasfema a santa cerimônia de Páscoa; os homens, por sua vez, guiados por seu Horácio do açougue, muniram-se de facas e rumaram para a padaria, recrutando outros machos no caminho.

A torrente de vômito descia do morrinho da igreja como uma enxurrada – os ratos saíam de todos os lados, buracos e bueiros, para provar um pouco do caldo, de ambos os lados da rua bebendo com suas boquinhas delicadas, os bigodinhos molhados, as mão-zinhas quase-humanas tocando a superfície do golfo que molhava as rodas dos carros, das bicicletas, e os pés das crianças menores que brincavam desavisadas nas calçadas; os pais, religiosamente perdidos, perigosamente alheios ao fuá, mais preocupados com a aguardente, com o fumo de palha, sentados no botequim e sendo servidos por Paulinho, plácido e muito calmo, apesar da sua parcela de culpa no caos.

Do alto da igreja, então, amparando a mãe quase desmaiada, os irmãos se afogando no próprio líquido estomacal, Zezinha pôde ver o vômito amarelo tingir as ruas da cidade, bifurcando-se como rio, rua por rua, esquina por esquina, depois, lá embaixo, bem na frente da padaria, sendo invadido por uma larga mancha vermelha que, aos poucos, acidentada, infiltrou-se ao volume de líquidos, tingiu a superfície de rosa e, aos poucos, misturou-se, tornando-se parte do oceano dourado, uniforme e oscilante.

Minutos depois, sob os olhares de todos, no meio do rio de suco gástrico se abriu um vão, de fora a fora, até além dos limites da cidade, os paralelepípedos brilhantes sob o sol, e o português assassinado saiu da padaria levitando, a cidade quase vindo abaixo com os gritos, o avental todo vermelho, e atravessou aquele mar amarelo, como se fosse Moisés, levando seu estômago santo a outros cantos, onde performaria outros milagres de Páscoa.

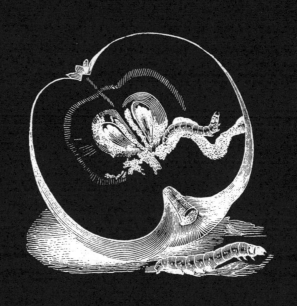

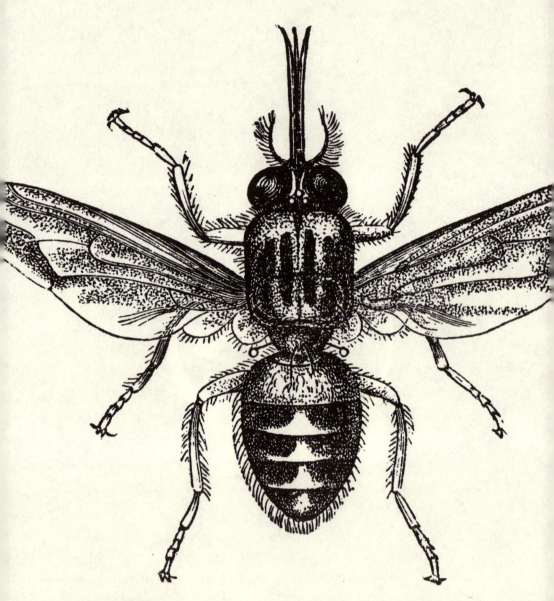

MOSCA TSÉ-TSÉ
Glossina palpalis

"A picada desse inseto provoca confusão mental, alucinações e sono profundo."

VENHA COMIGO

Nº 26

INVENTÁRIO DE PREDADORES DOMÉSTICOS

"Come along with me." — Shirley Jackson

"Numa aldeia da Escócia vendem-se livros com uma página em branco perdida em algum lugar do volume. Se o leitor desembocar nessa página ao soarem as três da tarde, morre." — Julio Cortázar

*

Você aluga, por um valor bastante abaixo do mercado, uma casa de campo já mobiliada. É sábado, a pessoa com quem você se casou está no supermercado, portanto, você decide fazer uma faxina minuciosa nos cômodos superficialmente limpos. Você passa o aspirador de pó na nova casa. Você passa o lustra-móveis; passa o pano. Tudo cheira a pinho e a coisa velha. No quarto do casal, você empurra para o lado a pesada cama de baú, cuja cabeceira, esculpida em mogno, retrata uma árvore frondosa. Com o impulso e a força, a cama se move e seus pés afundam em algo macio. Debaixo da cama, posicionados exatamente onde passam a noite o seu corpo e o da pessoa amada, descansam dois caixões abertos, cheios de terra. Dentro deles, há mãos mumificadas, entrelaçadas como cobras, que apontam para cima, como um ramalhete de flores. Em contraste com seu terror mudo, na súbita escuridão do aposento, a terra começa a se mexer, e você pode ouvir, em crescendo, o som ensurdecedor do canto das cigarras.

*

Você sonha que está remando dentro de um bote contra as águas revoltas de um rio de lama. Em cada margem do rio há casas e construções que desabam, causando ondas que desorientam o equilíbrio do barco. Você luta para se manter remando. Atrás de você, deitados no chão de madeira que vai se enchendo de água, há um casal de uma etnia diferente da sua, abraçando um cachorro magro que se encolhe, cheio de escaras. Depois de horas, você finalmente consegue atracar em um terreno inclinado rio acima, mas quando desce da embarcação, seu tornozelo se prende contra um corpo que, sem saber, você trouxe junto, preso em tiras de plástico, em sacos de lixo. É uma criança de cerca de nove anos, inflada como uma bola, o umbigo protuberante, estufado, de quem morreu afogado. Você acorda no dia seguinte, liga a televisão e assiste sobre o tsunami que devastou um país do Oriente Médio durante a madrugada.

*

Você passa todas as suas horas de solidão mirando o próprio reflexo no espelho. Um dia, contudo, ao sentar na cadeira da penteadeira e parar em frente da superfície prateada, vê apenas a cama de solteiro e o criado-mudo, silencioso em seu espanto de objeto semivivo, na escuridão do quarto vazio cheirando a ferrugem, pólvora e terra mexida.

*

Você está esperando pelo nascimento de seu primeiro filho quando recebe uma ligação de telefone. Na tela, vê que vem do seu próprio número. A voz, parecida com a sua, pede ajuda e solta berros de dor que fazem vibrar os seus tímpanos. Aos fundos, você escuta golpes de faca, risadas masculinas, e um bebê que chora, agonizante.

*

Você varre as folhas da calçada quando vê o vizinho da frente parado no portão. O velho, que há muito tempo você não encontra, mas sabe que estava de cama, parece muito saudável. Só o rosto pálido, faltando sol de tanto ficar em casa, revela alguma enfermidade, mas o semblante tranquilo, o sorriso bem-humorado, sem dentes, faz parecer que os longos anos como vegetal foram uma grande mentira. Uma ambulância desce a rua, íon-íon, e você se preocupa com os outros vizinhos, pois este é um bairro de idosos. O velho dá passagem para os socorristas, relaxado, afasta-se para debaixo do ipê cor-de-rosa na calçada. Você vê o corpo dele, pele e osso, ser retirado da casa em uma maca, com um lençol branco sendo jogado por cima. A ambulância parte, você e o velho trocam olhares. Ele acena um "tchauzinho" animado, balançante, e se vai pelo lado oposto ao da ambulância, pisando em cima das folhas rosas de ipê sem esmagá-las.

*

Você vê um coelho. É o primeiro ser vivo que encontra em semanas. Seu coração transborda água pelos olhos ao tocá-lo, ao cheirar o cerume das longas orelhas, ao mirar os olhos brilhantes de escuridão. Abraça o novo companheiro com o carinho de uma mãe e uma amante, beija o focinho frenético, aperta o pescoço peludo, torce até os ossos estalarem, depois morde o pescoço peludo com os dentes.

*

Você dá à luz ao seu primeiro filho, aos oitenta anos, de cócoras, no chuveiro da sua casa. Depois de lavá-lo cuidadosamente e passar talco em toda a pele cor-de-rosa, você o segura entre as mãos e o come, aos bocados, como quem come uma jujuba de morango, mastigando vigorosamente. A criatura havia dito que isso aceleraria seu metabolismo, sua aparência mais jovem, os movimentos rápidos, sobre-humanos. Você observa suas mãos enrugadas de infanticida se metamorfosearem perante os olhos cada vez mais sensíveis à luz. O chão vai se tornando mais próximo, da bunda ossuda (agora coberta de pelos), brota um rabo curto, quase sem serventia. Você virou um hamster.

*

Você está de luto pelo seu pai. Você ouve o barulho de um gato no quintal; o lamento enregelante daquele que, fugido do submundo, alimenta-se da energia negativa dos infelizes mortais. No dorso lanhado, no focinho partido, nos dentes quebrados, você reconhece as características das feridas que tiraram a vida de seu pai e quando seus olhos se cruzam – ambos de um amarelo sujo, opaco – você tem a certeza de que ali está ele, reencarnado na besta profana, pagã, sobrenatural que a figura do gato representa. Você abre a janela, dá-lhe passagem e o gato te encara com suas lanternas de luar. Ali vocês ficam, frente a frente, e na brisa leve que agita a pelagem rajada, você sente o perfume do tabaco e da loção pós-barba que seu pai sempre usou.

*

Você acorda na madrugada e vê uma mulher careca com maquiagem de palhaço encostada na parede do lado da janela. Ela se aproxima, sobe nos pés da cama, de gatas, e aproxima o rosto de você. Você consegue não gritar, mas tenta fechar os olhos. Só então percebe que eles já estão fechados. Você continua vendo tudo.

*

Você esquenta o cadáver gelado do amor da sua vida com o seu próprio corpo, febril, embalando-o nos braços enquanto abre, delicadamente, pequenos buracos por toda a carcaça decaída. Neles, você deposita sementes de flores silvestres, para que, uma vez sob a terra, seu amado floresça eternamente em vibrações perfumadas de vida.

*

Você é uma criança de vestido azul e branco, com cabelos em cachos e fita, um urso de pelúcia na mão, parada no corredor estreito de um casarão em uma ilha com o mar ao redor. Erguendo-se nas ponta dos pés, você vê através das cortinas floridas as ondas que batem nas paredes de madeira da casa. Uma barreira de pedra impede que o mar invada a grama verde, ou que inunde os canteiros de flores com sua água salgada. Mas você percebe que um tornado se aproxima, ventos sacodem as fundações da casa. Uma mulher mais velha, sua mãe, vira o corredor com uma tesoura de costura nas mãos – ela tem olhos de fogo e sorri com maldade. Você congela e olha para fora de novo. A barreira de pedra se quebra e o mar invade a ilha. A água sobe e impede a entrada do Sol pelos vidros das janelas, pela abertura da claraboia. Você está presa com a sua mãe assassina, cega e desorientada, no escuro de um labirinto de corredores.

*

Você tem um amigo de família que se muda para outro país e, por isso, acha uma boa ideia dar todos os pertences de colecionador para você e seus parentes: livros raríssimos de ocultismo; perfumes exóticos; animais extintos; pôsteres raros provindos da União Soviética; seringas usadas; dentes de leite; cachos de cabelos de crianças mortas em 1852; sarcófagos de múmias felinas e uma coleção gigantesca de venenos de cobras. Após a doação e a partida do rapaz, a coleção, maravilhosa, queda-se aglomerada no dormitório da sua casa. A cada vez que você toca em um dos objetos, vê a forma como o dono anterior daquele artefato morreu — queimado, imolado, afogado, esquartejado, decapitado, empalado —, tornando-se a própria pessoa por dolorosos minutos, com todas as suas lembranças, receios e agonias.

*

Você vai passar uma temporada em uma casa de fazenda e percebe uma aranha cinza, do tamanho de um gato, no canto da parede da sala. Ela se apoia na janela, envolta em um bolo branco de teias, com os oito olhos imóveis voltados para os campos e montanhas lá fora. Você pega uma vassoura e a cutuca, com medo de que esteja viva. Mal o cabo da vassoura toca a ponta das patas peludas, com raios e trovões dignos de um filme de horror dos anos 80, a aranha grita. Você observa enquanto de sua cabeça redonda sai uma boca, seguida de um rosto feio e contorcido; do abdômen brota uma cabeça branca e o guizo de uma cobra. Descendo da parede ela avança contra você, de repente do tamanho de um labrador. Você foge entre entulhos que se aglomeram no piso sujo, empoeirado, ora se escondendo, ora pulando de um objeto para outro. Durante a fuga pode ver, pelas dezenas de janelas, convidados que fumam na varanda atulhada de bidês, comendo pedaços mofados de bolo. De repente, você se vê em um beco sem saída, entre caixas de papelão muito altas. A aranha, então, para, bípede, na sua frente, com um sorriso sardônico. As duas patas da frente dela subitamente são convertidas em mãos que, lenta e sarcasticamente, batem palmas.

*

Você encontra um pássaro morto, gordo e reluzente, no seu quintal. Empenha-se em ressuscitá-lo, por isso, o segura entre as mãos, assoprando através do bico curto, esfregando as asas coloridas com mãos quentes, beijando os olhinhos semiabertos. Aos poucos, você nota que ele se mexe de leve, quase como se respirasse. Revive! Então, você aproxima o rosto ainda mais do pássaro e percebe as larvas de mosca em movimento, aglomeradas — vivíssimas — apontando da ferida aberta no peito dele.

❋

Você, vem comigo! Vem cá, tá vendo o sobrado de tijolos, a janela de vitral colorido? Suba os degraus da varanda, olhe pela transparência das cortinas, deixa eu te mostrar aquela mulher ali, aquela na cadeira de encosto trançado perto da estante; ela fuma um cigarro com os dedos relaxados, a piteira escondida na gaveta, e por trás dos óculos quadrados ela olha para dentro, esquadrinhando os cômodos mal-assombrados de si mesma, todo seu corpo, grande, redondo, é uma casa. Observe de longe, você vê como tudo está escuro e a música é alta, como a fumaça dos cigarros e charutos arde nos olhos, como o cheiro das velas se faz perceber, doce, acima do aroma do álcool, do uísque e dos licores de menta? Vamos entrar. Veja os gatos, incontáveis, miando com seus semblantes régios e ariscos, na escuridão quente que salta, entrando e saindo, arranhando e dormindo, comendo e defecando no vaso de plantas que adorna o hall de entrada. É possível ouvir as risadas altas no cômodo à esquerda, o barulho chiado do rádio, mas não as crianças, que são várias e se deitam nas camas do andar de cima, brinquedos e livros e nada em mãos, condescendentes com a algazarra no andar de baixo, brincando de ser pacientes, enxotando gatos do caminho –, pois eles se amontoam em bolas, dentro do armário, por sobre os travesseiros, – e acalentando o cachorro, excitado e nervoso com todos os sapatos lustrosos que ele gostaria de morder por debaixo da mesa da sala de jantar. Chega, deixe de ouvir o silêncio das crianças e o barulho da festa e siga adiante, passando por portas fechadas, andando pelo corredor curto até a única porta aberta, negrume amarelado de velas, e pule os gatos que, respeitosos, guardam o umbral, instintivamente cientes de suas funções mitológicas – embora os demônios não queiram sair. É difícil enxergar no escuro de início, o amarelo das chamas te perturba, mas depois de piscar algumas vezes você vê a mesa redonda coberta pela toalha preta, rendada; ao redor, vê as mãos dadas, brilhantes de anéis, o médium que tem tremeliques, enlevado, de olhos embranquecidos, o silêncio da moça gorda, a primeira gata, observando por trás dos óculos, querendo ouvir sobre os mortos, todos os do mundo. Ela vê de olhos fechados, a boca em linha, concentrada no vibrar da mesa, nas palavras do receptor de almas, enfraquecido, sugado, cheio de histórias de vida e de morte. Então, acendem-se as luzes e ela vê você. Ela te enxerga em todas as suas cores, neuropatias e medos. Ela te vislumbra nos seus detalhes, nos seus interiores e nos seus buracos. Como mariposa pela luz, você é atraído até ela, e a bruxa, a gata, a mulher gorda, te pega e te coloca em palavras, em alíneas, parágrafos, papel e lombada. Você olha ao redor, tenta virar as costas e fugir, mas, em sinfonia, ardilosos, os gatos barram a passagem. Você olha em volta, pela biblioteca, e vê pedaços de sua alma espalhados, aqui, acolá, em livros de capa preta. Você, então, percebe que sempre viveu na casa do corpo dela, refletido nas janelas dos olhos, usando de sofá um pedaço fofo do cérebro, entendendo que a moça é a intérprete de seus próprios sentidos – entre gatos e sessões espíritas.

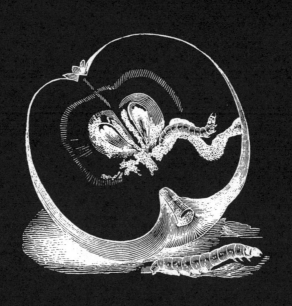

POSFÁCIO

"Na minha infância, quando todos eram vivos, sempre que as luzes se perdiam na tormenta das tempestades, na escuridão lilás dos relâmpagos, uma única vela iluminava os rostos risonhos da minha família. No decorrer das horas apagadas, como se a chama fosse um ídolo, reuníamo-nos ao redor dela e entrávamos em contato com a nossa ancestralidade: ríamos e dançávamos, contando histórias de deuses primitivos, assombrações agrestes, mortes e nascimentos milagrosos, dedos entrando em ocos falsos de árvores. Nossos corpos reluziam da terra do passado, nossas vozes uivos de lobos, cabeças curvas de tamanduá-bandeira girando no redemoinho das tradições orais, ecos da essência do que é ser humano. E quando as lâmpadas se acendiam, e podíamos ver o tapete felpudo da sala, o branco imaculado do piso, o laranja do sofá moderno, voltávamos aos nossos afazeres com um sorriso tristonho, deixando para trás nossa herança selvagem, atirando-nos às tarefas do que é mundano, saudosos da nossa fogueira comunal, lar de tudo o que é sagrado."

AGRADECIMENTOS

À minha família, por serem quem são e sempre acreditarem em mim, dando meios e incentivando para que eu conseguisse seguir adiante – independente dos caminhos que decidi traçar. Ao meu marido, Cristian Vieira, pelo amor diário, por acreditar em mim, pelo companheirismo, por me amparar nos momentos de dúvida e crise, por cuidar da nossa filha para que eu pudesse escrever. À equipe editorial, por todo o apoio, pelas sugestões, por notarem potencial na minha escrita. Aos meus pesadelos, paranoias, angústias e neuroses, que foram essenciais para a escrita deste livro. E, especialmente, agradeço a você, leitor, por permitir que eu te tome pelos olhos com as minhas mãos e te leve para lugares escuros. Peço desculpas, de verdade. Eu sei que doeu.

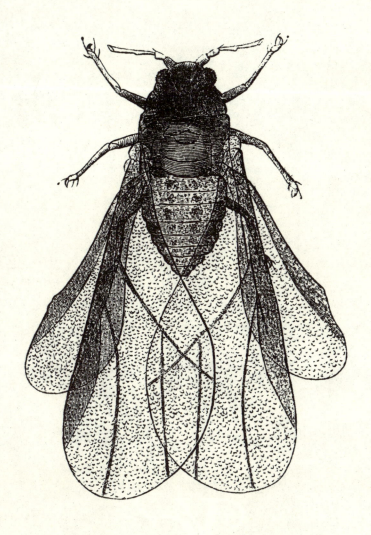

VERENA CAVALCANTE é mãe, escritora, tradutora e editora. Também é a voz da floresta, o passo da bruxa, a maestria da palavra. Parte essencial em seu trabalho, a verdade sem pudores do seu texto aborda a infância e os terrores do universo feminino. Nascida em São Paulo, Verena mora atualmente em Limeira, onde divide seu tempo com a família, a escrita e a psicanálise. *Inventário de Predadores Domésticos* é seu primeiro trabalho publicado pela DarkSide® Books.

*Embora morássemos em cômodos diferentes,
havia uma casa chamada passado
que todos tínhamos em comum.*

— ANGELA CARTER —

DARKSIDEBOOKS.COM